btb

Buch

Warum weigert sich Pär so standhaft, irgend jemanden in das Zimmer der alten Agda Wallin hineinzulassen? Und wieso hat man seit Wochen kein Wort mehr von der Besitzerin des alten Mietshauses gehört, wo sie doch sonst immer jeden Tag aus ihrem Fenster geschimpft hat? Die Mieter des Gebäudes in Pukehornet stehen vor einem Rätsel. Die Mieter: Das ist eine seltsame Ansammlung von Kleinbürgern, Ganoven und Schriftstellern, die – jeder auf seine Art – versuchen, dem langen Winter zu trotzen. Noch sind Pär und sein Lügengerüst sicher, denn der Winter mit seinem Schnee verdeckt die Leiche und Pärs Geheimnis. Doch eine Bewohnerin kommt ihm schließlich auf die Schliche...

Autorin

Kerstin Ekman wurde 1933 in einem kleinen Dorf in Mittelschweden geboren. Sie arbeitete als Lehrerin, Drehbuchautorin und Literaturkritikerin, bevor sie zunächst mit Kriminalromanen Berühmtheit erlangte. Ihr großer Durchbruch hierzulande gelang ihr mit dem Roman »Geschehnisse am Wasser«, der in 20 Ländern erschien. Doch vor allem für ihre große schwedische Frauen-Saga, einen vierteiligen Romanzyklus, wurde sie mit zahlreichen Preisen, darunter dem renommierten Pilot-Preis, ausgezeichnet. Aus Protest gegen das mangelnde Engagement für Salman Rushdie verließ sie vor wenigen Jahren die Schwedische Akademie, der sie zu jener Zeit als einzige Frau angehörte.

Kerstin Ekman bei btb

Geschehnisse am Wasser. Roman (72062)
Drei kleine Meister. Roman (72064)
Der brennende Ofen. Roman (72065)

Hexenringe. Roman (72056)
Springquelle. Roman (72060)
Das Engelhaus. Roman (72063)
Stadt aus Licht. Roman (72059)

Kerstin Ekman

Winter der Lügen

Roman

Aus dem Schwedischen
von Hedwig M. Binder

btb

Die Originalausgabe erschien 1967
unter dem Titel »Pukehornet«
bei Bonniers, Stockholm

Umwelthinweis:
Alle bedruckten Materialien dieses Taschenbuches
sind chlorfrei und umweltschonend.

btb Bücher erscheinen im Goldmann Verlag,
einem Unternehmen der Verlagsgruppe Bertelsmann GmbH.

1. Auflage
Genehmigte Taschenbuchausgabe September 1999

Umschlaggestaltung: Design Team München
Umschlagfoto: G+J/Photonica
Satz: IBV Satz- und Datentechnik GmbH, Berlin
MD · Herstellung: Augustin Wiesbeck
Made in Germany
ISBN 3-442-72390-6

I

1

Wenn sie hinfällt, bleibt sie liegen, pflegte Pär Lindblad zu sagen und mit seinem Zigarillo einen Kreis zu beschreiben, um ihre Leibesfülle anzudeuten. Es war schon recht bemerkenswert: Sie war so dick, daß sie nicht allein aufstehen konnte.

Wie sieht sie nackt aus, Päron? Stimmen wie Fleischfliegen um ein großes Freßpaket. Das, was die Welt von ihr sah, waren ihre dunkle Kleidung – riesige Stoffmassen an Röcken, die immer locker saßen, Pullover und saubere, hochgeschlossene Blusen –, der Kopf mit dem schütteren, straff gekämmten Haar und dem Zopfkringel im Nacken. Und die Augen.

Päron, du betreust sie doch, du mußt sie wohl auch noch waschen, was? Wie, zum Kuckuck, sieht sie aus?

Davon erzählte er nie. Er brachte nie die Sprache darauf. Sechsundsiebzig, das ist altes Fleisch. Sie bestand nur aus Fett und Kopf, und niemand hätte aufgrund einer Beschau ihres Körpers oder einer Durchdringung ihres klaren Schädels sagen können, wie alt sie war. So viel hätte Pär erzählen können, daß ihre Korpulenz sie nicht deformierte. Eher hatte sie neue, außermenschliche Formen angenommen. Manchmal konnte er schwören, daß sie nicht aus Fleisch, sondern aus einer synthetischen Schwammasse bestehe.

Über das andere Thema ließ er sich jedoch oft und gern aus: Sie bleibt einfach liegen. Im vorigen Sommer lag sie eines Tages vor dem Herd, als ich nach Hause kam. Sie hatte schon seit Stunden dort gelegen. Sie hochzuwuchten dauerte eine Viertelstunde.

Sie hatte dagelegen und ruhig gewartet, wie abgekoppelt von der Entsetzlichkeit ihrer Lage. Es war nichts gebrochen. Sie war über den Plastikteppich vor dem Herd gestolpert, fand aber nicht, daß es sich gelohnt hätte zu schreien, jedenfalls nicht lange. Also wartete sie.

Pär sprach jedoch nie von ihren Augen. Er konnte über diesen unbeweglichen, abwartenden Blick nicht reden, den sie hatte, wenn sie hilflos war. Er war empfindsam.

Jetzt verließ sie das Haus kaum noch. Die einzige Fahrt, die sie noch unternahm, ging einmal jährlich zu einer Schwester in der Kolarby-Gegend. In diesem Jahr war sie zweimal gefahren, weil ihre Schwester vor Weihnachten ins Altersheim kommen sollte und es einiges zu regeln gab. Stets regelte sie alles für die Leute, und was sie selbst betraf, so war vom Altersheim nicht die Rede.

Wie immer begleitete Pär sie nach Kolarby und sah zu, daß sie in den Bus kam und nirgendwo stolperte. Die reguläre Fahrt hatte sie im Juni gemacht. Jetzt war es November, und wenn es nicht schneefrei gewesen wäre, hätte sie es nicht vom Bus bis zum Häuschen ihrer Schwester geschafft. Der Weg, den die Milchwagen nahmen, war zu lang, doch gab es einen kurzen und ganz ebenen Pfad durch den Wald zur Landstraße.

Auf dem Rückweg ging er hinter ihr und paßte auf, daß sie nicht hinfiel, während sie dahinwackelte. Es war so eine Sache, alte Weiber zu betreuen. Ihre Schwester hatte ein bißchen geheult, als sie zwischen ihren gepackten Sachen saß, und der Besuch hatte sich in die Länge gezogen. Jetzt schlurften sie langsam durch den Wald, und dabei erzählte er jemandem von dieser Tour.

»Du glaubst es nicht, aber das alte Aas wollte den Weg durch den Wald nehmen, obwohl wir noch eine halbe Stunde

Zeit hatten, bis der Bus abfuhr. Agda, hab ich gesagt, jetzt hör mir mal zu –«, Das hätte er zu ihr sagen können. Er übte die Geschichte ihrer Fahrt nach Rotbol in Kolarby ein. Es war nicht sicher, ob er sie je vor Zuhörern zum besten geben würde. Aber durchs Erzählen wurde alles besser. Das war ihm schon oft aufgefallen: daß alles besser wurde, wenn er es erzählte, während es passierte.

Sie blieb stehen, nicht abrupt, denn das konnte sie nicht, und er dachte zuerst, daß sie etwas betrachten wolle. Es gab aber nichts zu sehen. Der Boden war nadlig und voller Eisflecken und abgetretenen Kiefernwurzeln. Die Tannen sahen tot aus: graue Bartflechten und nadellose, spitze Zweige. Hoch oben in den Kronen saß noch Grün, und dort strich fern und kalt der Wind. Pär mochte den Wald nicht. Unruhig trat er von einem Bein aufs andere, denn seine feinen Schuhe hatten dünne Sohlen. Da sah er, daß ihr Blick starr war.

»Wie blaß du mit einem Mal bist«, sagte er.

Sie richtete den Blick auf ihn, und ihr Körper neigte sich vor.

»Mir ist übel.«

Er holte ein Zigarillo hervor und steckte es sich in den Mund. Nachdem er es angezündet hatte, fand er, daß der Wald sowohl den Duft als auch den Geschmack ansauge.

»Wir müssen hierbleiben. Mir geht's nicht gut.«

Er wünschte, sie hielte die Klappe. Er wurde so gereizt, daß er um sich schlagen wollte, weil sie, während er gemächlichen Schrittes dahinging und erzählte, was gerade passierte, etwas sagte oder weil etwas geschah, was überhaupt nicht dazugehörte. Es war, als rührte man mit groben Gerätschaften in etwas Zerbrechlichem.

Doch sie schwieg jetzt lange, und da sie weder gingen noch sprachen, hörte er, wie der Wald mit großer Lunge spitz atmete.

»Ruhig Blut«, sagte er. »Der Bus fährt uns nicht davon. Allerdings ist das jetzt wohl das letzte Mal, denn in deinem Alter kannst du das doch nicht alle Jahre machen, verdammt noch mal. Ich merk selber –«

Er war einundvierzig.

»– wie das zehrt.«

»Sei still.«

Er hatte keine Lust gehabt, überhaupt etwas zu sagen. Wenn sie doch bloß weitergegangen wäre! Aber sie stand nach wie vor vornübergebeugt da. Zwischen den borstigen Härchen auf ihrer Oberlippe saßen Schweißtropfen. Ihre Augen bewegten sich nicht. Langsam und deutlich sagte sie: »Du mußt Hilfe holen. Jetzt sofort.«

Er trat leicht von einem Bein aufs andere, denn er fror. Es schien, als hätte sie Angst, den Körper zu bewegen. Sie folgte ihm lediglich mit den Augen, und ganz automatisch ging er ein paar Schritte rückwärts. Da schloß sie die Augen und streckte die Hand nach ihm aus. Diese war weicher und schlaffer denn je, und als sie sich mit ihrem ganzen Gewicht auf seinen Arm sinken ließ, wäre er beinahe umgefallen. Sie schob sich vorsichtig rückwärts an das riesige Wurzelwerk eines umgestürzten Baumes. Als sie endlich saß, das Wurzelwerk als Stütze im Rücken, stöhnte sie auf. Angeekelt sah er, daß ihr etwas aus dem Mundwinkel lief. Sie versuchte zu spucken, um sich des Aufgestoßenen zu entledigen, und er trat ein paar Schritte zurück. Unwillkürlich schloß er die Augen.

Jetzt sitzt sie, wo sie sitzt, dachte er. Im selben Moment mußte sie das gleiche gedacht haben, denn er bemerkte wieder diesen abgekoppelten und gleichzeitig tief konzentrierten Blick, den sie immer hatte, wenn sie nicht allein aufstehen konnte.

»Hast du nicht gehört?«

Er hatte vergessen, das Zigarillo aus dem Mund zu nehmen, sonst hätte er schon längst gefragt, was mit ihr los sei.

»Du sollst Hilfe holen. Sofort.«

Er konnte nichts dafür, daß er diesen Blick nicht mochte. Und nur deshalb trat er ein paar Schritte zurück. Daß sie dies als eine Weigerung auffassen konnte, kam ihm gar nicht in den Sinn, so gewohnt war er es, ihr zu gehorchen.

»Pär«, sagte sie, und ihre Zunge kam immer wieder zwischen den Lippen hervor, während er den Blick nicht von diesem Streifen abwenden konnte, der ihr aus dem Mund lief, »du wirst jetzt Hilfe holen, hörst du, was ich sage?«

Jetzt sitzt sie, wo sie sitzt. Ihr braucht nicht einmal etwas zu fehlen. Wenn ich jetzt wegginge, würde sie nie hochkommen. Sie würde einfach dasitzen, bis – ja. Dasitzen würde sie. Sie schafft es nicht ohne mich. Sie schafft nichts ohne mich.

Ihr rechter Arm war nach einer leichten Gehirnblutung im August, die ebenfalls mit Übelkeit begonnen hatte, immer noch nicht richtig beweglich.

Ihr Blick blieb fest, schafsgeduldig. Hätten sich ihre Zunge und ihr Mund nicht so rasch bewegt, dann hätte er ihren Schrecken nicht begriffen und wäre auch nicht davon angesteckt worden.

»Hol Leute. Welche, die tragen können.«

Tragen. Sie, Agda, tragen!

»Eine Trage.«

Sie dachte stets praktisch. Wahrscheinlich befürchtete sie, daß die Anstrengung, mit seiner Hilfe aufzustehen und den Pfad entlangzugehen, ihr Ende wäre. So kalt und praktisch war sie. Doch voller Angst. Ja, das verstand er.

Daß er noch ein paar Schritte zurücktrat, beruhte wohl vor allem darauf, daß er kalte Füße hatte, doch sie vermutete etwas anderes. Sie sprach jetzt wie besessen.

»Du wirst nun tun, was ich sage. Du gewinnst nichts dabei, wenn du es nicht tust. Hörst du? Nichts!«

Sie versuchte, deutlich zu sprechen, doch blubberte ihr der Speichel zwischen den Lippen, und sie brachte nur ein Genuschel zustande. Ihn ekelte das alles an, aber das konnte er nicht sagen, und sie glaubte, es sei etwas anderes. Sie traute ihm offensichtlich nicht, niemandem traute sie.

»Was dir mal zukommen soll dafür, daß du mir all die Jahre geholfen hast, das wirst du kriegen« sagte sie. »Später. Das habe ich versprochen. Aber schau, es gibt nichts Schriftliches. Noch nicht. Du gewinnst also gar nichts. Nicht? Was würde aus dir werden? Begreifst du denn nicht – was würde aus dir werden?«

Ihr Gesicht war beim Reden rot angelaufen. Ihr Kopf schlug nach hinten gegen die gefrorenen Erdklumpen und verfilzten Wurzeln des Wurzelwerks. Sie schloß jetzt die Augen und atmete tief und angestrengt. Er ging zu ihr, kniete sich vor sie hin und versuchte, sie bei der Hand zu fassen. Ihre Rechte war völlig schlapp. Er sprach sie an, schrie sie an, bekam jedoch nur das immer tiefer werdende Atmen zur Antwort. Sie schnappte mit einem Geräusch, das ihn erschreckte, nach Luft.

Sie war jetzt bewußtlos, und er mußte eilends Hilfe holen. Wenn es wenigstens in der Stadt passiert wäre! Der Wald sah ständig gleich aus. Es war, als wäre nichts geschehen. Niemand blieb stehen und glotzte, niemand lief, um zu telefonieren. Er konnte nicht einmal jemandem erzählen: Sie ist hier zusammengebrochen. Fühlt sich nicht ganz wohl, hat sie gesagt. Ist wohl ohnmächtig geworden.

Den Kragen wegen des eisigen Windes hochgeschlagen, begann er den Pfad nach Rotbol zurückzulaufen. Seine Schuhe rutschten auf dem toten Nadelboden. Ihm ging bald die Puste aus, denn sonst bewegte er sich fast nie so schnell. Muß um Hilfe telefonieren, dachte er. Doch gleichzeitig fiel ihm ein, daß es bei Agdas Schwester gar kein Telefon gab, und er blieb stehen, die Hände in den Manteltaschen und den Kopf vorgeschoben. Zurück ging er langsam. Er wußte nicht, was er machen sollte. Hilfe holen, das war leicht gesagt. Wenn sie wenigstens bei Besinnung gewesen wäre, damit er sie hätte fragen können, wie er sich verhalten sollte!

Sie saß noch genauso da, war aber völlig still. Es war angenehm, nicht hören zu müssen, wie sie nach Luft schnappte, so daß es in ihrer Brust rasselte. Er hatte das kaum ertragen.

»Agda«, sagte er, »hörst du?«

Ihr Gesicht war jetzt dunkler. Es war beinahe bläulich. Der Streifen am Mund war getrocknet. Ihr rechtes Augenlid hing herunter.

»Hörst du nicht!« schrie er.

Er begann zu frieren, daß es ihn schüttelte, und er bekam einen trockenen Mund und schwitzige Hände. Ziellos und schnell lief er nun zwischen den Bäumen umher.

»Da lag sie, hol's der Geier, und ich hab geglaubt, daß es zu Ende ist. Lag da wie zuvor, aber das eine Auge hat geguckt, und ich hab tatsächlich geglaubt, daß sie das Zeitliche gesegnet hat, ja, das hab ich geglaubt. Obwohl, wie ich wieder zu ihr zurückgekommen bin, da sagte sie – wie ich zurückgekommen bin, saß sie – sie saß da und –«

In Wirklichkeit drehte er sich um. Er drehte sich langsam um und bekam kleine, spitze Schneeflocken ins Gesicht. Sie kamen mit dem Wind. Als er zu ihr zurückkam, hatten sich ein paar Schneeflöckchen auf das eine Augenlid gesetzt. Er stand da und wartete darauf, daß sie schmolzen.

Er hätte Agda berühren sollen, aber er traute sich nicht, denn sie war tot.

Das, woran sich niemand erinnert, ist niemals geschehen. Niemand sah ihn durch den Wald rennen, und er selbst sollte sich nie daran erinnern, es getan zu haben. Daß er sich an dürren, abstehenden Tannenzweigen das Gesicht verkratzte – das geschah nie. Er spürte nichts. Das, woran sich niemand erinnert, geschieht nicht. Es geschieht nicht. Der Hallstavik-Bus kam den Hügel herauf und hielt am Schild an, als Pär aus dem

Wald trat. Der Busfahrer hatte ihn gesehen und glaubte, Pär wolle mit. Er würde dem Busfahrer natürlich Bescheid sagen. Er würde erklären, daß sie Hilfe holen müßten, weil die alte Frau, bei der er wohne, der Schlag getroffen habe.

»Den Fahrschein, bitte.«

Das sagte der Busfahrer, weil er ihn von der Hinfahrt wiedererkannte. Der Hallstavik-Bus keuchte im Leerlauf. Geruch nach Wolle, Kies auf dem Boden, Einkaufstaschen, alte Weiber, Schulkinder. Komplett war er aber erst, als jemand zustieg, den man anstarren konnte. Ein schmächtiger Mann in einem zu langen Mantel stieg zu und öffnete dem Busfahrer gegenüber sein Gesicht – ja, so als hätte er eine Wunde aufgerissen. Erst als der Busfahrer nach dem Fahrschein fragte, vermochte er sein Gesicht wieder zu verschließen, und er holte aus der Innentasche seines Mantels zwei Rückfahrscheine nach Uppsala hervor.

»Allein?«

Er reagierte nicht, sondern schaute nur mit leerem Blick auf die Fahrscheine. Der Busfahrer sah ihn noch einmal kurz an, riß die Fahrscheine ein und legte den ersten Gang ein.

Er setzte sich auf den Platz vorn beim Fahrer. Alle konnten ihn sehen. Er hatte ein recht gut geschnittenes Profil und klare Züge, blaßblaue Augen und dünnes, gewelltes Haar, das fast gänzlich farblos war. Blaß war er, und unter den Augen war seine Haut blau und empfindlich. Die Kratzwunde auf der Wange hatte aufgehört zu bluten. All die gierigen Blicke, die über die dünne Haut seines Gesichts krochen, schienen ihm gleichgültig zu sein.

Er wußte jedoch gar nichts von ihnen. Während der eintönige Wald in der Dämmerung draußen vor dem Bus mit jedem Kilometer dunkler wurde, dachte Pär, daß er natürlich dumm gewesen sei. Doch das war der Schock. Nun konnte er genausogut auch von der Stadt aus anrufen und alles regeln.

Er stieg am Busbahnhof aus, ging über die Gleise und den

Ostbahnhof nach Hause. Der Schnee fiel jetzt dichter. In der Stadt war der Himmel leuchtend grau statt schwarz. Nach einem zehnminütigen Fußmarsch durch Niemandsland schloß sich Pukehornet um ihn.

Für ihn war das jedesmal so, als ob er einen Raum beträte. In seine Straße eingebogen, lehnte er sich an die erste schiefe Bretterwand. Im Rücken hatte er den neuerbauten weißen Wohnkomplex mit 195 Wohnungen, der in Vierecken um drei betonierte Spielhöfe herumgebaut war. Er erstreckte sich über vier von Pukehornets sechs Straßen, die alle wie krumme Züge eines Rechens zwischen der Vaksalagatan und dem neuen Dreierblock verliefen, der mehr Menschen Platz bot als Pärs gesamter Stadtteil.

Noch ein, zwei Jahre, und der Bagger würde in Pukehornet zuschnappen. Es war kein alter Stadtteil, wo sich Mauerreste oder mittelalterliche Gräber in der Erde fänden, wenn man mit der nicht mehr ganz frischen Bruchbudenbehauung aufräumte. Man würde lediglich die Wände um einen Schwarm Menschen einreißen, und für die meisten von ihnen wäre es so, als flatterten sie aus einem warmen Zimmer, in dem sie heimisch sind und es ein klein wenig müffelt.

Der Hof der alten Frau umfaßte zwei kleine, früher gelbe Wohnhäuser aus Holz und eine winkelförmige Schuppenreihe mit Mülltonnen, Aborten und Brennholzschuppen. Das Grundstück wurde seiner Lage wegen – einen Kilometer vom Stora Torget entfernt – auf eine halbe Million geschätzt, die Gebäude auf nichts. Außerhalb von Pukehornet.

Der Schnee hatte den Kies schon marmoriert. Irgend jemand hatte die Außenbeleuchtung vor der Tür des größten Kastens eingeschaltet. Das Ritual, dieses von der Alten angeordnete verzwickte System von Schlössern und Zweifachschlössern zu entriegeln, beruhigte ihn.

Er dachte nicht: Sie ist tot. In meinem Innern ist ein Schacht des Schreckens, der sich langsam weitet.

Er dachte: Ich werde jetzt reingehen und telefonieren. Morgen muß ich den Teppich im Flur ausschütteln. Kies und Schnee sind eine elende Mischung. Aber wo ruft man an? Im Krankenhaus? Auf die Treppe oben scheint wieder jemand hingepißt zu haben. Ruft man die Polizei an? Ich werde nur noch meinen Mantel aufhängen, dann werde ich anrufen.

Als er die Tür öffnete, kam der Mieter, der in einer der Wohnungen oben wohnte, die Treppe herunter. Er hieß Ejnar Jonsson, und sein Briefkasten war kaputt. Die Blechklappe fiel immer aus der Wand, wenn man sie zuschlagen wollte. Sie ließ sich nicht abschließen. Jonsson war etwas merkwürdig, denn er besaß fünfzehn Nylonhemden, die er stets alle auf einmal wusch.

Sein Gedächtnis fütterte ihn mit Aufgaben. Er stand still.

»Was ist los mit dir, Päron?«

»Was?«

»Seid ihr wieder da?«

Eine alte Frau mit hohem Blutdruck kann zerfallen, weil in ihrem Gehirn ein kleines Blutgefäß platzt. Der Tod der Alten kann einem das Leben in eine andere Richtung drehen. Das war Pär klar, obwohl er müde war und sich vor Angst benebelt fühlte. Ein einzelnes Ereignis reicht.

Ihm war aber nicht klar, daß ein einzelnes Wort reicht. Ejnar Jonsson fragte: »Seid ihr wieder da?«

Er antwortete: »Ja.«

2

Donnerstag, den siebenundzwanzigsten November, würde er immer als den Tag Eins in Erinnerung behalten. Später sollte er denken: Am Tag Eins wäre es beinahe schiefgegangen.

Eigentlich hätte es das tun müssen. Als er nach und nach zur Besinnung kam und alle seine Fehler zusammenzählte, oder so viele, wie ihm wieder einfielen, bekam er Angst, viel größere Angst als an jenem siebenundzwanzigsten November. An dem Tag waren es noch keine Fehler gewesen, denn er hatte auf nichts hinausgewollt.

Am Tag Eins wachte er um halb neun in seinem Zimmer auf, wo es, da er das brüchige blaue Papierrollo heruntergezogen hatte, so dunkel war, daß er kaum die Uhr sah. Wie immer hatte er sein Bett mit dem Bücherregal, dem Nachttisch und einem Stuhl umbaut, denn er schlief normalerweise unruhig und fiel leicht aus dem Bett. Auf dem ovalen weißen Nachttisch mit den runden Abdrücken und den Brandflecken stand ein Senfbecher mit eingetrocknetem rotem Bodensatz. Er hatte den Becher am Abend benutzt, weil die knappe halbe Flasche Vin Rouge d'Algérie, die noch in seinem Schrank gestanden hatte, in kein Glas paßte.

Er wachte auf und sah alles vage und gedämpft. Die Ritzen des Rollos ließen das Winterlicht nur spärlich durchsickern. Er war sich jedoch sofort über alles völlig im klaren.

Die alte Frau lag nicht im Zimmer nebenan. Jeden Augenblick würde das Telefon klingeln. Man würde ihn fragen, was passiert sei. Derjenige, der ihre Leiche im Wald gefunden hätte, würde zur Polizei gehen, und die Polizei würde anrufen. Nein, die Polizei würde natürlich vorbeikommen und fragen, was passiert sei.

Er mußte auf das Telefon horchen und gleichzeitig auf das Polizeiauto auf der Straße. Aber wie in aller Welt sollte er reagieren? In gewisser Hinsicht war alles vollkommen klar, und er spürte, daß es nicht weiter schlimm wäre, wenn er es nur jemandem erzählen könnte, der Verständnis hätte.

Es war jedoch etwas anderes, wenn ein paar große Polypen kamen, die hier unten in Pukehornet von Natur aus etwas hochnäsig waren.

Er horchte. Wenn das Telefon klingelte, wollte er bereit sein, damit ihn das Geräusch nicht zerriß. Und er mußte so reagieren, daß sie verstanden, wie fertig er war und daß dies die Erklärung war.

Ja, er war fertig. Er würde selbst anrufen, genau so, wie er das die ganze Zeit über vorgehabt hatte. Zuerst mußte er sich jedoch beruhigen, alles regeln. Er hatte nicht eine Flasche Wein im Haus. Nicht, daß er soff, aber er hätte jetzt etwas nötig gehabt. Einen Moment lang dachte er daran, zu Jonsson hinaufzugehen und zu versuchen, sich etwas zu borgen, doch zum einen hatte Jonsson fast nie etwas daheim, und zum anderen hatte die Alte zu ihm gesagt, daß er Pär keinen Schnaps geben solle. Oder in diesem Fall Wein.

Er nahm zwei Schmerztabletten der Alten, ovale, gräuliche Pillen, von denen er wußte, daß sie gut waren. Die holte er, ohne in ihrem Zimmer etwas zu beachten, was nicht unbedingt nötig war, um die Packung zu finden. Das Bett sah er nicht an. Er mußte seinen Pyjama ausziehen, denn er schwitzte derart, daß dieser feucht geworden war. Und das, obwohl der eine Ölofen ausgegangen war; es stank. Er heizte ihn ein und kroch wieder ins Bett. Nach einer Weile schlief er ein, schlief aber nicht fester, als daß er nicht gemerkt hätte, wie schön das Schlafen war. Es war halb elf, als er wieder aufwachte.

Es war völlig richtig: Er war nun klarer in der Birne, nachdem er sich hatte beruhigen können. Er zog seine Unterhose und seine Hose an – die beste Hose, denn es würde ein ungewöhnlicher Tag mit Polizei und Arzt werden –, und als er halb angekleidet war, zog er das Rollo hoch.

Es hatte offensichtlich die ganze Nacht über geschneit. Der Zaun war um ein Viertel kürzer geworden, und die lückenhaft stehenden Latten ragten aus reinem weißem Schnee hervor. Pär war so klar und ruhig, daß er augenblicklich ans Schneeschaufeln dachte. Er hätte vor sieben Uhr rausgehen und räumen müssen. Die Welt hatte sich über Nacht verändert, sie war weiß und rein, und die Geräusche waren gedämpft.

Merkwürdigerweise hatte noch niemand wegen der Alten angerufen. Aber es war ganz gut, daß er selbst anrufen mußte. Alles andere würde nur komisch wirken. Wo er anrufen sollte, wußte er noch immer nicht.

Während er den Küchenherd einheizte und Kaffee aufsetzte, kam ihm eine Idee. Am liebsten würde er alles in aller Ruhe jemandem erzählen, der Verständnis hätte. Niemandem aus Pukehornet hier, der womöglich selbst Angst hatte. Nein, er wollte es einem klugen und empfänglichen Menschen erzählen, einem, der seiner selbst sicher und es gewohnt war, sich anderer anzunehmen.

Er wußte auch schon, an wen er dachte. Den Doktor der Alten. Sein Name stand auf den Arzneidöschen. Er hatte einmal mit ihm gesprochen, als er die Alte dorthin begleitet hatte. Obwohl er nur ein paar Worte über seine Befindlichkeit hatte äußern können, hatte er gemerkt, daß der Doktor ihn verstand, ja, jedenfalls hatte er es nicht lächerlich gefunden.

Er nahm den Telefonhörer ab und vergewisserte sich, daß

die Tür abgeschlossen war. Es war nicht nötig, daß jetzt, wo er wußte, was er tun sollte, die Polizei kam oder anrief. Es war am besten, wenn er die Sache selbst erledigen konnte.

Außerdem galt es, beim Doktor ruhig und gefaßt aufzutreten. Er würde sich gut kleiden, vielleicht mit dem Taxi hinfahren. Im übrigen hatte der Arzt wohl schon beim vorigen Mal gemerkt, daß er es nicht mit einer gewöhnlichen Existenz von hier unten zu tun hatte. Diesmal würde er die ganze Wahrheit über sich erzählen. Er würde ganz einfach damit beginnen, daß er ihm eine Visitenkarte überreichte.

Es war einige Jahre her, daß er sie hatte drucken lassen, und da das Pack vom Dachboden die Karten, die er neben dem Namensschild der Alten an der Tür anbrachte, immer verkritzelte, so daß er sie ständig auswechseln mußte, hatte er nicht mehr viele übrig, wenn überhaupt noch eine. Schlimmstenfalls mußte er diejenige nehmen, die an der Tür hing. Das Loch vom Reißnagel bemerkte man wahrscheinlich überhaupt nicht.

Redakteur
Pär Lind-Bladh
Pseud.
Puck Horn

Die Krankenkasse und das Finanzamt erkannten nur die Schreibweise Lindblad an, aber es ging ja beim Doktor jetzt nicht um ein Rezept oder ein Attest, folglich konnte er die Visitenkarte durchaus benutzen. Er fühlte sich klar und ruhig und bedachte sorgfältig auch die Details.

Zuerst wollte er dem Arzt den Text der Karte erklären.

»Ich bin bis vor ein paar Jahren Mitarbeiter der Zeitung ›Imago‹ gewesen, einer Wochenzeitschrift, die –«

Nein – es ging natürlich darum, das Ganze nicht komplizierter, nicht merkwürdiger zu machen, als es war. Er schenkte sich Kaffee ein und setzte sich an den Küchentisch, auf dem ein gelbes Wachstuch mit braunen Karos lag.

»Bis vor ein paar Jahren war ich Mitarbeiter der Zeitung ›Imago‹, einer Wochenzeitschrift, die jetzt alle vierzehn Tage erscheint.«

Er schmierte Margarine auf eine Scheibe Brot und schnitt großzügig Käse ab.

»Schon damals wohnte ich bei Fräulein Wallin, wenn auch in einer Wohnung über ihr, ein Zimmer und Küche. Fräulein Wallins Gesundheitszustand hat sich ja, wie Sie, Herr Doktor, wissen, stetig verschlechtert –«

Das war übertrieben. Abgesehen von rheumatischen Beschwerden in der rechten Schulter und der kleinen Gehirnblutung im August war sie gesund. Aber sie war alt, fett und einsam.

Es war nicht nötig, darauf einzugehen, wie er bei »Imago« aufgehört hatte. Aber er mußte erzählen, daß er zu der alten Frau hinuntergezogen war. Sie selbst hatte dies vorgeschlagen, nachdem er mit der Miete endgültig in Rückstand geraten war. Sie dachte stets praktisch. Auf diese Weise bekam sie gegen Kost und Logis und eine äußerst bescheidene Vergütung in bar einen Betreuer, Wachmann und Hausmeister. Darauf würde er nicht weiter eingehen. Von den Toten nur Gutes. Es gab ein lateinisches Sprichwort darüber, und eigentlich hatte er gute Lust, es irgendwo nachzuschlagen, ehe er zum Doktor fuhr. Dieser würde ihn vollkommen verstehen.

»Selbstverständlich bin ich auch weiterhin literarisch tätig, obwohl jetzt fast alle Zeit mit der Pflege der alten Frau draufgeht. Das Milieu ist ja literarisch inspirierend. Deshalb habe ich mich auch ursprünglich in diesem Stadtteil niedergelassen. Nun, Herr Doktor, Sie wissen selbstverständlich, daß er nach dem mittleren Karree Pukehornet, Teufelshorn, genannt wird. Eine lustige Menschenansammlung. Ich könnte Ihnen –«

Es war jedoch nicht gut, zu weit abzuschweifen. Im übrigen würde der Doktor auch so begreifen, daß Pär eigentlich nicht dort hingehörte.

Von ihrer Fahrt wollte er erzählen und von dem, was im Wald passiert war, und zwar so genau wie möglich. Vor allem würde er seine eigenartige Reaktion beschreiben, und er war überzeugt, daß der Doktor sein Verhalten verstehen würde, womöglich gar einen medizinischen Namen dafür hätte. Eben deshalb war es so ausgezeichnet, daß er sich für einen Arzt entschieden hatte, dem er das Ganze erzählen wollte.

»Ich kann es Ihnen nur so erklären, Herr Doktor, daß ein überempfindlicher Mensch –«

Der Doktor hatte das Wort damals selbst benutzt.

»Ein Mensch, der also mehr sieht und erlebt als –«

Es klopfte an der Tür.

Er erschrak schier zu Tode. Rumste vom Tisch auf und ergriff ein Handtuch. Er wußte nicht, was er damit anfangen sollte. Einen Moment lang wollte er die Kaffeetasse und das belegte Brot auf dem Tisch damit bedecken. Es klopfte noch einmal. Sein Herz schlug, es raste, er war ein abstürzendes Flugzeug –

»Wer da?«

Vermutlich hörte man ihn draußen nicht, denn es klopfte ununterbrochen.

»Päron!«

Jonssons Stimme.

»Was ist?«

»Mach auf.«

»Was ist denn?«

Jonsson schlug wütend an die Tür, und er mußte öffnen.

»Mensch, was ist denn los mit dir? Warum machst du denn nicht auf?«

Jonsson stand im Nylonhemd in dem kalten Flur. Pär konnte nicht verhindern, daß er hereinkam. Statt dessen ging er rückwärts an der Zinkspüle und am Herd vorbei zur Zimmertür der Alten und schlug sie zu. Jonsson starrte ihn an.

»Was machst du denn?«

»Sag lieber, was du willst.«

»Ein Gespräch für dich.«

»Was meinst du damit?«

»Daß jemand am Telefon ist für dich.«

»Das hätte ich ja wohl gemerkt.«

»Du hast den Hörer abgelegt.«

Pär drückte sich an die Tür. Ihm war schlecht. Es war, als könnte Jonsson auf üble Weise durch die geschlossene Tür ins Zimmer der Alten und obendrein um die Ecke sehen. So, als ginge sein Blick, der Türen röntgte, um die Ecke und stöberte hinter dem Bücherstapel auf dem Nachttisch der Alten das Telefon mit dem abgelegten Hörer auf.

»Sie haben bei mir angerufen«, sagte Jonsson, »da ist nämlich ein Ferngespräch für dich, und das Fräulein vom Amt findet, daß schon ziemlich lange belegt ist. Schließlich haben sie gemerkt, daß der Telefonhörer abgelegt worden ist. Leg jetzt auf.«

»Wer hat denn angerufen?«

»Weiß der Geier.«

Jonsson ging und schlug die Tür zu. Pär hörte seine Schritte auf der Treppe. Er schloß hinter ihm ab und ging ins Zimmer der Alten. Zuerst setzte er sich auf das hoch aufgebaute Bett, so, daß er dem großen Porträt ihres Vaters den Rücken zukehrte. Es handelte sich um eine Fotografie aus den neunziger Jahren des neunzehnten Jahrhunderts, ein Brustbild von nahezu natürlicher Größe, und er mochte es nicht, wenn dieser große, backenbärtige Ochse ihn anstarrte, während er telefonierte. Dann legte er vorsichtig den Hörer auf. Er mußte gut drei Minuten warten, ehe es klingelte. Fetzen des Gesprächs, das er mit dem Doktor hatte führen wollen, schossen ihm durch den Kopf, doch er konnte nichts davon einfangen.

»Hallo«, sagte er atemlos.

»Pär?«

»Ja!«

Die schrille Altweiberstimme schrie, als müßte man sie ohne technische Hilfsmittel bis in die Stadt hören.

»Pär! Ich hab mir Sorgen gemacht. Hörst du mich?«

Und ob. Doch er konnte nicht antworten. Seine Stimme und seine Atmung waren völlig durcheinander.

»Ich hab mir Sorgen gemacht, weil ich nichts gehört hab. Das Fräulein vom Amt hat gesagt – hörst du? Sie hat gesagt, daß der Hörer abgelegt sein muß. Da hab ich bei Jonsson angerufen. Jonsson! Von oben. Er wohnt doch oben?«

Da fing sich Pär. Leise antwortete er: »Ja sicher, er wohnt oben.«

»Agda hat gestern versprochen, daß sie anruft, wenn ihr wieder in der Stadt seid.«

»Jaja.«

Die Schwester der Alten hatte kein Telefon. Deshalb war sie das Telefonieren nicht gewohnt und schrie in den Hörer. Von wo rief sie bloß an?

»Ich ruf vom Heim aus an.«

Konnte das alte Aas Gedanken lesen?

»Wir haben hier Telefon. Sie haben mich gestern abend mit dem Auto abgeholt, und dann bin ich eingezogen, und dann hab ich gewartet, daß Agda anruft. Aber sie hat nicht angerufen. Da ist mir angst geworden. Wir haben im Altersheim Telefon, verstehst du?«

Er verstand.

»Ist alles in Ordnung? Seid ihr gut heimgekommen? Ich wollte nur mal fragen. Länger sollten wir jetzt vielleicht nicht reden. Ihr seid doch gut heimgekommen?«

»Ja, freilich.«

Es war ihm kaum möglich, etwas anderes zu antworten, während er versuchte, Ordnung in seine Gedanken zu bringen. Er sah Bilder. Er sah den Wald bei Rotbol, aber nicht den spitzen, halbtoten Nadelwald mit dem schneidenden Wind, durch den er sich gestern zusammen mit Agda Wallin gemüht hatte, sondern einen Wald, der wie ein warmer, mit dem weichen Schnee der Nacht wattierter Raum war.

Ihm wurde klar, daß dort nicht formlos quellend Agdas Körper am Fuß eines Wurzelwerks lag, mit eingetrocknetem Speichel am Kinn und einem Auge, das mit der Indolenz des Todes in die Bäume starrte, sondern daß da nur eine sanfte Erhöhung war, ein weißer Schneehügel im stillen Wald. Der Pfad war verschneit, keine Fußspuren weit und breit. Rotbol war leer. Niemand war durch den Schnee gegangen, seit er zum Bus gerannt war. Die ganze Nacht hindurch war Schnee gefallen.

»Ja, wenn ihr also nur gut nach Hause gekommen seid.«

Die ganze Nacht hindurch war Schnee gefallen. Jetzt hatte er wenigstens Zeit, das Ganze selbst zu regeln.

»Ja, sicher.«

Sie war das Telefonieren nicht gewohnt, und jetzt war er der Sicherere. Das Bild des stillen, weißen Waldes hatte ihn plötzlich völlig ruhig gemacht. Später würde er alles erklären. Er würde ihr erzählen, warum er ihr am Telefon nichts von Agdas Tod gesagt hatte. Es konnte für einen alten Menschen gefährlich sein, so etwas ohne Vorwarnung am Telefon zu hören. So einfach war das. Daß ein naher Angehöriger gestorben ist, teilte man nicht auf die gleiche Art mit, wie wenn man anrief und erzählte, daß das Dach des Brennholzschuppens eingestürzt sei. Also erinnerte er sie bis auf weiteres nur daran, daß es teuer werde, lange zu reden.

»Agda ruft dann wohl noch an?«

Der Gedanke, wie brenzlig nahe sie daran gewesen war, mit Agda sprechen zu wollen, verschlug ihm zunächst die Sprache. Dann sagte er gebieterisch: »Ja, freilich. Und jetzt legen wir auf. Leg den Hörer einfach auf die Gabel.«

»Die Gabel?«

»Ja, diese Aussparung mit den zwei Knöpfen, die runtergedrückt werden. Leg ihn –«

Sie fing dort in der Ferne zu kichern an.

»Gabel. Wir haben hier ein Kompakttelefon.«

Das Gespräch endete damit, daß er mitten in ihrem Gekicher resolut den Hörer auflegte. Er mußte sich merken, daß sie noch nichts vom Hinscheiden ihrer Schwester wußte und daß sie eben erst wach und vom ersten Tag im Altersheim noch ein bißchen berauscht war. Er hatte auch schon gehört, daß alte Menschen oft trübsinnig wurden, wenn sie ins Heim kamen.

Nach dem Telefonat saß er eine Weile auf dem Bett der Alten und sah direkt vor sich in den Spiegel ihres Waschtisches. Er saß so, daß der gelbe Fleck im Spiegelglas genau unter seinem linken Auge, dem rechten im Spiegel, landete. Für ein Weilchen meinte er, daß alles ruhig und klar sei und bald geregelt wäre. Es war eigentlich gar nicht so merkwürdig.

Ohne in seinem Körper eine Vorwarnung zu verspüren, begann er plötzlich zu zittern. Es schüttelte ihn dermaßen, daß er sich an der Bettkante festhalten mußte, sein Mund stand halb offen und ließ in kleinen Stößen die Luft heraus, bis keine mehr da war und ihm beinahe der Atem ausging. Er schnappte so heftig nach Luft, daß es in der Brust stach, und er versuchte dem Zittern Einhalt zu gebieten, indem er die Arme um sich schlug. Er schloß die Augen, um das Spiegelbild nicht sehen zu müssen, wo in seinem Gesicht der gelbe Fleck wie wahnsinnig hüpfte. Es gab eigentlich nichts, was schlimmer war als noch vor einer Weile; es wurde nur einfach zuviel. Er dachte an zu viele Dinge auf einmal.

Er sah die alte Frau im Wald liegen und sich selbst davonrennen, und er dachte, daß man das ja erklären könne. Die Leute würden es verstehen. Gleichzeitig aber hatte er noch das Telefongespräch von eben im Ohr. Er sah Jonsson auf der

Treppe stehen, so, wie er am Abend vorher dort gestanden und ihn angestarrt hatte, und er sah den Busfahrer, der nachdenklich die zwei Fahrscheine einriß. Er dachte an idiotische Kleinigkeiten wie den Flurteppich, die Weinflasche und das Heizöl, das er bestellt hatte. Schlicht und ergreifend zuviel auf einmal, weiter nichts. Zu viele Dinge. Mit jedem einzelnen würde er fertigwerden, doch alles auf einmal war zuviel. Die Hölle der Vielfalt. Viele –

Er war krank. Er mußte sich beruhigen. Jeder x-beliebige Doktor hätte ihm ein Beruhigungsmittel gegeben. Trotz des Zitterns würde er wenigstens versuchen, die Packung mit den Schmerztabletten der Alten hervorzuholen. Das war besser als nichts. Ein Arzt wäre wahrscheinlich derselben Meinung.

Die Waschtischschublade klemmte, und es war schwierig, sie aufzubekommen. Als er jedoch das Klopfen an der Tür hörte, fiel ihm die ganze Schublade in den Arm, und Tablettenschachteln und Stuhlzäpfchen, Lockenwickler aus Sämischleder und Salbendosen purzelten um ihn herum auf den Teppich.

Er mußte sofort öffnen, denn da schlug ihm jemand fast die Tür ein.

»Worum geht's denn?«

Nur Jonsson.

»Was bummerst du denn an der Tür?«

»Hast du heute schon rausgeguckt?«

»Ja?«

»Weißt du, wie spät es ist? Weißt du denn, daß hier keiner raus- noch reinkommt, weil die Stadt die Straße geräumt hat? Vor dem Eingang liegt ein Schneewall, da könntest du kaum drüberklettern. Und im Hof liegt schon den ganzen Vormittag der Schnee, aber kein Mensch hat dich mit einer Schneeschaufel gesehen. Was ist eigentlich los mit dir?«

Das war er gewohnt. Es beruhigte ihn beinahe. Eigentlich war Jonsson nicht der Mieter, der sich gern aufregte, deshalb begriff er, daß ziemlich viel Schnee liegen mußte. Er zog die Tür zu und schlüpfte in seine blaue Arbeitshose und eine ältere Jacke.

Es war sonnig draußen. Die Leute hatten sich Pfade zu den Aborten getrampelt, und in den Fußspuren lagen blaue Schatten. Irgend jemand hatte einen schmalen Gang zum Brennholzschuppen geschaufelt. Er fuhr unlustig mit der Schaufel durch den Schnee und merkte, daß dieser fester war, als er angenommen hatte, kompakter. Den Hof ließ er so. Mehr als die Gänge zum Schuppen brauchte man ja nicht. Er ging zu dem Schneewall, den der Pflug an ihrem Zaun und Eingang aufgeworfen hatte, stellte sich hin und sah ihn sich an. Die Steinpfosten waren fast begraben.

An den Wintermorgen war es immer ein Lotteriespiel, aus welcher Richtung der Schneepflug kommen würde. Kam er von der Vaksalagatan, kam Pär ungeschoren davon. Dann wurde der Schnee am Haus gegenüber aufgeworfen, und er konnte vormittags ruhig umherspazieren und auf seiner Seite ein bißchen räumen, Abfall aus dem Schnee aufsammeln, alles schön saubermachen und beobachten, wie auf der anderen Seite der Straße, die um diese Jahreszeit kaum autobreit war, die Arbeit an der großen Schneewehe, die der Pflug hinterlassen hatte, voranging.

Die Diskussion mit den Typen von der Stadt darüber, wessen Pflicht es sei, den Wall, den der Schneepflug aufwarf, wegzuschaffen, hatte er ein paar Jahre lang mit großem Einfallsreichtum geführt, doch jetzt war sie beendet. In Pukehornet behielt stets die Stadt recht.

Dies hier war eine Schneewehe, die man nicht einfach in Angriff nahm. Er trampelte umher, um keine kalten Füße zu bekommen, und schätzte dabei ab, wie sie anzugehen sei. Bevor er soweit gediehen war, die Schaufel anzusetzen, hörte er, wie hinter ihm ein Fenster geöffnet wurde. Er wußte, was im Gange war. In dem kleineren der beiden gelben Häuser waren nur zwei Einzimmerwohnungen. Obwohl sie übereinandergebaut waren, waren sie völlig verschieden. Das konnte von dem unregelmäßigen Treppenhaus herrühren, das aus der Holzwand vorsprang, oder daher, daß der rote Schuppen einen Keil seiner Architektur in die eine Seite hineintrieb.

Das ihm am nächsten gelegene Fenster im Erdgeschoß wurde geöffnet, der Sturmhaken eingehängt, und Kjell Palmgren lehnte sich heraus und legte mit ausgesuchter Gemächlichkeit seinen Oberkörper auf dem nachgebenden Holz des Fensterbretts zurecht. Er blinzelte in die Sonne, während durch das offene Fenster Heizöldünste und andere Gerüche entwichen. Die Kälte, die hineinströmte, schien er nicht zu bemerken.

Sein Körper wirkte verschlafen und voller Behagen. Muskeln und Fett legten sich auf dem Fensterbrett zur Ruhe, im Ausschnitt seines Unterhemds kräuselte sich das Haar, und er betrachtete Pär mit verschleiertem, erwartungsvollem Blick.

»Mensch, jetzt kriegt ihr mal was zu sehen«, begann er mit sanfter Stimme. Weil unsicher war, ob er seine Worte in die Wohnung oder an Pär richtete, schwieg dieser und stieß mit fest zusammengebissenen Zähnen die Schaufel in den kommunalen Schneewall.

Er fand es scheußlich, mit dem scharfen Gerät in den formlosen Schnee zu fahren, ungefähr so, als ob etwas darin verborgen wäre. Außerdem mußte er über einiges nachdenken. Aber es war natürlich zuviel verlangt, daß Kjell das Maul hielt und ihn in Ruhe arbeiten ließ.

»Bist du jetzt schon in der Dämmerung auf, Päron?«

Über diesen einzigartigen Witz lachte er allein so, daß das Fensterbrett knackte. Er wandte sich um und gab Erklärungen in die Wohnung ab.

»Päron geht da draußen mächtig ran. Soeben hätte er beinah Schnee an die Hosen bekommen.«

Die Stimmung da drinnen schien behaglich und ofenwarm

zu sein. Es herrschten eitel Freude und Sonnenschein. Vermutlich waren die Bareinnahmen am vorherigen Tag gut gewesen. Der Bote war zum Monopolladen gegangen und zurückgekommen, ohne daß er seine Legitimation hatte vorzeigen müssen. Kjell ging es gut, seinem Kumpel ging es gut, und ihre Frau briet Eier.

»Geh doch nicht so direkt drauflos, Päron! Schleich dich ein bißchen von der Seite an. Mit Schnee ist nicht zu spaßen.«

»Schade, daß ich zu tun habe, so daß mir keine Zeit bleibt, so viel zu quatschen wie manch –«

Er wurde Gott sei Dank unterbrochen. Es wäre auch unklug gewesen, noch weiterzugehen. Kjell war muskulös und geradeheraus wie ein Nashorn.

»Ja, allerdings, Päron, du hast zu tun. Das muß ich der alten Wallin erzählen. Päron schuftet, daß die Schwarte kracht, werde ich sagen. Der hängt sich verflucht rein. Gestern war er in der Stadt und hat Scheißhauspapier gekauft, und heute hat er im Hof drei Zündhölzchen aufgehoben.«

»Sein Wortschatz umfaßt circa dreißig Wörter, und am häufigsten kommen Scheißhaus, verflucht, Arsch und Sprit vor. Sein Gefühlsleben entspricht dem eines Säuglings, und sein Intelligenzquotient würde, so er überhaupt meßbar wäre, bestimmt fünfunddreißig unterschreiten.«

Dies sagte Pär nicht zu Kjell, sondern zu einem Zuhörer in seinem Inneren, der die Züge eines Arztes trug. Er hatte auch Lust, zu erzählen, wie fürchterlich gelähmt er sich von seiner Überlegenheit über dieses Höhlenwesen fühlen konnte. Praktisch so gelähmt, daß er manchmal das umgekehrte Gefühl hatte – das der Unterlegenheit, so lachhaft das war.

»Es ist lachhaft, aber manchmal habe ich fast das Gefühl, als wäre er eine Art Über-, Über-«, sagte er im stillen zu dem Doktor, unterbrach sich aber und schnauzte Kjell an: »Mind your own business!«

»Fang bloß nicht an, ausländisch zu quasseln. Wir haben

hier drinnen einen, der war auf See. Charlie! Komm mal her! Du mußt dir mal Päron hier angucken. Der redet schon wieder in Zungen.«

»Ist er erweckt?«

Der Kumpel tauchte auf, legte den Arm freundlich um die runden Schultern seines Freundes, und ihre Frau warf lächelnd über ihre Köpfe hinweg eine Kippe heraus.

»Kommt jetzt rein zum Essen. Mach's Fenster zu, Kjelle.«

Pär war mit der Schneewehe wieder allein.

Schneeschaufeln war eine harte und trostlose Arbeit. Die Ermattung, die er hinterher verspürte, hatte das Gute an sich, daß er nicht mehr zitterte und keinen Schrecken mehr empfand. Er hatte schwere Glieder, und die ganze Geschichte deprimierte ihn abgrundtief. Irgendwann am Vormittag hatte es so ausgesehen, als wäre alles klar, als müßte alles nur geregelt und wieder eingerenkt werden. Doch jetzt in der hereinbrechenden Winterdämmerung und dem Schneefall, der erneut über den hölzernen Bruchbuden und Ziegelkästen eingesetzt hatte, kam langsam und zögernd wie die Schneewolken, die über den Dächern schwollen, eine andere Art von Gedanken.

Beim Schaufeln hatte er durch das Fenster zum Hof direkt in das Zimmer der Alten gesehen. Er hatte praktisch direkt auf das leere Bett gesehen. Erst jetzt ging er hinein und zog die Rollos herunter.

Wie viele hatten heute dieses leere Bett gesehen? Er ging langsam alle Dummheiten durch, die er begangen hatte, seit die Alte im Wald zusammengekracht war. Er erinnerte sich an die Blicke der Busfahrgäste, an die Verwunderung des Busfahrers über die zwei Fahrscheine, und er erhob sich mit vom Schneeschaufeln steifem und wehem Rücken und besah sich im Spiegel die Kratzwunde auf seiner Wange.

Er hatte sie sich irgendwann am Vortag zugezogen, aber wie? Zu Jonsson hatte er gesagt, daß sie wieder da seien. Ja, hatte er gesagt. Ja. Mehr nicht, doch das reichte. Das Telefonat mit der Schwester im Altersheim quälte ihn. Wenn sie die Alte freischaufelten, mußten sie sich fragen, warum er all das getan hatte. Irgendwie war das ja völlig klar. Er war jedoch nicht mehr davon überzeugt, daß es so leicht wäre, das Ganze so zu erzählen, daß es jemand tatsächlich verstünde. Allmählich wurde es zuviel.

Nein, die Leute würden sich natürlich selbst eine Erklärung zurechtbasteln. Er ging langsam zu dem Spiegel über der Spüle und besah sich erneut die kleine Kratzwunde. Eine Kratzwunde im Gesicht. Was sollte er sagen? Wenn er es nicht einmal selbst wußte. Nein, er wußte tatsächlich nicht, wie er sie sich zugezogen hatte.

Ohne Panik, fast niedergeschlagen, stellte er fest, daß die einzig vernünftige Erklärung, auf die die Leute verfallen würden, die war, daß er sie umgebracht habe. Fast alle wußten doch, daß er in der Hoffnung, der begründeten Hoffnung, für sie arbeitete, irgendwann einen Batzen zu erben. Das war ihre Art, Verträge abzuschließen.

Er entledigte sich ihrer, weil er es leid geworden sei, sich mit Schneeschaufeln, Wäschewaschen, Reparaturen und Apothekengerenne abzurackern. Fast alle wußten doch, daß er Geld zu erwarten hatte, wenn sie nicht mehr war.

Nur er wußte, daß er nichts zu erwarten hatte. Bis gestern hatte er es nicht gewußt. Als sie dagesessen und all das Zeug, was aus ihm werden solle, dahergeredet hatte, war ihm kaum klar geworden, was sie da sagte. Als ihr der Speichel aus dem Mund tröpfelte und sie sich abmühte, ihm begreiflich zu machen, daß es nichts Schriftliches gebe und er nichts gewinnen würde, wenn sie stürbe, da kapierte er mit knapper Not, was sie meinte. Er hatte vor allem Angst vor dem, was da gerade vor sich ging. Nun aber begriff er es um so besser.

Er hatte nichts zu erwarten. Was soll aus dir werden, hatte sie gefragt. Außerhalb von Pukehornet und diesem Hof hatte er nichts. Einundvierzig Jahre, keine großen Aussichten auf einen Job. Das schlimmste war, daß er sich hier immer recht sicher gefühlt hatte. Und nun: nichts.

Außerdem würde man, wenn man sie fände, sagen, daß er sie irgendwie umgebracht habe. Und im Augenblick war ihm nicht so, als hätte er die Kraft, jemanden vom Gegenteil zu überzeugen. Warum sollte er also losrennen und erzählen, daß sie dort draußen lag? Das war doch fast das gleiche wie sich selbst anzuklagen.

Gegen fünf, als er gerade am Herd stand und sich Kartoffeln briet, kam Kjell herein. Seine Stimme war sanft.

»Kann ich mal mit dir reden?«

»Nur zu, red!«

»Mach die Tür zu«, sagte Kjell und versuchte, seine Stimme zu einem Flüstern zu dämpfen.

»Warum denn?«

»Die Alte.«

Pär schob die Tür zu ihrem Zimmer zu. Er fühlte sich schwerfällig und gleichgültig. Außerdem wußte er schon, worum es ging, noch ehe Kjell zu reden anfing.

»Mach doch mal zum Spritladen rüber, bevor sie zumachen, und hol ein bißchen was für uns.«

»Warum denn?«

»Du weißt schon. Hier ist Geld.«

»Das kannst du wieder einstecken.«

»Was ist los mit dir? Du kriegst 'ne Pulle Wein, wenn du gehst, das weißt du doch.«

Das hätte er brauchen können. Ganz bestimmt hätte er eine Flasche Wein brauchen können. Doch er merkte, daß er an diesem Abend nicht imstande war, Pukehornet zu verlassen. Kjell so etwas klarzumachen war unmöglich.

»Nicht heute abend. Steck das Geld wieder ein.«

Kjell blähte sich mit Muskeln, Fett und Luft vor ihm auf.

»Bürschchen«, hob er an, doch aus Angst vor der Alten, die sich für gewöhnlich im Zimmer aufhielt, sprach er leise.

»Es hat keinen Zweck«, sagte Pär tonlos. »Ich mache heute abend nicht den Laufburschen für euch. Ich habe weder Lust noch Zeit.«

Kjell mußte immerhin kapiert haben, daß er meinte, was er sagte. Er steckte das Geld ein.

»Leck mich am Arsch«, sagte er und ging.

Pär ging früh zu Bett, löschte aber das Licht nicht. Es wurde so trostlos dunkel, wenn er die Lampe ausmachte. Er lag da und sah den viereckigen Eßtisch aus braungebeizter Kiefer an, den er sich als Schreibtisch hergerichtet hatte. Alle weißen Flecken auf der Oberfläche waren mit einem System von säuberlichen Papierstapeln, aufgereihten Stiften und zwei Farbbandschachteln bedeckt. Da waren seine Underwood – ein Vorkriegsmodell – und ein kleiner Stapel mit den letzten zwanzig Nummern von »Imago«, das heißt, den letzten zwanzig Nummern, an denen er mitgearbeitet hatte.

Es war nicht zu fassen, daß die schmucke Welt, die er sich hier hinter dem Schlafzimmer der Alten eingerichtet hatte, zusammenbrechen sollte, nur weil sie ihr Versprechen nicht hielt. Hatte man das Recht, etwas auf diese Weise zu versprechen, einen Menschen mit einem Versprechen aufrechtzuerhalten und dann einfach zu sterben? Das Gefühl, daß dies nicht gerecht sei, daß sie ihn fürchterlich gegen jede Regel und unmoralisch behandelt habe, tat ihm für eine Weile gut. Er war drauf und dran, bei Licht einzuschlafen. Hol's der Geier, es gibt keine Gerechtigkeit, dachte er.

Er wurde eiskalt hellwach und hatte Schmerzen im Zwerchfell, als er darauf kam, daß dies die nackte Wahrheit war: Es gab keine Gerechtigkeit.

Eigentlich sollte er noch etwas lesen, bevor er einschlief, um die Gedanken zu zerstreuen. Jetzt zu grübeln war sinnlos. Er war fertig. Sein Blick glitt schwer über die Rücken der Krimihefte, die neben ihm lagen. »Der Tod – ein Schuß«.

»Eines toten Mannes Hand«. »Auftrag in Hongkong«. »Der Tod schießt zuerst«. »Mord in der Dämmerung«. »Tödlicher Trieb«. »Der Tod geht an Bord«. »Tod –«

Es war absolut sinnlos zu grübeln. Toter Tod der Tod tot. Absolut zwecklos.

3

Diese wilde Angst, ein wirbelnder Schrecken.

Er lag unter einer grünen Wolldecke. Kurz vorher war er aufgewesen und ins Zimmer der Alten gegangen, um sich vier Tabletten zu holen. Er lag steif und still, um die Angst nicht zu stören, für den Fall, daß sie eingeschlafen war. Seine Füße waren warm. Er trug eine Pyjamajacke und Unterhosen. Im Mund, sauer und übel, der Geschmack des Schreckens. Sein Haar war rauh und widerspenstig geworden. Ihm brannten die Augen, und die Uhr, die er gekauft hatte, tickte zu hart.

Wie hieß der Typ, dem er sie abgekauft hatte? Das war wichtig. Er mußte einen Namen haben, das war wichtig – sollte das Chaos nicht ausbrechen. Sollte das Nachtprogramm einschalten, konnte aber nicht aufstehen.

Es war bald zwei. Da würde er wohl schlafen können – aber warum?

Diese wilde Angst –

Sie war irgendwo im Zimmer. Einfach nur still liegen.

Die Alte war tot. Pfui Teufel, wie sie aussah! Er mußte sich erinnern: der Busfahrer, der sich gewundert hatte, daß er allein zurückfuhr.

Gestern.

Bald würde er einschlafen. Schlafen. Er hatte in diesem Herbst viel geschlafen. Nein, es war gestern geschehen. Kein Vertun; könnte er nur eine Stunde schlafen, die ganze Nacht!

Noch wird viel geschehen. Es geht kaputt. Die Farben hier drinnen. Er fühlte sich krank. Gab es kein Krankenhaus? Die Leute müssen einen doch ins Krankenhaus bringen, wenn man krank ist?

Krankenhaus. Welch ein Wort!

Nur zwei Tabletten hatte er. Man hatte nicht mal jemanden, den man anrufen konnte. Die Stunden vergingen langsam. Und wohin gingen sie? Man war hier eingesperrt wie ein Tier.

Manchmal nickte er ein. In seinem Kopf wogte das Blut. Das war wie eine Wiege. Dann reckten unruhige Gedanken ihre harten Finger empor und stocherten in seinen Schlaf. Es gab so viele Punkte, über die er sich beunruhigen konnte, daß er keinen einzigen deutlich erkennen konnte. Alles war eine kochende Grütze, ein Gegraupel von Wörtern und grusligen Farben: grau und graugrün.

Ja – er mußte eingeschlafen sein, denn er hatte in seinem Kopf anstelle von Gedanken Farben gesehen. Da war es in der Tat besser, wach zu sein und in glasklaren Worten zu denken.

Allerdings entglitt ihm die Wachheit immer wieder, und er sank in das Wiegen, einfach vor lauter Müdigkeit. Die Angst war jedoch so allumfassend und aussichtslos in diesem Graugrün, in diesem –

Wie ein Tier in einem Käfig war man. Eingesperrt.

Er nährte seine Angst mit starken Worten. Das war eine Art Schnelldüngung und Vergrößerung der Angst, ungefähr so, wie wenn man Masthühner aufzieht. Für ein Gefühl war dies ein ebenso natürliches Leben wie das eines Masthuhns im Vergleich zu dem einer gewöhnlichen aufgeplusterten Henne.

Als er auf die Lösung kam, legte sich die Angst. Sie lockerte ihre Umarmung und ließ ihn erschlaffen. Es war fünf Uhr. Seine Augen schmerzten und brannten. In gewisser Hinsicht hatte er die Lösung die ganze Zeit über schon gewußt, doch hatte er seine Gedanken nicht so weit sammeln können, daß ihm dies klar geworden wäre.

Die Lösung war prima. Sie war wie Stramin, ein Karomuster, das lediglich mit Stickereien ausgefüllt werden mußte.

Er war schon vor sieben Uhr auf. Obwohl er so müde war, verspürte er eine Art Eifer. Ehe es hell wurde, zog er an den beiden Fenstern im Zimmer der Alten als erstes die gelbweißen Gardinen aus Baumwollspitze so weit wie irgend möglich zu, und erst dann zog er die Rollos hoch. Er ging hinaus und kontrollierte, ob man vom Hof oder von der Straße aus in ihrem Zimmer etwas erkennen konnte. Um nicht deutlich werden zu lassen, was er tat, nahm er die Schneeschaufel mit. Auf diese Weise traf es sich, daß er einmal vor dem städtischen Schneepflug draußen war.

Man sah von draußen nichts in ihrem Zimmer. Das Dreieck, das die Zacken der Spitzengardinen frei ließen, war mit dem dichten Grün der Blumentöpfe gefüllt. Sicherheitshalber wollte er aber nie das Licht im Zimmer anmachen, ohne vorher die Rollos herunterzuziehen. Das mußte er sich merken. Es gab vieles, was er sich merken mußte.

Pär stocherte mit der Schaufel im Schnee. Er hatte alles gern schön sauber. In der Regel hielt er den Hof gut in Schuß, etwas anderes hätte Agda nicht behaupten können. Es mußte ihm nur jemand mit dem Gröbsten helfen. Sie hatte einen Verwandten, einen Neffen, aus dem nie etwas wurde. Der kam manchmal und schaufelte Schnee oder räumte für Kaffee und einen Zehner oder Fünfer auf. Pär konnte dann hinterher ein wenig die Feinarbeit machen: Abfall aufsammeln, die Ränder der Schneewälle zurechtformen. Natürlich war das auch keine besonders interessante Arbeit, nicht für ihn. Nicht eigentlich. Doch jetzt empfand er das anders. Er lief in dem frühen, dunklen Wintermorgen umher und fuhr mit der Schaufel durch den lockeren Neuschnee der Nacht. Jetzt war das keine Arbeit, es war eine Art Spiel. Er wartete.

Der Schnee war so rein und von Menschen unberührt, daß man ihn so hätte lassen sollen. Hie und da blitzten Schneekristalle auf. Pär ging leise. Es war ein Weihnachtskartenwetter. Obwohl der Morgen graute – die Zeit also, in der die Seele des Menschen am beklommensten ist –, fand er es schön. Es hätten Wichtel umhertappen können.

Außer ihm war niemand draußen. Bei Kjell waren die Rollos heruntergelassen, und es brannte kein Licht. Die Frau, die in der Wohnung über der Alten wohnte, hatte hinter den Vorhängen das Licht an, aber sie kam nicht heraus. Pärs Spannung wuchs. Er wurde reizbar. Der Gepäckträger, der gegenüber in der Sechs wohnte, war wahrscheinlich schon gegangen, und seine Alte hatte das Licht wieder ausgemacht und sich ins Bett gelegt. Nach und nach fuhren nun eben erst gestartete Autos mit gezogenem Choke durch den Schacht, den die Straße zwischen den schiefen Holzhäusern, den Bretterzäunen und Ziegelmauern bildete, und es roch nach Benzin. Das waren aber nur Leute, die es eilig hatten, in die Werkstätten zu kommen, niemand, den er kannte. Der Stoßverkehr war innerhalb von zehn Minuten vorüber. Niemand hatte ihn gesehen. Er fror und ging ins Haus.

Beim Kaffeekochen war die Spannung nicht mehr so stimulierend, aber sie war da, und als er auf der Treppe Geräusche hörte, zuckte er zusammen. Der Vormittag verging mit nüchternem grauweißem Winterlicht und hin und wieder nochmals ein bißchen Schnee, über den er sich wunderte. Er lebte von Kaffee und wartete.

Er hätte es kaum geglaubt, wenn es ihm vorher jemand gesagt hätte, aber der Tag verging, ohne daß etwas passierte. Es war der zweite Tag. Er entschloß sich nie dazu, diesen, wie vorher den Tag Eins, zu benennen. Dieser glitt nur in eine Reihe schneeiger, grauer Wintertage voll Warten und Einsamkeit.

Als seine Gelegenheit endlich kam – das, was er durchgekaut und geübt und was ihn beunruhigt hatte –, floß sie so ruhig vorüber, daß das, was er sagte, genausogut hätte wahr sein können. Es geschah am dritten oder vierten Tag – hinterher konnte er sich nicht mehr genau daran erinnern –, und er stand in dem kleinen Selbstbedienungsladen in der Vegagatan und wollte seine Grützwurst, das *Aftonbladet,* einen Karton Milch und eine Packung Kekse bezahlen.

»Wie geht's denn Tante Wallin?«, fragte das Mädchen.

Es war die Schwarzhaarige. Manche behaupteten, sie sei Zigeunerin. Er fand, daß sie eigentlich immer freundlich war. Deshalb fürchtete er ihre Frage nicht. Er zögerte jedoch einen Augenblick. Das Mädchen merkte das gar nicht. Sie strich eine krause schwarze Haarsträhne zurück, die ihr über die Augen gefallen war, und tippte seine Milch ein.

»Nicht besonders«, antwortete er.

So einfach war es, anzufangen. Als das Mädchen alles zusammengerechnet und ihm sein Wechselgeld herausgegeben hatte, war es klar. Sie wußte, wie die Dinge lagen und nickte zum Abschied. Es war klar. Oder hatte zumindest angefangen.

Drei Tage vergingen. Pär hätte nie glauben mögen, daß es so ereignislos war, in Spannung zu leben. Er unternahm die nötigen Schritte. Im Grunde war er vollauf beschäftigt, so daß er keine Panik zu befürchten brauchte. Seltsamerweise war er die Angst nicht losgeworden, als ihm die Lösung eingefallen war. Mit Spannung, mit Nervosität hatte er gerechnet. Nun schwoll aber auch die Angst hinter allem. Manchmal hatte er das Gefühl, sie schon früher verspürt zu haben.

Am Freitagvormittag saß er im vormittäglichen Licht, das vom Schnee und vom Himmel kam, einem Licht, das nichts beschönigte und nichts ausließ, am Küchentisch. Seit er mit dem Hallstavik-Bus zurückgekommen war, hatte er Pukehornet nicht mehr verlassen. Er hatte keine Lust dazu verspürt.

Im übrigen hatte er alle Hände voll zu tun. Draußen war es zwar hell, doch hatte er die Küchenlampe eingeschaltet und, um keine Fettflecken zu riskieren, auf dem Tisch eine »Uppsala Nya« ausgebreitet. Im Radio lief der Landfunk. Neben seinem Ellbogen stand sein Kaffee und wurde kalt, während er schrieb.

Er probierte Schnörkel und prüfte kritisch, was er zustande gebracht hatte. Als es klopfte und die Türklinke nach unten ging, legte er ohne jede Panik eine bereitliegende Zeitung über seine Schreibarbeit. Er nahm an, daß es Jonsson war, denn dieser war dazu übergegangen, unmittelbar nachdem er geklopft hatte einzutreten. Um so wichtiger war es, die Küchentür immer verschlossen zu halten.

»Beruhige dich«, sagte Pär und stand auf. Er sah zu, daß die Zeitung deckte und die Tür zum Zimmer ordentlich geschlossen war. Während er sich umsah, kratzte er sich am Hals. Es war beinahe angenehm, das Ganze ein bißchen in die Länge zu ziehen.

»Ich komme mit der Miete«, sagte Jonsson, als er ihn eingelassen hatte.

Es hätte ihm klar sein müssen, daß früher oder später etwas kommen würde, was ihn in die Bredouille brachte. Das hätte er sich ausrechnen können. Jetzt starrte er Jonsson nur an, der in einem grauweißen Nylonhemd und einer Hose dastand, die über dem Bauch so spannte, daß sich der Reißverschluß am Hosenschlitz nicht bis oben zuziehen ließ.

»Was hast du gesagt?«

Um Zeit zu gewinnen, fragte er nach. Er hatte einen trockenen Mund.

»Die Miete.«

»Es ist doch noch nicht der Letzte.«

»Du willst dich doch nicht etwa beklagen, daß du das Geld zu früh kriegst.«

Jonsson sah ihn nicht an. Er stand mit dem Geld in der Hand

da, und sein Blick hangelte uninteressiert über alles, was sich in der engen Küche angesammelt hatte. Er betrachtete die Kupfernäpfe über dem Herd, die durch das Gas aus dem rissigen Schlauch angelaufen und so gelblich waren, daß sie gar nicht mehr wie Kupfer aussahen, betrachtete alte Ansichtskarten, die zwischen den Kupfersachen steckten, die blättrigen Pflanzen am Fenster, schnitt eine Grimasse wegen des Wachstuches in Gelb und Braun und schien mit der Nase die Luft zu prüfen. Sie roch jetzt tatsächlich weniger nach Urin und mehr nach Wein, aber noch ebensosehr nach Gas wie früher. Jonsson hätte den Unterschied nicht benennen können, wenn ihn jemand gefragt hätte.

»Sag der Alten Bescheid«, sagte er.

Pär, der sich zu nichts hatte entschließen können, begann durch die Küche zu kreisen.

»Ich muß für ein Weilchen weg, darum muß ich die Miete im voraus bezahlen. Darüber kann sich die Alte nur freuen.«

Jonsson war nervös. Pär entging das nicht, obwohl er mehr als genug eigene Sorgen hatte. Er hatte keine Ahnung, woher diese Nervosität kam, doch sie verschaffte ihm eine kleine Atempause und machte ihm Mut. In Pukehornet vorzeitig die Miete zu bezahlen war etwas so Einzigartiges, daß Pär nie darauf verfallen war, dies in Erwägung zu ziehen. Und seine Erwägungen waren durchaus sorgfältig gewesen.

»Sie ist krank. Das weißt du doch«, sagte er.

»Ja, sicher.«

Jonsson wollte gehen.

»Diese Hirnblutung –«

»Ich weiß. Sie will nicht reden.«

»Sie kann nicht.«

»Und geht nicht raus, liegt meistens und so. Sag ihr bloß, daß sie ihren Namen unter die Quittung kritzeln soll, dann kriegt sie das Geld.«

»Das geht nicht. Es geht ihr noch nicht gut genug. Der Doktor sagt –«

»Ja, verdammt, dann bezahle ich eben, wenn ich wieder da bin. Aber komm dann nicht an und sag, daß es über die Zeit ist.«

»Nein, nein.«

»Wie bei Kjell. Er ist rausgeflogen, hab ich gehört.«

»Der ist weg«, sagte Pär. »Er ist auch schon den letzten Monat schuldig geblieben. Die ganze Bagage hat sich gestern verpißt.«

»Sei froh! Und versuch, ein bißchen anständige Leute da reinzukriegen.«

Er ging zur Tür.

»Ich bezahle dann, wenn ich wieder da bin. Aber das kann ein Weilchen dauern.«

»Reg dich doch nicht gleich auf«, sagte Pär. »Ich werd mit ihr reden. Morgen vielleicht.«

»Ich fahre heute abend.«

»Ich schau dann noch rauf«, sagte Pär schnell. »Heute abend schau ich rauf.«

»Aber dann vor sieben.«

Nachdem er hinter Jonsson abgeschlossen hatte, zog er die Zeitung von dem Papier auf dem Tisch weg. Er versuchte, das Geschriebene kritisch zu prüfen. Doch jetzt, wo ihm nicht mehr so viel Zeit blieb, wie er gedacht hatte, war es schwierig, objektiv zu sein. Er hätte es so gern perfekt gemacht.

Agda Wallin. Agda Wallin. Das W war am schwierigsten, ein altmodischer Schwung, wo der Buchstabe ansetzte, für den die Alte sechzig, siebzig Jahre Zeit zum Üben gehabt hatte. Ihm blieb nicht einmal ein Tag.

Es wäre dumm, Jonsson fahren zu lassen, ohne daß er die Miete bezahlt hatte. Womöglich kam er erst in einer Woche wieder. So lange traute sich Pär nicht zu bleiben. Er wußte es nicht. Aber er brauchte etwas Geld. Er hatte ja ein Recht darauf. Die Alte hatte ihn praktisch hereingelegt. Es war ohnehin nicht sehr viel, wenn er am Monatsende die Mieten in Verwahrung nahm. Wenn Jonsson nicht bezahlte, wäre es erbärmlich wenig. Kjell hatte nicht bezahlt. Und es war nicht sicher, daß er so schnell einen neuen Mieter fand.

Plötzlich merkte er, daß er noch ein Stück weiter denken mußte. Das reichte noch nicht bis jetzt.

Zu tun, als ob nichts geschehen sei, mochte sich einfach anhören. Pär wurde merkwürdig aufgeregt bei dem Gedanken, wie kompliziert es in Wirklichkeit war. Es war eine endlose Stickerei, eine sorgfältige Detailarbeit, die nicht jeder x-beliebige meisterte, davon war er überzeugt.

Ohne Schnee wäre es niemals gegangen. Das sah er ein. Selbst wenn jemand (was in dieser Jahreszeit unwahrscheinlich war) den Pfad bei Rotbol entlangginge, würden der Schnee und das Wurzelwerk des umgestürzten Baumes nur den Eindruck vermitteln, als ob ein Stein, irgendein Haufen, überschneit worden wäre.

Der Schnee, der weiterhin nachts fiel, obwohl es noch nicht Dezember war, half ihm auch, das Unwirkliche am Leben zu erhalten. Daß die Alte da draußen im Wald bei Rotbol unter der Last des nächtlichen Schnees lag, war nicht wirklicher als das, was er behauptete: daß sie dort im Zimmer in ihrem Bett sitze, nach einer kleinen Gehimblutung leicht umnachtet und unpäßlich, und außer ihm keinen Menschen sehen wolle.

Sogar jetzt, am Vormittag, wo das Licht grauweiß und sachlich und der Himmel fast reingefegt war, sanken vor dem Fenster Schneeflocken herab. Das war unwirklich.

Er würde es nicht wagen, lange so weiterzumachen. Aber er brauchte Geld, ehe er verschwand. Daran hatte er nur recht unbekümmert gedacht. Dann, hatte er gedacht. Dann, wenn ich verschwinde.

Obwohl, verschwinden. Er wußte nicht recht, wohin. Doch das hatte Zeit bis später. Es war auch so ausreichend unwirklich. Praktisch ausgestoßen. Jedenfalls aus Pukehornet. Er würde nicht einmal in Uppsala bleiben können. Kein Job, nichts. Und die Alte, die einfach starb. Er würde gezwungen sein, Pukehornet zu verlassen. Und auch die Stadt. Obwohl das auf eins hinauslief. Kein Job. Kein Name.

Er stand an die Fensterscheibe gepreßt und dachte nach. Er würde in der Tat nicht einmal einen Namen haben. Einige Sekunden lang sah er es deutlich wie Filmbilder vor sich: polizeiliche Ermittlungen, Nachforschungen, Verschwinden, Namenlosigkeit. Er hörte auf, darüber nachzudenken. So schnell, als wäre der Film gerissen. Statt dessen wurde er gedankenleer und verfolgte einzelne Schneeflocken mit dem Blick. Das machte ihn schwindlig. Alles wurde unwirklich.

Da fiel ihm ein, was Jonsson über Kjell und seine Gesellschaft gesagt hatte. Pär war zu ihnen gegangen und hatte gesagt, die Alte wolle, daß sie auszögen. Weil Kjell bereits eine Monatsmiete schuldig geblieben und außerdem unbefugte Personen in der Wohnung beherberge (ein Ausdruck, der Kjell wie einen Wasserbüffel hatte brüllen lassen), brauche die alte Frau keine Kündigungsfrist zu wahren. Am besten, sie verzögen sich gleich.

Normalerweise hätte Kjell zu ihm gesagt, daß er ihn mal am Abend besuchen könne, und sich nicht weiter um ihn gekümmert. Doch Pär war starr gewesen vor Spannung und nicht er selbst. Außerdem war er zufällig in einem Moment gekommen, in dem Kjell vom Kater sanft und depressiv war. Es paßte ihm ausgezeichnet in den Kram, einen kleinen Pappkoffer und eine Plastiksporttasche zu packen und in geknickter Haltung vom Hof zu schleichen. Hinter ihm gingen sein Kumpel und Elsy, nicht ganz so geknickt und beide wütend.

Es reute Pär. Er hatte versuchen wollen, sämtlichen Bewohnern der beiden Holzhäuser zu kündigen. Das wäre sicherer, hatte er sich eingebildet. Diejenigen, die dort wohnten und die alte Frau kannten, würden womöglich darauf bestehen, mit ihr zu sprechen. Er hatte ziemlich rasch eingesehen, daß diese Pläne zu gigantisch waren. Niemand würde etwas auf ihn geben. Sie würden mit der Alten über die Kündigung reden wollen. Also machte er einen Kompromiß und kündigte Kjell. Das tat er vor allem deshalb, weil er es leid war, von ihm gefoppt zu werden. Doch nun reute es ihn.

Anständige Leute, hatte Jonsson gesagt. Versuch, anständige Leute zu kriegen. Anständig oder nicht, das schlimmste war, daß man sich nicht ausrechnen konnte, wie Unbekannte reagierten. Bei Kjell wußte er es immerhin. Der würde ihn foppen. Aber Kjell sah die Alte für gewöhnlich nicht. Er hatte Angst vor ihr. Er würde wohl niemals auf die Idee kommen, sie sprechen zu wollen, wenn Pär sagte, daß sie niemanden sehen wolle.

Jetzt faßte er nicht, warum er so idiotisch gewesen war und ihm gekündigt hatte. Alle Angst und Spannung konzentrierten sich plötzlich in einer scharfen Zacke der Reue, einer Spitze, die in seinem Gehirn steckte und vibrierte und ihn am Denken hinderte.

Warum war er losgestürmt und hatte Kjell gekündigt? Jetzt wollte er nur alles so wiederherstellen, wie es vorher gewesen war. Im Moment war alles verrückt und durcheinander, zum Kotzen. Er mußte versuchen, den alten Zustand wiederherzustellen.

Von den anderen Mietern waren um diese Zeit nicht viele daheim. Jonsson hatte irgendeine Arbeit, aber er ging nicht jeden Tag aus dem Haus. Ihn zu fragen, wohin Kjell sich abgesetzt habe, hatte keinen Zweck. Pär stürmte auf den Dachboden. Sie taten so, als würden sie den Raum dort oben nicht vermieten. Er war in keinem besonders guten Zustand.

Normalerweise stieg er nicht gern die schwankende Bodentreppe hinauf. Meist lagen ausgedrückte Kippen auf dem Holzfußboden, und ihm war am wohlsten, wenn er dies zu ignorieren versuchte. Andernfalls könnte er aus Angst vor

Feuer nicht schlafen. Es war zwecklos, einen so jungen Kerl wie Sten dazu bewegen zu wollen, darauf zu achten.

Sten war zu Hause und hatte vier andere Kerle im Alter von siebzehn, achtzehn Jahren bei sich. Es war rauchig dort, und auf dem Plattenspieler drehte sich eine Single mit Elektrogitarre. Entweder wußten sie nicht, wo Kjell war, oder sie hatten keine Lust, es zu sagen.

Ein großer Kerl mit lockigem Haar lag auf dem Bett und schubste mit wippendem Fuß, der in einem schwarzen Lederstiefel steckte, die Tür zu. Gesocks, dachte Pär, obwohl er wußte, daß das nicht ganz stimmte. Es waren jedoch so viele. Immer waren es viele. Er fragte sich, wie Sten so viele Kumpel fand. In diesem Alter ist das wohl möglich, dachte er. Aber das stimmte auch nicht ganz.

Im kleinen Haus, in der Wohnung über derjenigen, die Kjell verlassen hatte, waren die Rollos heruntergezogen. Dort wohnte ein Paar, das die Alte manchmal zu sich einlud. Zumindest die Frau. Sie war Schwesternhelferin und hielt Nachtwachen in der Uniklinik. Deshalb schlief sie vormittags. Ihr Typ – er hieß Gösta und war um die fünfundvierzig – saß wahrscheinlich still in der Küche, während sie schlief. Diese beiden wollte er nicht stören.

Er wollte es indessen im Laden versuchen. Kjell hatte bestimmt ein paar Flaschen Bier gekauft, als er abzog. Sicherlich hatte er sein Unglück vor allen, die es hören wollten und die es nicht hören wollten, an die große Glocke gehängt.

Es war wieder die Dunkelhaarige an der Kasse, Inga-Britt.

»Kjelle«, sagte sie, »ja, er hat ja gehen müssen.«

Sie war ein nettes Mädchen. Sie war wohl die einzige, die Kjell hinter seinem Rücken nicht Räuber nannte. Sie nennt mich vielleicht Pär, dachte er, oder Lindblad. Vielleicht sagt sie nicht Päron.

»Du weißt nicht, wo er hin ist?«

»Hat er was mitgehen lassen?«

Sie sah verschmitzt drein. Aber das war nur Spaß.

»Nein, aber ich will ihn auftreiben. Er ist ein armes Schwein.«

Jetzt sah sie verblüfft drein.

»Ich glaube, er kennt jemand in der St. Johannesgatan oben.«

Sie beschrieb, wo das Haus lag. Pär glaubte ihr kaum.

»Bis da oben?«

»Ja, wieso?«

Für sie war es ganz normal, sich außerhalb von Pukehornet frei zu bewegen. Er zündete sich ein Zigarillo an, damit sie nicht sah, wie nachdenklich er wurde.

»Geh raus«, sagte sie gutmütig. »Hier darfst du nicht rauchen.«

Er winkte ihr mit dem Zigarillo zu und ging. Sie war wahrscheinlich nicht zu jedem so. Wenn sie ihr Haar auf diese Weise hinterm Ohr hochfingerte – vielleicht wollte sie damit auf ihn Eindruck machen. Daran hatte er vorher noch nie gedacht, aber wahrscheinlich merkte sie, daß er eigentlich nicht dorthin gehörte.

Er ging ein Stück die Vegagatan entlang, und während er nachdachte, guckte er, ob die Höfe geräumt waren. Es war weit bis zur St. Johannesgatan, durch die halbe Stadt. Er verspürte keine große Lust, sich dorthin auf den Weg zu machen. Er fror und hatte einen schlechten Geschmack im Mund. Es war schwer zu sagen, was schlimmer war: Pukehornet zu verlassen und bis zur St. Johannesgatan hinaufzugehen oder es so zu belassen, wie es war, nämlich Kjell gekündigt und fort.

Pukehornet wandte seine liebenswürdigste Seite der Vaksalagatan zu. Die Häuser waren körnig verputzt und standen dicht beieinander. Wenn nötig, bedeckten die Schilder der kleinen Läden die Häuser halb. Oft war es nötig, denn die meisten waren abbruchreif.

Er schlenderte auf dem Gehsteig der Vaksalagatan dahin

und starrte hinüber auf die grauen Wohnsilos von Kvarngärdet. In dem Verkehr, der von Salabackar herdonnerte, steckte bisweilen ein Bus, eine Sechs oder eine Dreizehn aus Gränby. Er mußte einen dieser Busse nehmen, wenn er vorankommen wollte. Es war wie ein Spiel. Er schlenderte weiter, bis er zufällig genau an einer Haltestelle stand, als eine Sechs kam. Da mußte er praktisch einsteigen. Er war jetzt steifgefroren und empfand nur noch ein schwaches Unbehagen, als der wuchtige Bus alle Öffnungen um ihn schloß, ihn in sich barg und ihn zusammen mit fünfzig anderen Leuten, die nach feuchter Wolle rochen und mit den Füßen im schneeigen und kiesigen Matsch auf dem Boden scharrten, dahinschaukelte.

Er hielt es bis zum Marktplatz aus. Eigentlich hätte er bis zur Carolina hinauffahren und dann die Övre Slottsgatan weitergehen müssen. Als er jedoch an den Haltestellen auf dem Marktplatz die Schülerhorden sah, verdrückte er sich. Es war Mittagszeit. In der Svartbäcksgatan schien er sich ständig gegen den Strom zu bewegen. Er bog zur Dombron ab, wo es ruhiger war, und blieb stehen, um Luft zu holen und in den Fluß zu gucken, dessen Wasser unterhalb der Akademikvarn gluckste. Große Eisschollen tanzten in dem graugelben Wasserfall. Bei der Fleischbasilika drüben kreisten Möwen um die Fischstände, und Wolken von Dohlen kamen mit Selbstmordgegröl aus dem Schneehimmel herabgetaucht.

Im Gillbergskavalvet begegnete er wieder dem mittäglichen Strom. Die Busse neigten sich in der Kurve zu dem Gewölbe hinunter schier über den Gegenverkehr. Es stank aus den Auspuffrohren, und es war wichtig, sich auf dem schmalen Gehsteig zu halten, wenn man dem Strom der Leute begegnete, der sich zum Fyristorg hinunterbewegte. Es war auch nicht möglich, die Nase über den Abgasen zu halten. Hier wurden Menschen gekocht. Es war fast genauso wie ein Papierbrei, aber es war natürlich keine Sulfitlauge, sondern nur gewöhnliches Kohlendioxyd und ähnliches. Humanes Kochgut, Es blubberte träge. Pär dachte, daß es größere Anlagen als diese hier gebe, um darin Menschen zu kochen. Größere als Stockholm. Doch dies hier war eine feine Anlage, und der Brei, der vom St. Erikstorg herabquoll, war gut gekocht.

Bei der St. Larsgatan war es vorüber, und er konnte sich umdrehen und Menschengruppen sehen, die im schneidenden Wind unterhalb des Doms in verschiedene Richtungen strebten.

Als er sich zu dem Haus in der St. Johannesgatan durchsuchte, das Inga-Britt aus dem Laden beschrieben hatte, fühlte er sich schon etwas mehr zu Hause. Die Häuserblocks hier oben waren zwar eleganter als in Pukehornet, aber ebenso alt und abbruchreif. Eine Holztür zwischen zwei Häusern führte zu einem Hinterhaus, das mit einer Waschküche für zwei der alten Gebäude, von denen sie gesprochen hatte, verbunden war, Wenn Kjell da drinnen mit seiner Truppe sein Lager aufgeschlagen hatte, dann gab es sicherlich ein paar Flaschen Bier und ein wenig Wärme. Sie konnten ja nicht offen feindselig sein, wenn sie sein Anliegen hörten.

Als er in den Hof trat, glaubte er zu träumen. Das Haus war abgebrannt. Er faßte es nicht, aber es war so. Dort, wo sie das Haus beschrieben hatte, standen verkohlte, schwelende Wände. Der Schnee war schmutzig, und aus der halbverbrannten Waschküche quoll der Schutt.

Er faßte es nicht. Es mußte doch immer etwas in die Quere kommen, irgendein Teufelswerk. Er begann heftig zu frieren. Ein Mann mit einem Rechen, mit dem er in den Brandstellen scharren wollte, ging an ihm vorbei.

»Es hat heute nacht gebrannt«, sagte er.

Pär nickte und schlug seinen Mantel enger um sich. Es war klar. Endlich hatte er das Haus gefunden, und da war es abgebrannt.

Er war eigentlich schon auf dem Weg zurück in die Stadt, um nach Hause zu fahren, als er an der Tür der Fahrradwerkstatt ein Schild entdeckte, auf dem »Bin im Café« stand; das brachte ihn auf den Gedanken, wohin Kjell in seiner Heimatlosigkeit gegangen sein könnte. Er fand zuerst ein enges Café, in dem ein paar Männer einer Expreßfirma saßen. Sie hatten jedoch noch nie etwas von Kjell Palmgren gehört, und Räuber wollte er so direkt nicht sagen, denn da könnten sie ihn mißverstehen.

Das nächste Café kannte er. Es hieß Uroxen, und die Wände waren mit häßlichen Bildern bemalt. Dort saßen vor allem LKW-Fahrer, und Laufburschen, die gerade Mittagspause hatten, ließen die Spielautomaten rattern. Das Lokal war unruhig geworden wie ein Aquarium mit zu vielen Fischen. Einige Fische waren von anderer Art: Sie kamen von der Universität. Keiner verschlang einen anderen, und man verjagte sich nicht gegenseitig, aber es gab auch keinen Kontakt zwischen den verschiedenen Arten. Im Grunde waren die LKW-Fahrer vor allem aus der Überzeugung hängengeblieben, daß die Dozenten es satt bekämen und ins Universitätscafé zurückkehrten.

Unempfindlich für das Gekünstelte dieses Beisammenseins saß Kjell an einem Tisch, glänzend vor Kneipenwärme, laut und inmitten wabernden Zigarettenrauchs. Elsy und Charlie saßen dicht neben ihm, und Elsy zog ihre schmalen Augenbrauen zusammen, als sie Pär sah. Die beiden anderen waren ein Paar mittleren Alters und sahen ziemlich mitgenommen aus. Der Kasten, in dem sie gewohnt hatten, war abgebrannt, und der Räuber hatte sich mehr oder weniger an sie gehängt, seit er mit seinem Koffer und seiner Plastiksporttasche hierhergezogen war.

»Ruhe! Hört mal her«, sagte er und schlug mit der Hand nach denen aus, die gerade redeten. Und jetzt: »Menschenskind, Freund Päron schleicht durch die Gegend.«

Pär fand seinen Jargon zum Kotzen.

»Ich hab noch mal mit der Alten geredet«, sagte er. »Ich

finde, sie hat zu hart durchgegriffen, hab ich gesagt. Gib Kjell 'ne Chance. Gib ihm ein paar Wochen Zeit, die Miete für diesen und den vorigen Monat zu zahlen, hab ich gesagt. Man kann die Leute doch nicht auf die Straße setzen. Aber sie ist vernarrt ins Geld, weißt du. Drum war es mühsam, aber am Ende hat sie gesagt, daß sie eine Ausnahme machen will. Du hast recht, Pär, hat sie gesagt.«

»Hat sie gesagt?«

Elsy zog an einer Zigarette, und es war schwierig, aus ihrem Gesichtsausdruck klug zu werden.

»Eine Woche will sie dir geben, Kjell. Mehr nicht. Da ist sie stur. Eine Woche, und dann die Miete für diesen und auch den vorigen Monat. Dann ist es endgültig.«

Es kam alles zu schnell aus ihm heraus. Daß er so angestürmt kam und ohne Umschweife zu reden anfing, wirkte nicht natürlich. Der Kaffee in ihren Tassen war jedoch ziemlich durchsichtig, und auf dem Tisch stand eine Limonadenflasche mit unüblichem Stöpsel, so daß Kjell gerührt war, als er hörte, daß Pär sich für ihn ins Zeug gelegt hatte. Elsy war nicht gerührt, sondern mißtrauisch, und Charlie bot an, Pär eins reinzuschlagen. Er war bereits jenseits jeglicher Diskussion und verstand die Botschaft nicht.

Er schloß sich jedoch an, als die Gesellschaft abzog. Auch das Paar aus der St. Johannesgatan schloß sich selbstverständlich an. Es hatte ja kein Dach mehr über dem Kopf. Pär traute sich nicht zu protestieren.

Um halb drei waren sie zurück in Pukehornet, und als sie in Kjells Wohnung verschwunden waren, wo sie sich schließlich wie in einem Nistkasten drängten, fühlte sich Pär sowohl erleichtert als auch verwirrt. Er hatte Kjell und seine Leute zurückbekommen und die alte Ordnung wiederhergestellt. Gleichzeitig aber hatte er neue Leute bekommen. Anständige Leute, wie Jonsson vorgeschlagen hatte, schienen es zu sein, wenn sie auch im Moment etwas kantig waren. Aber das mußte man verstehen, wo doch in der Nacht ihr Zuhause abgebrannt war.

Pär saß in der Küche und starrte auf die beiden Fenster auf der anderen Seite des Hofs, hinter denen Elsy das Licht angemacht hatte und nun am Herd hantierte. Wären nicht diese harmlosen Henrikssons dabeigewesen, hätte man glauben können, alles sei wie immer. Man hätte glauben können, er sei nie in der Stadt gewesen, habe sich niemals in dem tosenden Bus an Leuten gerieben und sei auf dem St. Erikstorg nie durch die Scharen derer, die Mittagspause machten und einem aufgeweichten, ausgekochten Gewusel glichen, konfus gemacht worden. Man hätte glauben können, er habe dieses abgebrannte Hinterhaus, die schwarze Asche und den schmutzigen Schnee nur geträumt, wenn man das freundliche Licht in Kjells Küchenfenster und Elsy in den Herddünsten das Hinterteil schwingen sah.

Pär drehte sich um und sah in das dunkle Schlafzimmer der Alten. Er mußte diese Tür schließen. Es konnte jemand kommen und anklopfen. Er schloß sie auch wegen der Dunkelheit. Das Licht der Küchenlampe spiegelte sich in den Möbeln dort drinnen, in dem blanken Fernseher aus dunklem Mahagoni und in den Porzellanfiguren, die darauf standen. Über ihrem hoch aufgebauten Bett lag ein Schatten, der einen, wenn man rasch an der Tür vorbeiging, glauben machen konnte, daß sie darin säße. Er schloß sie.

Da er sich etwas gehetzt fühlte, pfiff er darauf, Kaffee aufzusetzen oder etwas zu kochen, obwohl er den ganzen Tag über nichts gegessen hatte. Statt dessen nahm er die Zeitung weg, die über den Schreibübungen auf dem Tisch lag, und versuchte, kritisch die Namenszüge zu betrachten. Er mußte vor sieben mit einer Quittung bei Jonsson oben sein, wenn er Geld bekommen wollte. Man muß an alles denken, sagte er zu sich selbst. Buchstäblich an alles.

Er wusch sich die Hände, legte einen Quittungsblock bereit und prüfte, ob der Kuli funktionierte. Am besten legte er gleich los. Jonssons Namen und die Summe schrieb er mit seiner eigenen Handschrift. Dann kam der Augenblick, wo er zu den großen, wackligen Buchstaben mit diesem zierlichen Schwung beim W, wie die Alte sie schrieb, überwechseln mußte. Er stand buchstäblich kopf beim Schreiben, setzte sich nicht einmal hin dabei und wagte erst lange Zeit, nachdem er das Resultat besehen hatte, Atem zu holen.

Wenn es wenigstens eindeutig gewesen wäre! Wenn er hätte sagen können: das ist all right. Niemand kann das von der Unterschrift der Alten unterscheiden. Aber so gut war es nicht. Er wußte nicht recht. Es war nicht perfekt. Direkt schlecht war es auch nicht. Er würde damit jedenfalls jetzt zu Jonsson raufgehen. Er konnte sich nicht länger damit aufhalten, die Dinge zu überdenken. Das hatte er in jener Nacht beschlossen.

Er nahm die Quittung mit der eben daruntergesetzten Unterschrift und stieg die Treppe hinauf.

»Ist sie rechtsseitig gelähmt?« fragte Jonsson, als er die Quittung betrachtete.

Pär stand ganz still und sagte zögernd: »Was? Was hast du gesagt?«

Jonsson wiederholte die Frage, ohne ihn anzusehen. Er war dabei, Geld hervorzukramen. Pär atmete vorsichtig.

»Ja, ein bißchen«, antwortete er, »sie ist leicht gelähmt. Rechts. Klar doch, das siehst du doch.«

»Das sehe ich.«

Er legte das Geld in Pärs ausgestreckte Hand und machte deutlich, daß er gehen sollte.

4

Take it easy. Easy also. Was sage ich? Sit down, meine ich. Sit down please. Sie müssen entschuldigen. Man werkelt in seiner Einsamkeit hier herum, und am Ende weiß man kaum mehr, was man sagt. Sit nur down. Ach jaja. Nun, ich will nicht klagen. Eigentlich kann man nicht klagen.

Er stellte Schwarzbrot, gesprenkelte Wurst, Bier und eine Margarinepackung auf den Tisch. Dann mußte er alles wegnehmen, um mit dem Spüllappen beizukommen. Er hatte auf dem Wachstuch Krümel und Ringe entdeckt.

Man nimmt es ja ein bißchen genau. Ist vielleicht ein bißchen pingelig. Sonst nimmt man es ja hier nicht so genau, nicht hier in diesen Karrees. Es hängt ja davon ab, wo man herkommt. Aber sit down please.

Also – wenn ich ehrlich zu Ihnen sein soll, es kann ein bißchen kraus erscheinen. Ich meine: es scheint ein bißchen an den Haaren herbeigezogen. Erweckt den Eindruck, als ob man es sich zusammengemixt hätte. Aber es ist nicht schlimm. Es ist jetzt alles unter Kontrolle. Anfangs, da war es ein bißchen durcheinander. Das muß ich zugeben. Also – sie ist gestorben. Ja, wie ich sage. Gestorben.

Ich blieb ruhig. Es kam ja nicht gerade unerwartet. Aber Sie machen sich natürlich Gedanken darüber, wie ich auf diese Idee verfallen konnte. Das war eigentlich recht einfach. Ich habe eine Art Schock bekommen. Eigentlich ist es nicht gerecht, wie man die Dinge erlebt. Manche hätten wohl nur festgestellt: Aha, jetzt ist sie tot, wären weggegangen und hätten es angezeigt oder was weiß ich, was man da so macht.

Aber wenn man alles fast zehnmal so stark erlebt, nicht, dann sagt man nicht nur zu sich selbst: Aha, jetzt ist sie tot, bitte spülen und der nächste.

Er hatte sich vier Brote geschmiert, war aber noch nicht zum Essen gekommen. Seine Stimme wurde dünner. Es war fast mühsam zu sprechen.

So hat es also angefangen. Und dann kann man natürlich sagen, daß alles ein bißchen durcheinandergeraten war, denn man kann ja nicht erst mehrere Tage danach hergehen und es melden. Was würden sie denken? Plump. Absolut plump.

Und verschwinden ist ja auch nicht so einfach. Von heut auf morgen, ohne Geld. Das erfordert ein wenig Planung, ein bißchen Weitsicht. Deswegen also eigentlich. Man muß sich einen Plan machen. Dann macht man sich auf die Socken.

Schwierig? Ach was! Nicht so schwierig, als daß man es nicht bewältigte. Es geht darum, von Pukehornet wegzukommen. Wieder an die Oberfläche zu kommen. Irgendwohin, wo es sich atmen läßt. Dieses Milieu – ja, ich will gerne zugeben, daß ich mit diesem Milieu einen Fehlgriff getan habe. Hier darf man nicht empfindlich sein. Wenn man im Grunde nicht hierhergehört, so geht es doch darum, von hier wegzukommen, wieder an die Oberfläche zu kommen, so daß es sich atmen läßt.

Ja, verdammt, ich gestehe, daß es idiotisch wirken kann, mehrere Jahre seines Lebens an solch einem Ort zu vergeuden. Wo man doch nicht hierhergehört. Aber jetzt rappelt man sich wieder auf. Am besten, man vergißt das hier. Man hat ja durch diese Geschichte sozusagen einen Extraschub gekriegt. Vorher hat man hier nur rumgetrödelt. Man hat sich auch nicht allemal so wohl gefühlt. Naja – soviel dazu.

Die ganze Zeit hat man schon die Absicht, von hier wegzugehen, irgendwohin, wo man eher hingehört. Unter Menschen mit ein bißchen Gefühl. Kultur und dies und jenes, das kommt hier ja nicht gerade zur Geltung. Nun, nichts Schlechtes über die Leute hier. Aber Sie merken schon, wie das so ist.

Man hat sich an das hier weggeschmissen. Und an die Alte. Das ist ja schier lächerlich! Daß man einen solchen Extraschub brauchen soll, um einzusehen –

Er mußte die belegten Brote essen. Das Bier war gleich zu Ende. Doch als er kaute, wurde es still, und das war eigentlich das schlimmste daran, wenn man so redete. Es wurde so still, daß diese diffuse Gestalt, an die er sich wandte, ihre Abwesenheit deutlicher und massiver anzeigte, als für ihn je ein Mensch in der warmen, engen Küche hätte wirklich und anwesend sein können.

Anfangs nimmt man es ein bißchen easy. Klar, daß einiger Unternehmungsgeist vonnöten ist. Man kann nicht nur –

Er schaltete das Radio ein. Im selben Moment klopfte es an der Tür. Der Umschwung aus gleich zwei Richtungen kam so jäh, daß ihm die letzten Worte im Hals steckenblieben. Seine Stimme wurde breiig. Die herdwarme Küche wurde jetzt von Radiomusik erfüllt, während er gleichzeitig die Tür öffnete und den Jungen aus dem Zimmer auf der anderen Seite des Flurs draußen in der Zugluft von der Haustür her frieren sah.

»Aha, du kommst mit der Miete«, sagte er ungezwungen. Er hatte bereits an Sten oben auf dem Dachboden und an Gösta und seine Alte Quittungen ausgegeben. Niemand hatte die Unterschrift kommentiert, so wie Jonsson ein paar Tage zuvor. Aber das war typisch für Jonsson, mit pingeligen Anmerkungen anzukommen, die einen schon erschrecken konnten, noch ehe man daran dachte, wie wenig er damit sagen wollte. Wahrscheinlich.

»Nein«, sagte der Junge; er hieß Nils-Åke Eriksson und war fest in einem Warenhauslager angestellt. »Es ist am besten, wenn ich mit Fräulein Wallin reden kann.«

Pär wußte jetzt, wie er mit so etwas umzugehen hatte. Es erschreckte ihn nicht mehr zu Tode. Er stand nicht mehr da und hielt verbissen und ängstlich die Tür fest. Vielmehr trat er zur Seite, ließ den jungen Mann ein und bedeutete ihm mit einer Geste, sich zu setzen.

»Leider, Nisse, leider.«

»Geht's ihr denn so schlecht?«

»Nun, ich weiß nicht, wie ich sagen soll. Es ist klar, daß das seine Spuren hinterlassen hat. Vor allem mental. Das ist es also vor allem, verstehste.«

»Wie? Was?«

»Also, daß sie nicht will. Ganz einfach niemanden reinläßt. Ja, Mensch, du weißt doch, wie das ist, wenn die Weiber alt werden, und hier kommt noch obendrein die Hirnblutung dazu.«

Nisse sah ängstlich drein und schielte nach der Tür zu ihrem Zimmer. Verdammt kindlich ist der, dachte Pär und mußte sich zum Herd umdrehen und ein wenig mit dem Kaffeekessel herummachen, um sein Gesicht nicht zu zeigen. Der glaubt, sie hört, was wir sagen. Und da kriegt er Angst.

»Ich muß aber mit ihr reden!«

»Sorry, Nisse. Willst du eine Tasse Kaffee?«

»Es geht um die Miete!«

Pär drehte sich um.

»Was?«

»Ja, ich muß mit ihr darüber reden.«

»Dann kann es sich ja nur um eines handeln«, sagte Pär und sah ihn an. Angst und Unsicherheit waren dem armen Kerl wie ein Stempel ins Gesicht gedrückt. »In dem Fall würde ich dir raten, nicht zu ihr reinzugehen und mit ihr zu quatschen – selbst wenn sie dich reinlassen sollte. Aber das tut sie ja nun nicht. Verstehste, das mit der Miete, du weißt doch. Da ist sie knallhart.«

Er senkte die Stimme und warf einen Blick zur Tür.

»Kjell ist dieser Tage wegen eben dieser Sache rausgeflogen. Allerdings hab ich dann mit ihr geredet. Aber das war dieses eine Mal. Ein zweites Mal geht das nicht.«

»Ich kann aber nicht«, sagte Nisse schrill. »Wenn ich nur erst mit ihr reden kann, glaube ich, versteht sie das auch. Ich schaffe es im Moment einfach nicht, die Miete aufzubringen.«

Welch eine Stimme! Aufhören! Pär spürte, wie ihn eine jähe Wut durchfuhr und ihm etwas Schweiß aus dem Haaransatz trieb. Man wurde schlapp, wenn man sich so ärgerte. Aber das war typisch: Falls überhaupt einer hier hereinkam und mit ihm redete, dann mußte er mit einer Stimme, die einem durch und durch ging, über sich plappern und widerspenstig werden. Wenn er hörte, daß er sie nicht sprechen könne.

»Setz dich.«

Er spülte den Kaffeekessel unter dem Hahn aus und ließ den Satz in den Ausguß spritzen. Der Herd brannte, so daß er den Gaskocher nicht anzuzünden brauchte. Nisse setzte sich auf die Kante eines Küchenstuhls, und es war ihm anzumerken, daß ihm übel war.

»Wo du doch Arbeit hast und alles«, sagte Pär. »Was ist los mit dir?«

»Ich war nicht dort.«

Pär hielt inne und vergaß, wie viele Kaffeelöffel er schon abgemessen hatte. War Nisse zu Hause gewesen?

»Kannst *du* denn nicht mit ihr reden?«

»Hör zu, klar kann ich ihr das mit der Miete sagen. Aber wieviel davon ankommt, weiß man nicht.«

»Wie ankommt? Kapiert sie nichts?«

Pär zuckte die Achseln. Das war eine ungewohnte und übertriebene Geste, erschien aber im Augenblick passender als eine Antwort. Er bewegte sich auf unsicherem Terrain.

»Soso, du bist also viel zu Hause gewesen?«

»Ja, ich hab meistens auf meinem Zimmer gelegen. Schon ziemlich lange jetzt. Aber hören tut sie doch?«

»Hören?«

»Ja, ich meine, sie hört, was du sagst.«

»Ja sicher. Sicher hört sie, was ich sage. So schlecht geht es ihr denn doch nicht.«

»Ah ja«, sagte Nisse und sah nach der Tür. »Nun, ich dachte nur, weil ihr nie redet.«

»Was?«

»Weil ihr nie miteinander redet, sage ich.«

Pär stand mit dem Rücken zu ihm und achtete auf den Kaffee, der auf dem Herd säuselte. Er wagte es nicht, zu schnell zu antworten. Es war offensichtlich, daß Nisse zu Hause gewesen war, während er geglaubt hatte, er sei in der Arbeit. Pär hatte nie daran gedacht, daß sich in einem hellhörigen Haus etwas veränderte, wenn zwei Menschen aufhörten, miteinander zu reden. Nisse war es gewohnt, ihn mit der Alten reden zu hören. Wieviel er dabei verstand, war schwer zu sagen. Vielleicht hörte er nur ihre Stimmen.

Er hatte jetzt eine Veränderung wahrgenommen, und das war etwas, womit Pär niemals hatte rechnen können.

Er sah ihn sich eingehend an. Davor mußte man sich ja nicht gerade fürchten. Er mußte dieses Gefühl bremsen, diesen galoppierenden Schrecken. Nisse war kaum älter als zwanzig oder einundzwanzig, durchsichtig hell, hatte blaßblaue Augen und farblose Augenbrauen. In einem Raum trachtete er stets danach, in der Tapete aufzugehen. Falls die Tapete beige war, gelang dies normalerweise auch beinah.

»Soso«, sagte Pär und richtete auf einer Platte Pfefferkuchen und Mandelhäufchen ein wenig hübsch an. »Du bist also zu Hause gewesen, sagst du. Lange?«

»Ja, eine ganze Weile. Ich kann nicht arbeiten. Ich geh nicht hin.«

»Was stimmt denn nicht?«

»Ich fühle mich krank. Obwohl ich nicht recht weiß. Das Herz oder so. Tagsüber ist mir schlecht, und ich werde müde.

Völlig fertig. Und in letzter Zeit habe ich nicht mal versucht hinzugehen, weil es mir nur schlecht wird und sich mir alles im Kopf dreht.«

»Aber dann bist du doch krank.«

Pär sah ihn wieder an. Komisch, daß er so viel redete.

»Du mußt dich krankschreiben lassen.«

Pär war ein wenig hitzig geworden. Tatsache war, daß Nisse hereinkam und mit ihm in etwa so quatschte, als wäre Pär irgend jemand. Da gab es kein Päron hier und Päron da und keine Foppereien.

»So einen Job wie du müßte man haben.«

»Was?«

Vorsichtig. Jetzt machte er sich wahrscheinlich über ihn lustig. Sein Job! Die Nachttöpfe der Alten raustragen. Treppen scheuern. Er arbeite nicht, er sei Prokurist, pflegte Kjell zu sagen. Das stimmte freilich nicht, aber er meinte ein männliches Flittchen oder so.

»Krankschreiben, schon«, sagte Nisse und starrte mit glasigem Blick den Herd an, der mit offenem Zug bullerte. »Ich war beim Doktor wegen dem Herz, der hat gesagt, das ist in Ordnung. Ich weiß also nicht. Aber mir tut der ganze Arm weh, und ich traue mich manchmal nicht, mich zu rühren. Ich traue mich manchmal praktisch den halben Tag nicht, mich zu rühren.«

»Die Nerven«, sagte Pär mit belegter Stimme. Er spürte, daß er sich in der engen Küche ausdehnte. »Der Arzt muß ein Idiot sein, daß er das nicht gesehen hat.«

»Ja, ich weiß nicht. Krankgeschrieben bin ich jedenfalls nicht.«

»Jetzt hör mir mal zu.«

Er schenkte beiden Kaffee ein und setzte sich Nisse gegenüber. Er hatte nicht mehr das Gefühl, daß sich der Junge über ihn lustig machte. Er wirkte fertig. Und er brauchte jemanden, der die Dinge für ihn ins Lot brachte.

»Du wirst jetzt in die Uniklinik raufgehen, verstehste. Das ist die einzige Möglichkeit. Die schreiben dich krank und geben dir eine Medizin.«

»Woher weißt du das? Bist du schon dort gewesen?«

»Ich? Nein, zum Kuckuck, ich habe zu tun.«

»Ja, deinen Job müßte man haben! Das wäre genau das Richtige.«

»Das Richtige«, sagte Pär langsam und wischte Mandelhäufchenkrümel von seinem Pullunder, »das kommt drauf an. Ich hab ja diesen Job angenommen, weil ich da die Möglichkeit habe zu schreiben. Das ist es nämlich, was ich eigentlich mache.«

»Ich schreibe auch.«

»Du?«

Nisse sah aus wie immer, farblos und starrend.

»Aha. Was denn?«

»Ich habe ein paar Gedichte geschrieben.«

»Aha. Soso. Ja, Gedichte, ja, na klar. Ich bin Prosaist. Aber das weißt du vielleicht schon?«

Nisse bot an, Proben zu holen von dem, was er geschrieben hatte. Er achtete nicht darauf, was Pär antwortete. Wenn es eine Art apathischen Eifer gab, so war er besessen davon. Er war fiebrig, aber nur in seiner Müdigkeit und Unlust. Er war nur wenige Minuten fort, und als er zurückkam, hatte er einige linierte Foliobogen dabei. Eine zierliche Handschrift. Da gab es nichts Durchgestrichenes und keine klecksigen Schnörkel rings um das Geschriebene.

»Das habe ich im Frühjahr geschrieben.«

Pär las.

»Aha«, sagte er. »Modern, sehe ich. Das ist gut. Keine Reime und so was. Das soll es auch nicht. Nicht, daß ich viel über Gedichte wüßte. Ich bin Prosaist.«

»Ich weiß nicht. Ich schreibe halt so«, sagte Nisse. Er wirkte gespannt, als Pär las. Das nächste Gedicht begann:

Wie die meisten
liebe ich niemand.
Wir sind deswegen keine Invaliden.

Man kann dem jungen Kerl nicht sagen, daß das schlecht ist, dachte Pär. Er war unangenehm berührt und fühlte sich unsicher. Als er weiterlas, wurde er geradezu feindselig.

»Es ist schwierig, das in den Griff zu kriegen, wenn es von Hand geschrieben ist. Man ist es ja gewohnter, so was gedruckt zu lesen.«

»Ich habe keine Maschine.«

Es ist schön.
Es ist schön wie Sterne
auf der Spitze toter Tamariskenzweige.
Ich bin ein Tamariskenmasochist
auf der Spitze meiner sorgsam Erwählten
meiner
Qual.

Pär geriet ein wenig in Eifer. Als er in den Papieren weiterblätterte, sah er, daß es von dieser Sorte noch mehr gab. Es gab auch andere, solche, die ungefähr so klangen, als ob man redete, doch die brauchte er weiter nicht zu beachten.

»Ich schreibe dies auf meiner Maschine ins reine«, sagte er, »dann sehen wir, wie es aussieht. Anders läßt sich da nichts sagen.«

»Ich will sie aber wiederhaben.«

Er stand da und streckte die Hand aus.

»Hast du versucht, sie irgendwo einzuschicken?«

»Nein.«

»Ich werde sie mir ansehen. Ich bringe sie dir dann.«

Im ersten Moment wollte er mit in Pärs Zimmer kommen, während dieser die Gedichte ins reine schrieb. Pär war genötigt, ihm zu erklären, daß sie die alte Frau nicht stören könnten. Zögernd ging Nisse zu sich hinüber.

Pär hatte geglaubt, leicht entscheiden zu können, welche er abtippen würde. Eigentlich hatte es ihm nur das mit den Sternen angetan. Die anderen waren schlecht, unverständlich und gleichsam kalt. Äußerst zögerlich tippte er schließlich noch ein weiteres ab, um wenigstens auf zwei zu kommen.

Man müßte ein Nachschlagewerk haben, dachte er. Dann könnte man viel schreiben. Wenn man vor all dem Scheißkleinkram Zeit dazu hätte. Aus dem Schlafzimmer der Alten vernahm er ein leises Geräusch, nicht so, als hätte sie sich im Bett herumgedreht, sondern als hätte sie ihr Buch weggelegt.

»Einkaufen und saubermachen«, sagte er, als er mit den Blättern in der Hand am Bett vorbeiging, »und den Hof möglichst einigermaßen in Schuß halten. Und zwischendurch wird man versuchen zu schreiben. Aber da ist es Zeit, zur Apotheke zu rennen. Wenn nicht –« Agdas Vater blickte ihn von der Wand herunter an. Pär sah das leere, hoch aufgebaute Bett und bekam ganz heiße Hände. Er riß die Tür zur Küche auf.

»Was suchst du hier?«

Sie stand mitten in der Küche und biß sich den Mittelfingernagel sauber. Unter ihrem Dufflecoat trug sie eine grüne Strumpfhose, und auf dem Linoleum lag Schnee, den sie mit ihren Stiefeln hereingetragen hatte.

»Hörst du nicht, was ich sage! Wo warst du?«

»Hier.«

Sie ist nicht älter als zehn Jahre, versuchte er zu denken. Nicht älter als zehn oder elf Jahre. Er wollte von der geschlossenen Tür zum Küchentisch gehen und dort die Blätter ablegen, aber seine Beine gehorchten ihm nicht. Er mußte sich an die Tür lehnen.

»Wie erhitzt du bist.«

»Ich arbeite.«

»Was denn?«

Sie hatte langes, dunkelblondes Haar, das streifig auf die Kapuze ihres Dufflecoats fiel. Eigentlich war sie nicht süß. Er sah sie überdeutlich. Obwohl sie recht oft dort herumrannte, war ihm, als habe er noch nie wahrgenommen, wie sie aussah.

»Du weißt doch, daß ich schreibe«, sagte er. »Wenn auch keine Märchen. Nichts für kleine Mädchen.«

Sie kaute weiter auf ihrem Nagel herum.

»Jetzt reißen sie bald ab«, sagte sie. »Morgen oder übermorgen.«

»Was willst du?«

»Sie reißen jetzt ab. Ich komme wegen den Tauben.«

»Du meine Güte! Wegen den Tauben rennst du also hier rum? Weißt du denn nicht, daß Tante Wallin krank ist?«

»Sie hat's versprochen.«

Er entfernte sich von der Tür und legte die Blätter ab. Suchte seine Zigarillos. Ann-Marie stand noch immer vor dem Herd. Das Schmelzwasser hatte eine Pfütze auf dem Fußboden gebildet. Pär verspürte eine Mattigkeit, die ihn zur Küchenbank hinzog, doch solange das Mädchen dort stand und die Zimmertür der Alten unverschlossen war, mußte er sich mit der Tür auf einer Linie halten. Anders als bei einem Erwachsenen konnte er Ann-Maries Bewegungen nicht vorausberechnen.

»Hast du mit Tante Wallin geredet?« fragte er und kehrte ihr den Rücken zu, während er sein Zigarillo anzuzünden versuchte. Er traute sich aber nicht, ihre Antwort abzuwarten, sondern fing selbst mit dünner, hastiger Stimme zu sprechen an: »Sie ist krank, verstehste, sehr krank. Du kapierst doch bestimmt, daß man nicht hier reinrennen kann, wie's einem gerade paßt. Weißt du denn nicht, daß man anklopft? Nicht einfach reinrast. Darfst du das denn daheim?«

»Ja.«

Er mußte jetzt zusehen, daß sie weiterkam. Die Tür sollte

abgeschlossen sein. Die Tür sollte immer abgeschlossen sein. Hatte er das schon öfter vergessen? Er glaubte es nicht. Aber nun schien ihm nichts mehr sicher.

»Hast du mit Tante Wallin geredet?«

»Wie die Männer von der Stadt da waren und gesagt haben, daß abgerissen werden soll, bevor die Schule angefangen hat, war das, im Sommer waren die da. Da hat Tante Wallin fest versprochen, daß die Tauben hierbleiben können, wenn sie abreißen. Und du hast selber gesagt, daß du ihnen ein Haus baust, aber du hast das nicht gemacht! Das war im Sommer, und jetzt reißen sie morgen ab. Das steht ganz fest, weil sie die Vaksalagatan verbreitern wollen.«

»Mitten im Winter?«

Da geriet sie völlig aus dem Häuschen.

»Die reißen ab! Die werden morgen abreißen, haben sie gesagt. Du hast bis jetzt Zeit gehabt, um den Taubenschlag zu bauen, und du hast nichts gemacht, aber du mußt, weil Tante Wallin es mir versprochen hat!«

Er versuchte sie vorsichtig zu sich zu bringen, sie wenigstens dazu zu bewegen, sich zur Flurtür zurückzuziehen. Die ganze Stadt war voller Tauben! Beim Svandammen unten waren sie wie Läuse. Tauben verscheißen alles. Der ganze Hof wäre voll.

»Im Frühjahr reißen sie bei euch doch alles ab. Du redest nur von deinen Tauben, und im Frühjahr reißen sie euer Haus ab! Tauben können doch fast überall bleiben. Hier oben unterm Dach hausen auch Tauben.«

»Wir ziehen nach Johannesbäck. Ich werde die Tauben hierlassen und sie jeden Tag besuchen.«

»Warten wir's ab«, sagte er und schob sie zur Tür.

»Du sollst den Taubenschlag jetzt bauen, und heute abend bringen wir die Tauben hierher, wenn sie alle eingeflogen sind. Du mußt das tun, weil Tante Wallin das versprochen hat, *sie* bestimmt hier.«

»Wann hat sie das versprochen?« fragte er.

»Jetzt.«

Sie hatte den Mittelfinger im Mund und kaute am Nagel, wandte jedoch nicht ihren taxierenden Blick von ihm. Sein erster Impuls war, ihr mitten in ihr tränenverquollenes Gesicht eins reinzuhauen.

Schritt für Schritt ging er rückwärts, bis sie beide vor jeweils einer Tür standen. Es würgte ihn. Aber auch sie sah ängstlich drein.

»Geh jetzt«, flüsterte er. »Hau bloß ab!«

Schnell wischte sie hinaus. Er schloß hinter ihr ab und legte sich lang ausgestreckt auf die Bank. In seinen Handflächen und unter den Armen kribbelte es. Er mußte wieder aufstehen und den Zimmerschlüssel der Alten suchen. Der lag irgendwo im Büfett. Als er ihn gefunden hatte, rannte er zuerst zur Flurtür. Ich führe mich auf, als ob ich besoffen wäre, dachte er. Als ob ich kotzen wollte.

Das legte sich auch nicht, nachdem er die Zimmertür abgeschlossen hatte. Alles war wie irgend etwas. In dieser Angst konnte er eigentlich nichts spüren. Hätte er das Mädchen geschlagen, wußte er, so hätte er das in der Handfläche nicht gespürt. Es war wie eine Betäubung beim Zahnarzt.

Er hatte nicht lange seine Ruhe. Die Frau aus der Wohnung über der Alten kam mit der Miete. Die Quittung hatte er fertig. Sie brauchten nicht viele Worte zu wechseln. Er hatte sie mit Ann-Marie draußen im Hof reden hören.

Durch die Mieten hatte er jetzt insgesamt fünfhundertfünfundzwanzig Kronen eingenommen, aber natürlich noch nichts von Kjell und von Nisse. Wenn die Alte Geld zu Hause gehabt hätte oder wenigstens das Sparbuch irgendwo eingeschlossen hätte! Aber es mußte sich alles in ihrer Handtasche befinden. Davon hatte er sie nie abbringen können. Und die Handtasche hatte sie mitgenommen. Die war jetzt überschneit.

Er hätte genausogut gleich alles liegen- und stehenlassen können, doch das schaffte er nicht. Zuerst mußte er sich beruhigen, seine Gedanken ordnen. Auf ein paar Tage kam es nicht an. Wenn er aber blieb, mußte er sich an den Taubenschlag machen.

Bretter konnte er auf dem Abrißgrundstück ganz unten an der Straße holen. Wenn er in der Hallsjö-Holzhandlung welche kaufte, würde ein Hunderter draufgehen. Im vorigen Sommer hatte er gesagt, daß es ein kleines Haus auf einem Pfosten werden würde, ein zweistöckiges Häuschen mit Mansarde, grün und weiß gestrichen. Das war an einem Samstagabend gewesen, ziemlich spät im August. Der Phlox am Zaun hatte geblüht, und er selbst hatte vor Kjells Vortreppe gesessen und ihr den Taubenschlag aufgezeichnet. Jetzt aber eilte es.

Er zog seinen Mantel an, ging hinaus und sah sich die Schuppenreihe an. Ganz hinten bei der Laube war eine schwarze Doppeltür, die in den Geräteschuppen führte. Das Licht funktionierte nicht, und er brauchte eine Viertelstunde, um eine Hundertwattbirne zu finden. Dann stellte er eine Leiter an die Dachbodenluke. Er mochte Höhen nicht und war noch nie dort oben gewesen. Das Dach war höchstens anderthalb Meter hoch, und der Schutt, der sich in der Dunkelheit dort weithin bis zu den Abtritten und den Brennholzschuppen ausbreitete, schien vom Bau des kleinen Hauses zu stammen. Er fragte sich, ob je ein Mensch seit fünfundzwanzig, dreißig Jahren da oben gewesen sei. Wollte er hier arbeiten, mußte er ein Licht herauflegen. Es würde auch kalt werden.

Er wollte ganz einfach zur Laube hin eine Öffnung machen, damit die Tauben aus und ein fliegen konnten, und dann ein paar Meter vom Giebel entfernt eine Wand hochziehen. Dazu taugte das Abrißholz. Das Mädchen brauchte aber vielleicht eine Art Tür in der Wand, eine Luke wenigstens. Er wußte, daß sie das bei sich da drüben hatte. Sie kroch manchmal zu den Tauben hinein und machte zwischen den Laden, in die sie ihre Eier legten, sauber.

Taubendreck. Überall würde es voll werden, und erst recht, wenn sie Junge bekämen. Aber darum brauchte er sich nicht mehr zu kümmern, denn zu diesem Zeitpunkt wäre er fort.

Es war der erste Dezember, und es wurde früh dunkel. Als er mitten im Giebel schließlich eine Öffnung von zwanzig Zentimetern im Quadrat zustande gebracht hatte, war es bereits schwarz draußen. Im Schein der Lampe, die er sich geliehen hatte, konnte er die Schneeflocken wirbeln sehen. Möglicherweise gelang es ihm noch vor dem Abend, wenigstens provisorisch eine Bretterwand hochzuziehen. Sobald er still saß, fror er. Als ihm die Hände klamm wurden, war es schwierig, mit der Säge zu hantieren, und er hatte es ein bißchen zu eilig. Nicht, daß er sich noch vor Ann-Marie fürchtete. Er hatte sich beruhigt und darüber nachgedacht, was sie gesagt hatte.

»Jetzt.«

Genau so, als ob sie bei der alten Frau im Zimmer gewesen wäre. Sie hätte aber niemals so geantwortet, wenn sie wirklich dort gewesen wäre.

So doch wohl nicht? Sie nicht. Zehn, elf Jahre. Eine Zehnjährige verstand sich nicht auf so etwas. Er lächelte. Und ich habe auf der Bank gelegen und gebibbert, dachte er.

Als er durch die Öffnung blickte, die er in die Giebelwand gemacht hatte, sah er sie mit nach oben gewandtem Gesicht unten stehen. Ihr Haar hatte sie gänzlich in die Kapuze des Dufflecoats gesteckt.

»Wo kommt die andere Öffnung hin?«

»Welche Öffnung?«

»Die andere.«

Er kroch wieder zurück und rollte das Stahlmaßband aus. Sich zu fürchten, wäre lächerlich. Sie konnte nicht in dem

Zimmer gewesen sein und das leere Bett gesehen haben. Oder doch? Eine Zehnjährige verstand sich nicht auf Erpressung. Das wäre lächerlich.

Er hörte sie draußen schwatzen, sah aber nicht zur Luke hinaus. Ganz hinten in dem Bauschutt hatte er einen Stapel guter Bretter entdeckt. Er wollte jedoch nicht versuchen, die Spunde in die Nuten einzupassen. Es ging lediglich darum, sie so dicht zu bekommen, daß die Tauben nicht im ganzen Dachbodenraum umherflogen.

»Es müssen zwei Öffnungen sein!« hörte er ihr dünnes Stimmchen draußen rufen. »In dem Taubenschlag müssen zwei Öffnungen sein, sonst…«

Den Rest verstand er nicht, denn er trieb gerade den Fuchsschwanz in das erste Brett. Er ließ ihn jedoch los und rutschte wieder zum Giebel. »Sonst« war ein Drohwort.

»Was sonst?«

In der Öffnung hoch oben in der Wand sah Ann-Marie sein Gesicht, über das der Schnee stäubte, so daß er aussah, als hätte er weder Augen noch einen Mund.

»Sonst vertragen sich die Tauben nicht!« rief sie zu dem leeren Gesicht in dem Schneegestöber hinauf. Als sie wegging, hörte sie die Säge durch das trockene Holz fauchen.

5

An alles mußte er denken. Sie holten die Tauben am zweiten Dezember vor sieben Uhr morgens, bevor der Bagger kam und den Schuppen zusammenkrachen ließ, in dem sie in Melins Hof einquartiert gewesen waren. In den beiden Kartons, die sie trugen, herrschte Panik. Acht Paar Tauben scheuerten mit den Flügeln an der Pappe und gaben gurgelnde Klagerufe von sich.

Die alte Melin hatte sich einen Pullover übers Nachthemd geschlagen. Sie hängte sich aus dem Küchenfenster und sagte, daß Lindblad wirklich nett sei. Nein, sie sagte nicht Päron. Ann-Marie sagte gar nichts. Sie hatte einen halben Zoll feinen Maschendraht besorgt, den sie in dem neuen Taubenschlag vor die Luken genagelt hatten. Einen Monat lang sollten die Tauben eingesperrt bleiben, behauptete sie. Sonst würden sie wieder zu Melins Hof zurückfliegen.

Sie zeigte ihm, wo er die Sitzstangen anbringen sollte und holte selbst die Holzladen, in denen die Tauben nisten sollten. Während er nagelte, saßen sechzehn Tauben an die andere Wand geklumpt, und bei jedem Hammerschlag ging ein Rütteln durch den Klumpen, und Federn wirbelten umher. Ann-Marie kam am Morgen zu spät zur Schule, aber das geschah sicherlich oft.

Er war am Morgen nicht zum Kaffeetrinken gekommen, und vom Schuppendach war mordsmäßig viel Schnee heruntergeplumpst, so daß die Person, die über der Alten wohnte, nicht in den Brennholzschuppen kam. Was immer sie so früh dort wollte.

»Es gibt derzeit ziemlich viel zu tun«, sagte Pär. »Kann denn, wie heißt er nur, Leif, das hier nicht solange wegschaufeln?«

»Er ist nicht da.«

Ach, deswegen. Das war also nicht nur eine Morgenlaune, diese klägliche Miene.

»Die kommen und gehen«, sagte er.

»Wie bitte?«

So war sie. Manchmal konnte man mit ihr schäkern, manchmal war sie stinkhochnäsig.

Mit dem Schaufeln würde er am Morgen aller Voraussicht nach nicht fertig werden. Der Neuschnee reichte fast über die Stiefel. Niemand erinnerte sich an solch einen Winter. Pär wollte aber auch nicht klagen.

Das heißt, nach außen hin mußte er laut klagen, sonst hätte das einen merkwürdigen Eindruck gemacht. Doch jedesmal, wenn der Himmel sich bezog und neue Schneemassen auswarf, dachte er an den Rotbol-Wald. Die Zeitungen schrieben über das Eisenbahnchaos zwischen Uppsala und Stockholm, und die Hausbesitzer in Pukehornet schimpften mit den Typen von der Stadt, wenn diese erst spät am Tag mit den Schneepflügen kamen. Die Pflüge reichten nicht aus, und es mußte zuerst in der Stadt geräumt werden.

»Die sind da anscheinend pingeliger, was?«

»Verdammt noch mal, wir haben das doch nicht zu entscheiden.«

»Aber wenn wir auf dem Weg zur Arbeit auf der Straße steckenbleiben, das macht nichts. In Pukehornet schon gleich gar nicht.«

Er hörte von einem Hausmeister in Kvarngärdet, der der Sache nicht Herr geworden war. Morgens fingen die Mieter zu schimpfen an, wenn sie mit ihren Autos nicht vom Parkplatz kamen, weil die Schneepflugwälle im Weg waren. Wenn er diese weggeräumt hatte, mußte er den ganzen Tag mit dem Pflug in den Höfen umherfahren. Das ging so lange, bis er die Schuld dafür bekam, daß eine alte Frau sich eines Abends auf einer vereisten Treppe den Oberschenkelhals brach. Da kündigte er. Pär dagegen wurde dieses Schnees Herr. Wenn er ihn auch rein physisch spürte.

Und all das andere, an das er denken mußte! Als er nach dem Schneeschaufeln ins Haus kam und den Kessel aufsetzte, hörte er aus der oberen Wohnung Geräusche. Die Frau lief umher und werkelte, putzte vielleicht. Es war alles sehr deutlich zu hören. Da fiel ihm ein, was Nisse am Tag zuvor gesagt hatte, und ihm wurde klar, daß er mit dem leeren Bett da drinnen reden mußte, wenn die Stille nicht verdächtig wirken sollte. Doch es war schwer, einen Anfang zu finden.

»Aha!«

Er warf achtlos die Herdringe hin, um ein paar Geräusche um sich zu haben. Es war, als verschlucke ihr Zimmer die Worte. Nachdem er ihre Tür geschlossen hatte, war es etwas besser.

»Himmel, Arsch und Wolkenbruch, was für ein Winter! Was?«

In seiner Einsamkeit führte er oft Selbstgespräche. Aber das hier war etwas anderes. Es war, als ob sich irgendwo ein Zuhörer versteckt hielte.

»Obwohl, man darf wohl nicht klagen.«

Hatte er die Haustür abgeschlossen?

»Nein, du, das darf man nicht. Klagen. Ich setze jetzt Kaffee auf.«

Plötzlich fiel ihm der Abwasch ein. Wie viele waren in der Küche gewesen? Eine Tasse, eine Untertasse, ein Teller – von allem nur eines. Das durfte er nicht vergessen. Er stellte zwei Kaffeetassen hin und goß in die eine gerade so viel ein, daß der Boden bedeckt war. Der Abwasch verdoppelte sich natürlich, aber das ließ sich nicht ändern. Die Leute schnüffelten überall herum. Ann-Marie würde sicherlich jedesmal, wenn sie nach ihren Tauben sah, angerannt kommen; und Kinder haben Luchsaugen.

»Du willst bestimmt eine Tasse Kaffee?«

Nein, das hörte sich nicht ganz gescheit an. Seine Stimme versagte. So würde er nicht weitermachen können. Aber viele Tage würde es nicht mehr dauern. Fünfhundertfünfundzwanzig Kronen hatte er durch die Mieten zusammenbekommen. Es war nicht viel für einen Start, und deshalb mußte er sich alles im voraus zurechtlegen. Er mußte wissen, wohin er wollte, etwas arrangieren. Eine Unterkunft, Arbeit.

Arbeit. Er hatte doch wahrlich genug um die Ohren. Etwas arrangieren, während man die ganze Zeit alles hier im Kopf haben mußte, all die Kleinigkeiten, die nicht schieflaufen durften.

Er versuchte, wieder etwas zu sagen, aber seine Stimme ließ ihn im Stich. Es wäre besser, das Radio anzuschalten. Außerdem hatte die Person da oben den Plattenspieler laufen. Die Platte kannte er schon. Bekam sie denn nie genug von dieser Musik, die klang, als ob einem jemand mit einer Kantele auf dem Kopf herumhämmerte? An manchen Nachmittagen konnte sie die bis zu zehnmal abspielen. Aber diesmal, wo er für den Lärm dankbar war, drehte sie die Platte nicht einmal um. Es wurde still im Haus. Lag Nisse in seinem Bett und grübelte über Geräusche, die nicht zu hören waren?

Um nicht reden zu müssen, ging er aus. Er nahm Hut und Mantel, denn er wollte zum Bahnhof runtergehen und sich die Fahrpläne anschauen. Wenn er irgendwo anders hinsollte, müßte es wohl Stockholm sein. Alles mußte gründlich überlegt werden, klar und ruhig, aber er wußte nicht, wo er anfangen sollte. Es war zuviel. Wie bekam man eine Arbeit und eine Wohnung, wenn man keine Papiere vorzeigen konnte?

Einen Gelegenheitsjob, das schon: bei einem Abrißhaus, in der Ziegelei oder im Hafen, wenn die Jahreszeit danach gewesen wäre. Aber das war nichts für ihn. Er hatte einen empfindlichen Körper, und wenn er sich auf eine Schwerarbeit einließe, wäre er nach einem Tag völlig fertig.

Gösta aus dem ersten Stock des kleinen Hauses trottete auf dem Hof umher und hütete einen Welpen.

»Er ist bald stubenrein«, sagte er und sah glücklich aus.

»Aber man muß auf ihn aufpassen, wenn er muß, sonst pinkelt er auf die Fußmatte.«

Wenn er mit ihm hätte reden können! Zum Beispiel: Ich denke daran wegzugehen.

»Das erste, was man ihnen beibringen muß, ist Appell. Willst mal sehen?«

Wie oft hatte er in den letzten zwei Jahren nicht zu Gösta gesagt, daß er weggehen wolle! Und jetzt haut man bald von hier ab.

Aber wohin? Jetzt, wo man wirklich einen Menschen zum Reden brauchte, um auf eine Idee zu kommen, wohin man gehen könnte, da ging es nicht.

»Willst du in die Stadt?«

Pär gab keine Antwort. Er spürte eine dumpfe Gereiztheit, als Gösta mit dem Welpen plapperte, der durch den Schnee hetzte. Nein, er wollte nicht in die Stadt. Wenn die Leute in diesen Bruchbuden wenigstens ordentliche Jobs hätten und tagsüber nicht zu Hause wären, dann hätte er sich nicht jede Minute davor hüten müssen, etwas falsch zu machen: die Tür offenzulassen, zu vergessen, das Rollo herunterzuziehen, wenn er in ihrem Zimmer Licht machte, eine statt zwei Tassen hinzustellen, das Reden zu vergessen, zu vergessen, ihren ewigen Fernseher einzuschalten.

Er machte einen kleinen Spaziergang, verließ Pukehornet jedoch nicht. Wenn er sich so fühlte, hatte es keinen Zweck, dagegen anzukämpfen, denn er hatte gelernt, daß die

Angst eine Übermacht war. Während langer Zeiten war er hier ebenso effektiv eingesperrt gewesen, als hätte es längs der Vaksalagatan und der anderen drei Straßen, die Pukehornet umschlossen, tatsächlich eine Mauer gegeben. Man kann am falschen Ort landen, aber die Übermacht achtet darauf, daß man lernt, sich wenn schon nicht wohl, so doch immerhin relativ geborgen zu fühlen.

Du mußt doch einen Ort haben, wo du hinkommen kannst, hatte sie gesagt. In den ersten Monaten, das war zu jener Zeit, als er bei »Imago« aufgehört hatte, hatte er ab und zu bei ihr in der Küche gesessen. Als er finanziell in Druck geriet, wurde ihm natürlich die Wohnung im oberen Stockwerk gekündigt. In bezug auf die Mieten war sie nicht gerade sentimental. Aber es stimmte, was sie gesagt hatte – man mußte irgendwo ein Zuhause haben. Sie war in vieler Hinsicht klug. Rausgehen – das hieß kaputtgehen. Manchmal war das so. Aber bring mal die Leute dazu, das zu verstehen! Sie akzeptierte das in der Regel, und es kam nie vor, daß sie ihn zu Besorgungen in der Stadt zu zwingen versuchte, wenn sie merkte, daß es mit ihm mal wieder so stand. Gleichwohl redete er nie darüber. In dieser Hinsicht also war sie gut.

Er kam zur Einmündung der Frejgatan und sah den großen Bretterverhau, der einmal Melins Schuppenreihe gewesen war. Das Wohnhaus hatte bei einer Drehung des Baggers ebenfalls einen Schlag abbekommen, so daß dort, wo der Verputz abgefallen war, Maschendraht und grobes Schilfrohr hervorragten. Abrißzeit. In drei, vier Jahren würden die Baggerschaufeln ganz Pukehornet weggekratzt haben. Normalerweise dachte er nicht darüber nach. Es kann vieles passieren. Der Abriß von Melins Bruchbude zum Beispiel war schon ein paar Jahre aufgeschoben worden. Manchmal kam ein Schwarm gutgekleideter Männer mit schmalen Aktentaschen, sie liefen umher und zeigten irgendwohin, und dann stand in der Uppsala Nya, daß es soweit sei. Aber es kann vieles passieren. Über bestimmte Dinge kann man nicht nachdenken, das lohnt sich nicht. Wie nach Stockholm zu gehen; darüber nachzugrübeln war zu konturlos und gleichzeitig zu brutal in den Einzelheiten. Er sah ein Hotel in Klara vor sich, wo er eine Nacht gewohnt hatte. Das, woran er sich am besten erinnerte, waren die Flecken auf der Tagesdecke, schwarze Haare im Waschbecken und eine vergessene Rasierklinge.

Nein, man mußte einen Ort haben, wo man hinkommen konnte. Er machte kehrt und ging langsam zurück. Wegen eines Lastwagens, der dort, wo die Schneewälle die Straße verengten, nur mühsam vorankam, mußte er sich an einen Bretterzaun drücken. Als er den Laster vor dem Haus der Alten halten sah, war sein erster Impuls, umzukehren, aber der Fahrer hatte ihn bereits gesehen und wünschte ihm vertraut einen guten Morgen.

»Der Brennstoff ist da«, sagte er, als Pär zu ihm trat. »Das Öl. Faß bitte mit an, dann trimmen wir's rein. Wohin willst du es denn haben?«

»Wir wollen es nicht haben!«

Das war dumm.

»Mensch, ihr habt das doch bestellt!«

Er selbst hatte es bestellt. Aber das war vorher gewesen. Würden sie die Rechnung schicken? Er konnte nicht rundheraus fragen.

»Die Alte ist nicht gut zuwege«, sagte er. »Drum weiß ich nicht –«

Der Fahrer hatte bereits den Schlag der Pritsche heruntergeklappt und rollte das erste Faß heran. Pär mußte zupacken. Er wollte sagen, daß sie nicht mehr als ein Faß, ja eigentlich überhaupt keines nähmen. Es war jedoch so schwer zu erklären; alles, was er hätte sagen wollen, formte sich in seinem Kopf zu spät. Normalerweise bestellten sie den Bedarf an Heizöl für beide Häuser und organisierten dann den Weiterverkauf an die Mieter, was für diese bequem war und der Alten einen gewissen Profit einbrachte. Daß Agda Wallin nicht gut zuwege war, taugte jedoch nicht recht als Erklärung dafür, daß er abbestellen wollte.

»Es ist ein Scheißumstand mit diesem Öl. Die Leute zahlen nicht, und dann muß man das Schloß am Brennholzschuppen auswechseln – du weißt, wie das ist. Drum sollten wir eigentlich aufhören mit diesen Bestellungen.«

Der Fahrer war nur daran interessiert, die Fässer loszuwerden, und als er fertig war, stiefelte er ganz selbstverständlich in den Flur. Aus seiner Innentasche hatte er eine quittierte Rechnung hervorgekramt. Pär schloß auf und drängte sich vor ihm in die Wohnung. Er war sich zwar sicher, daß er die Tür zu ihrem Zimmer zugemacht hatte, mußte sich aber davon überzeugen, ehe er ihn einließ.

»Zweihundertfünfundvierzig«, sagte der Fahrer und legte die Rechnung auf das Wachstuch.

»Sie ist nicht gut zuwege, habe ich gesagt.«

»Ja, ich brauche nur das Geld, dann ist es gut. Ein Bier kann ich natürlich schon zischen.«

Er war es gewohnt, von der alten Frau ein Bier angeboten zu bekommen. Pär glaubte, Zeit zu gewinnen, indem er zwei Flaschen öffnete. Der Fahrer trank im Stehen. Pär konnte jetzt überhaupt nichts machen, das sah er ein. Wenn er sich weigerte zu bezahlen und darum bat, daß sie die Rechnung schickten, würde dieser Ochse die Flasche, die er ohne sichtbare Schluckbewegungen in sich hineinschüttete, hinstellen und verlangen, auf der Stelle Agda Wallin zu sprechen. Er würde kurzerhand zur Tür gehen.

Pär zückte seine Brieftasche, zählte von den fünfhundertfünfundzwanzig Kronen zweihundertfünfundvierzig ab und legte sie auf das Wachstuch.

»Danke«, sagte der Fahrer und stellte die Bierflasche ab. Er wischte sich über den Mund und setzte seine Mütze auf, deren Ohrenklappen heruntergeklappt waren.

»Morgen. Grüß die Alte.«

Und schon war er draußen. Pär setzte sich an den Küchentisch und zählte die Scheine. Zweihundertachtzig Kronen. Er wußte nicht, ob er weinen oder lachen sollte. Das war zu schnell gegangen. Er hatte überhaupt nichts dagegen machen können. Wie weit kommt man mit zweihundertachtzig Kronen? Wie lange? Eine Woche vielleicht. Und dann? Es war lachhaft.

Zweihundertachtzig Kronen, kein Name, Polizei, Nachforschungen – der Schrecken versetzte ihm einen Schlag. Am liebsten wäre er ins Bett gegangen.

»Da hast du's!«

Er schleuderte dies in Richtung Tür. Wenn er ohnehin reden mußte, konnte er das ja jetzt tun. Nicht, weil es erleichterte, aber es war immerhin etwas. Sonst fange ich noch zu heulen an, dachte er. Wenn ich nun in die Stadt fahren, zur Polizei latschen und erzählen würde, wie es steht? Das wäre doch zum Heulen! Große, sichere Bullen hinter Schreibtischen. Hier, hört euch das an: Da ist ein Typ aus Pukehornet, der behauptet, daß die Tante, bei der er wohnt, der Schlag getroffen hat. Bestimmt hat er nur vergessen, es zu sagen. Und wie's der Teufel will, sind schon ein paar Tage vergangen.

»Siehst du! Wer zum Teufel würde einem von hier, der eine solche Geschichte auftischt, schon glauben! Da siehst du doch, wie das ist.«

Eigentlich lächerlich, mit ihr zu reden, aber wenn er nun schon so tun mußte, konnte er ebensogut lospoltern, daß man es hörte. Seinetwegen konnte Nisse gern faul herumliegen und horchen. Er konnte sowieso nicht wissen, um was für eine Geschichte es sich drehte.

»In welch einem verdammten Schlamassel ist man da gelandet – was meinst du, he? Daß ich spinne? Daß ich zur Polizei gehen und dann darum bitten soll, mich ins Krankenhaus zu bringen?« Aber nein. So etwas hätte sie niemals gesagt. Nicht einmal dann, wenn er auf dem Grund seiner Angst angelangt gewesen wäre, hätte sie das gesagt. Denn es war schon vorgekommen, daß er den Halt verloren hatte. Nicht, daß er dann mit ihr darüber hätte reden können, aber sie hatte es gelassen hingenommen und verstanden. Einmal hatte sie etwas gesagt. Wenn einem etwas weh tut, hatte sie gesagt – und es stimmte, denn es tat weh –, dann kommt man am Ende zu einem weißen Punkt, an dem es nicht mehr weher tut. Allerdings weiß man das nicht.

Irgend jemand sagte, daß der erste Advent sei. Es war bestimmt Ann-Marie. Sie stand mit der Erbsentüte in der Küchentür und fragte, wo er seine Adventskerzen habe. Er leuchtete ihr oben im Taubenschlag mit der Taschenlampe, wenn sie die Tauben, die sich auf den Stangen drängten, fütterte.

Die Dämmerungen lösten einander ab, die Tage waren weiter nichts als trübe Lichtspalte, und es schneite häufig. Den Tag Eins und ein paar weitere hatte er noch im Auge behalten, doch nun war mehr als eine Woche vergangen, seit er von ihr weggelaufen und im Bus gelandet war. Der Schnee verschönerte Pukehornet: die Abortreihen bekamen halbmeterhohe Borten aus reinem Schnee, der wie die Borsäure auf der Watte eines Pfefferkuchenhauses funkelte. Ein paar Brennholzschuppendächer stürzten ein. Irgend jemand sagte, daß es in Uppsala am schlimmsten sei.

»Weiter nördlich haben sie nicht halb so viel abbekommen.«

Und östlich? Er wußte es nicht, und eine Unruhe begann in ihm zu nagen. Länger als eine Woche hatte er sich den Rotbol-Wald wie einen windlosen, weißen Saal aus Schnee mit geraden Tannenstämmen vorgestellt, wo die Schneemassen alle Konturen verwischt haben.

Er kaufte eine Zeitung. Es war der vierte Dezember, und auf der ersten Seite stand vor allem etwas über das Verkehrschaos bei den Schwedischen Staatsbahnen. In Balingsta war unter dem Schnee ein Viehstalldach eingestürzt. Aber östlich?

Es war Donnerstag, und die Person, die oben wohnte, war früh am Morgen weggefahren. Donnerstags kam sie normalerweise erst spät nach Hause. Nisse reagierte nicht auf sein Klopfen. Es schien ungefährlich, für ein paar Stunden auszubleiben. Er brauchte jedoch einen Vorwand, und deshalb kaufte er in der Konditorei im Sivia-Haus eine Torte, bevor er zum Busbahnhof ging.

Im Hallstavik-Bus war nicht der gleiche Fahrer wie beim letztenmal, doch Pär erzählte trotzdem, daß er nach Kolarby ins Altersheim fahren und Agda Wallins Schwester besuchen wolle. Nicht, daß der Fahrer interessiert schien, aber Pär mußte dies unbedingt erzählen. Der Fahrer könnte sich hinterher daran erinnern. Außerdem war es recht angenehm zu reden. Pär war in den letzten Tagen sehr einsam gewesen, und aus dem leeren Zimmer, mit dem er gezwungenermaßen redete, kam keine Antwort, wenn er sich beim Herumwirtschaften auch manchmal dabei ertappte, wie er eine Pause machte, so als hätte er einen Einwand von ihr erwartet.

Nein, er würde noch überschnappen, wenn er nur herumlief und Knatsch machte, und weil dieser Donnerstag ein blauer Tag mit hohem Himmel war, hatte er nichts dagegen, Pukehornet zu verlassen. Je mehr sich der Bus Kolarby näherte, um so angespannter wurde Pär. Aber an diesem Tag war alles erstaunlich stimmig. In den östlichen Wäldern lag der Schnee womöglich noch kompakter. Als sie an der Haltestelle von Rotbol vorbeifuhren, sah er in die andere Richtung, doch das war egal. Es lag auf jeden Fall Schnee, massenhaft Schnee auf den Tannen und Schnee halb die Zäune hoch.

An der nächsten Haltestelle stieg er aus und ging vorsichtig die Nebenstraße zum Altersheim entlang. Es war fast ein Kilometer bis dorthin, und er mußte gut auf die Sporttasche aufpassen, weil die Tortenschachtel darin stand. Er wollte nicht mit einem Brei aus Sahne und Sandkuchen ankommen. Er fand sich richtig nett: mit einer Torte zu dem alten Muttchen zu fahren. Es war seltsam, wie heiter man von Sonne und Schnee und scharfen Schatten werden konnte. Als er auf der Treppe des roten Holzkastens der Vorsteherin gegenüberstand, machte ihn seine Nervosität fast kicherig. Sie war ruhig und gebieterisch und nahm die Torte entgegen. Eine Pflegehelferin führte ihn in den Tagesraum, wo drei alte Omas saßen und in das grelle Licht blinzelten, das durchs Fenster fiel.

Agda Wallins Schwester war über den Besuch so aufgeregt und vor allem so verblüfft, daß er sich schon fragte, ob es so klug gewesen war, hierherzufahren. Womöglich würde sie zu grübeln anfangen. Trotzdem konnte er es in seiner kribbeligen Aufgeräumtheit nicht lassen, ein bißchen mit den Worten zu spielen: »Dachte mir, ich gucke mal, wieviel Schnee ihr in dieser Gegend habt.«

Ein alter Opa in karierten Filzpantoffeln war hereingekommen und redete recht lange über den Schnee, ganz so, als gälte der Besuch ihm. Überhaupt war Astrid Eriksson, die Schwester der Alten, in dem Heim so neu und so wenig eingewöhnt, daß sie leicht in den Hintergrund geriet, als die alten Leute sich um Pär und seine Torte scharten, die eine Pflegehelferin auf einem Kaffeetablett hereinbrachte. Er begriff, daß Kaffee auf einem Tablett nicht das Normale war und daß er zur falschen Zeit serviert wurde. Astrid war wieder aufgeregt. Die Umstände machten sie verlegen, und sie warf ihm fast vor, daß er die Ordnung gestört habe.

»Du kommst hier angefahren. Und man weiß gar nicht so recht –«

»Nein, im Ernst. Agda möchte wissen, wie es dir geht. Ihr fällt ja das Reden schwer, sonst hätte sie schon angerufen.«

Die Pflegehelferin zündete Kerzen auf dem Adventsleuchter an. Der Alte in den Filzpantoffeln erkundigte sich als erster nach Agda Wallins Krankheit. Pär war ganz heiß, er fühlte sich aber recht ruhig. Hier erwischten sie ihn nicht. Er hatte nachgeschlagen. Zu Hause hatte Agda das medizinische Lexikon des Schwedischen Roten Kreuzes, und bereits im August, als es das erste Mal passiert war, hatten sie zusammen die Seite gelesen: »Gehirnblutung, Gehirnschlag, Schlaganfall, Apoplexie nennt man den Zustand, wenn ohne äußere Gewalteinwirkung im Gehirn eine Gefäßblutung eingetreten ist.«

»Sie ist also einfach umgefallen.«

»War das zu Hause?«

»Ihr war zuerst ein bißchen schlecht, so daß ich nicht ganz kapiert habe, was Sache ist.«

»Habt ihr es bis nach Hause geschafft oder ist es auf dem Weg passiert?«

Er glitt darüber hinweg. Viele Augenpaare waren jetzt auf ihn gerichtet, und während er erzählte, empfand er kaum eine Spannung. Es war gewissermaßen angenehm, ordentlich darüber reden zu können. »Bei einer gründlichen Untersuchung kann man feststellen, daß die Extremitäten auf der einen Seite schlaffer sind als auf der anderen. Der Patient kann entweder gleich sterben oder auch später, nicht selten auf Grund einer hinzutretenden Lungenentzündung. Wenn der Patient erwacht, kann eine halbseitige Lähmung eintreten.« Das konnte er so gut wie auswendig. Er brauchte es nur noch auszuschmücken.

»Sie hat also Glück gehabt, kann man sagen.«

»Und der Doktor, was sagt der?«

»Nun, Ruhe natürlich. Und dann werden sie hinterher ja ein bißchen wunderlich. Aber das ist unterschiedlich«, fügte er hinzu, als er den Alten ansah, dessen rechte Gesichtshälfte ein klein wenig herabhing.

»Ja Jesses, du kümmerst dich aber doch ordentlich um sie?«

Astrid war Agda ziemlich ähnlich, jedoch überhaupt nicht fett, und ihr Blick war nicht so wachsam. Ihm schoß der Gedanke durch den Kopf, daß es gefährlicher gewesen wäre, wenn er die alte Frau hier ausgetauscht hätte, wenn ihm Agda zugehört hätte.

Astrid bekam ihn eine Weile für sich. Sie zog ihn ganz einfach in die Ecke mit dem Fernseher, auf dem ein Kreuzstichdeckchen lag und eine blättrige Amaryllis stand.

»Du bleibst doch?«

»Ich bleibe – wieso?«

»Na ja, wo du doch immer wieder sagst, daß du gehen willst. Ich dachte –«

»Jaja, wir werden sehen.«

»Pär«, sagte sie leise und eifrig und beugte sich zu ihm vor, so daß er den Kaffeeduft aus ihrem Mund roch und den Geruch nach trockenem Altweiberkörper. »Du sollst dich um Agda kümmern, verstehste. Es wird dir nicht leid tun.«

Sie fingerte an dem Kreuzstichdeckchen herum.

»Das weißt du.«

Er spürte, wie ihm die Wut durch den Körper schoß. Seine Hände wurden leicht klebrig. Wollte sie auch versuchen, ihm diesen Bären aufzubinden?

»Ich weiß, was du meinst. Aber das ist eine Lüge. Das ist nur ein Geschwätz, um mich zum Bleiben zu bewegen. Aber du brauchst dir keine Sorgen zu machen. Ich –«

»Pär, das gibt es schriftlich.«

Er starrte ihr Gesicht an, die gerade Nase, die an Agdas erinnerte, und den Mund, der zwischen den Worten immer leicht kaute.

»Ich habe keinen Anteil mehr an den Häusern und dem Grundstück aus Papas Erbe, weil sie mich ausgelöst hat, wie Eriksson Rothol kaufen wollte. Ich weiß aber, wie sie ihre Finanzen geregelt hat. Die Sache ist vor einem Jahr festgelegt worden. Ich könnte dir genau sagen –«

»Nein!«

Er wich zurück. Zuerst vor ihrem Gesicht und dann vom

Fernseher. Er wollte raus. Es dauerte nur ein paar Sekunden, dann hatte er begriffen. Es war sonnenklar: Agda hatte ihn getäuscht. Nicht als sie ihm ein Erbe in Aussicht gestellt hatte, wenn er wieder davon gesprochen hatte, daß er gehen wolle. Dort draußen im Wald, da hatte sie ihn getäuscht.

Was hatte sie geglaubt? Daß er sie sitzen ließe, weil er durch ihren Tod zu Geld käme? So praktisch war sie – und so ängstlich. Ihre letzte Tat war, ihn zu täuschen. Ihn, der jetzt hätte frei sein und Geld zur Verfügung haben können –

Wieviel? Er traute sich nicht zu fragen. Sowie er die Zigarillos und die Zündhölzer hervorgekramt hatte, stand die Pflegehelferin neben ihm.

»Hier drinnen rauchen wir nicht. Dazu müssen sie runtergehen.«

Er mußte raus. Laß sie glotzen, dachte er. Was, zum Teufel, habe ich hier zu suchen? Es sind fünfundvierzig Kilometer bis in die Stadt. Noch zwei Stunden, bis der Bus fährt. Ließ man ihn jetzt nicht in Ruhe, würde in ihm etwas kaputtgehen.

»Gehst du schon? Willst du nicht noch eine Tasse Kaffee? Kannst du nicht unten rauchen und dann wieder heraufkommen? Es sind doch noch zwei Stunden, bis der Bus fährt.«

Daß kein Mensch etwas begreifen konnte.

6

Angst bekam er erst im nachhinein. Komisch – da saß er bereits zu Hause in der Küche und hatte ihre schwarze Handtasche auf dem Schoß, die Tür war abgeschlossen. Mehr als drei Stunden waren vergangen, als er plötzlich einen trockenen Mund bekam und zu frieren begann. Trotzdem war die Kunstledertasche vom Schweiß seiner Hände klebrig. Er stellte sie auf den Küchentisch und wollte Wasser trinken, kam aber nicht hoch.

Mehr als drei Stunden waren vergangen, und die Tür war abgeschlossen. Er hatte die Rollos in ihrem Zimmer heruntergelassen und die Nachttischlampe angeknipst. Es war schon längst dunkel. Er brauchte sich wegen nichts mehr Sorgen zu machen. Und trotzdem überkam es ihn jetzt.

Er dachte, daß er jetzt in sein Zimmer gehen und sich umziehen sollte. Seine Hose war naß bis zu den Knien, und seine Schuhe waren feucht. Deswegen fror er auch.

Niemand hat mich gesehen. Kein Schwein hat mich gesehen, dachte er. Ich bin niemandem begegnet, und jetzt schneit es wieder. Die Spuren, die in dem blauen Tageslicht so scharf und plump ausgesehen hatten, würden in ein paar Stunden verschneit sein. Er mußte mit jemandem reden. Wenn er nur zu jemandem hätte sagen können: »Keiner hat mich gesehen.« Und dieser Jemand geantwortet hätte: »Nein, und jetzt schneit es.«

Eigentlich wäre es nicht schwer, es jemandem zu erzählen. Ich war wie weggetreten. Bin einfach gelaufen, und wenn ich daran dachte, wie sehr sie mich getäuscht hatte – glaubst du nicht, daß ich ihr geholfen hätte? Hätte ich das etwa nicht? Aber sie hat mir nicht getraut, nicht für fünf Öre, denn so war sie. Sie hat also die Geschichte mit dem Geld gebracht, um sicher zu sein, daß ich Hilfe holen würde. Und dann hab ich praktisch ohne eine Öre dagesessen, und jeden Augenblick konnten die Bullen kommen. Obwohl es natürlich geschneit hat. Das ist aber auch die einzige Atempause, die man hatte.

Es klopfte an der Tür, und er wußte nicht, ob er lange auf der Küchenbank gesessen hatte oder ob es erst ein kleines Weilchen her war, seit er vom Busbahnhof gekommen war. Langsam erhob er sich und ließ sich Zeit, die Handtasche in ihr Zimmer zu bringen und sie dort aufs Bett zu legen, bevor er aufschloß.

»Mein Heizöl ist alle.«

Hatte sie keine größeren Probleme!

»Ich störe hoffentlich nicht?«

»Nein, wieso?«

Er nahm die Schlüssel zum Brennholzschuppen vom Haken. Laß sie doch glotzen, dachte er. Jetzt wird sie da oben die Öfen ordentlich einheizen, und dann wird sie wohl wieder diese Platte auflegen. Ich störe hoffentlich nicht?

Nein, aber wenn er sich hätte umdrehen und sagen können: Die Alte ist tot, und irgendwie bin ich in diesem Schlamassel gelandet. Und dann hab ich ohne eine Öre dagesessen und schließlich erfahren, daß alles, was sie gesagt hat, wie sie gestorben ist, nämlich daß es nichts Schriftliches darüber gibt, daß ich sie beerben soll, bloß gelogen war. Weil sie mir nicht getraut hat, nicht für fünf Öre, und das, nachdem man hier mehrere Jahre rumgewerkelt hat in ihrer verdammten –

»Bist du unterwegs gewesen?«

Ja, unterwegs ist man gewesen. Bis im Rotbol-Wald draußen. Der Schnee reichte bis zu den Knien, und mehrmals hab ich geglaubt, daß ich der Länge nach hinfallen würde und nicht mehr aufstehen könnte. Aber ich habe hingefunden, und ich habe den Schneehaufen gesehen, weil da, wo sie sitzt, ein umgestürzter Baum ist, so daß man sich gar nicht vertun kann. Und du kannst dir ja denken, wie das ist, im Schnee zu wühlen, wenn man weiß –

»Ich habe nur diese Fünfliterkanne dabei, aber ich kann morgen noch mehr holen.« Knapp bei Kasse natürlich. Doch wußte sie, wie das ist, nicht eine Öre mehr als zweihundertachtzig Kronen zu haben, keinen Job, nichts?

»Du bist naß.«

Sie gingen über den Hof, und während er die Tür zum Brennholzschuppen aufschloß, hielt sie die Taschenlampe für ihn.

»Ich bin in Kolarby gewesen, im Altersheim. Die Schwester der Alten ist jetzt da.«

»Aha.«

Aha. Das Schloß war gefroren. Sie erwärmte den Schlüssel mit ihrem Feuerzeug und musterte ihn eingehend in dem kleinen, gelben Licht, das von unten kam. Als ob sie neugierig gewesen wäre, aber im Grunde reichte die Neugier der Leute aufeinander nicht weiter als bis zu: Aha. Soso. Hoffentlich renkt sich das ein.

Sie, die sich einbildete, daß er vor ihrem Typen, Leif, Angst habe. Aber er hätte diesen Leif, der sich für so hart hielt, sehen wollen, wie er durch den Wald stapfte und im Schnee wühlte! Wohl wissend, worauf er stoßen konnte. Wenn er das hätte sagen können, hätte sie ihm nicht geglaubt, wahrscheinlich. Er hätte ihr jedoch die Tasche zeigen können.

Als sie ihren Fünfliterkanister gefüllt bekommen hatte und wieder am Küchentisch stand und das Geld für das Öl abzählte, hätte er die Tasche aus dem Zimmer holen und ihr zeigen können.

Sie fragte natürlich, wie es Fräulein Wallin gehe. Er sagte, es gehe ihr so lala.

»Aha. Schönen Gruß.«

Er schloß hinter ihr ab. Er fühlte sich jetzt besser, nachdem er sich ein wenig bewegt und geredet hatte, auch wenn es nicht viele Worte gewesen waren. Bevor auf der Küchenbank diese Angst über ihn geschwappt war, war er ruhig gewesen. Er hatte sogar in den Monopolladen am Vaksalatorg gehen können, als er, noch immer die Sporttasche in der Hand, vom Busbahnhof gekommen war. Er hatte natürlich kein Geld aus der Handtasche zu holen brauchen, da die zweihundertachtzig Kronen in seiner Brieftasche steckten.

In die Handtasche hatte er noch keinen Blick geworfen, denn das brauchte er nicht. Daß beide Sparbücher darin waren, wußte er. Ein bißchen Bargeld mußte da auch sein, ungefähr dreihundert, wenn er in Rechnung stellte, wann er zuletzt per Vollmacht etwas für sie abgehoben hatte. Die Weinflaschen hatte er neben die Handtasche auf den Boden der Sporttasche gestellt und in diesem Augenblick nicht viel empfunden. Das kam erst, als er zu Hause war.

Abgesehen von einem Käsebrot am Morgen und dem Stück Torte im Altersheim hatte er den ganzen Tag noch nichts gegessen, und sein Mund brannte von den Zigarillos. Er hatte jedoch nichts, was er sich hätte zubereiten können, und er war eigentlich auch nicht hungrig, ihm war nur schlecht. Er holte einen Becher und schenkte sich Rotwein ein. Einen Becher trank er, bevor er sich auszog. Es war noch nicht sieben, aber er konnte genausogut schon ins Bett gehen. Es war ihm scheißegal, ob noch jemand kam.

Eigentlich hatte er während der ganzen Heimfahrt im Bus an nichts anderes gedacht, ja, schon seit dem Augenblick, als er begonnen hatte, mit den Händen das erste Loch in den Schnee zu graben, wobei seine Fingerhandschuhe rasch klumpig wurden. Wenn ich heimkomme, geh ich ins Bett.

Und da lag er jetzt. Der Wein wärmte, und das war auch nötig, denn es war kalt im Bett. Er würde das Licht brennen lassen, und er wollte nicht mehr rauchen, denn zum einen schmeckte es jetzt aasig, und zum anderen konnte er dabei einschlafen. Ganz allmählich wurde ihm warm, und ihn beschlich ein leicht angenehmes Gefühl: Jedenfalls ist es vorbei.

Er hatte nicht direkt gedacht: Jetzt gehe ich hin und versuche, diese Handtasche zu finden, denn es gibt keine andere Möglichkeit, sich aus dieser Sache zu lavieren, als an Geld zu kommen. Es war zunächst kein Entschluß gewesen, erst dann, als er bereits an Ort und Stelle war, eine Weile wie betäubt dagestanden und gefroren und schließlich angefangen hatte, das erste Loch in den Schnee zu graben.

Es war die falsche Stelle gewesen. In diesem Moment hätte er wieder in Panik geraten und davonlaufen können, so wie damals, als er zum erstenmal dort gestanden und begriffen hatte, daß sie tot war. Aber ein einziger Schritt mehr im Schnee, ein weiteres Rudern mit den Armen hatten gereicht. Es war schlicht unmöglich, durch diesen Schnee zu laufen. Man mußte waten und die Beine hochziehen, die schwer wurden und vor Anstrengung zu schmerzen anfingen. Also war er stehengeblieben, wobei seine Füße von der Kälte allmählich heftig schmerzten. Dann hatte er das zweite Loch gegraben, diesmal an der richtigen Stelle. Also mußte er immerhin klar gedacht haben.

Hinterher hatte er beide Löcher wieder zugeschüttet und den Schnee glattgestrichen, doch das spielte eigentlich keine Rolle, denn morgen würden die Spuren verschneit sein, und alles wäre wieder so weiß wie vorher.

Beim ersten Mal aber habe ich die falsche Stelle erwischt, dachte er, da bin ich auf den Dings gestoßen. Aber das war nicht schlimm. Er wußte, daß er in der Nacht nicht davon zu träumen brauchte. Denn der Wein tat seine Wirkung, es wurde warm im Bett, und wenn er die Zähne zusammenbiß, surrten sie. Und eigentlich war es gar nicht so bemerkenswert, daß er die falsche Stelle erwischt hatte. Er hatte nur einen Schuh gesehen.

Am Freitag morgen wurde er von dem Neffen der Alten geweckt, der sich erkundigte, ob Pär Hilfe beim Schneeschaufeln brauche.

»Ich fand es komisch, daß du nicht angerufen hast«, sagte Yngve, und das durfte er ruhig finden.

Pär war trüber Laune. Er schlüpfte in seine Hose und zog sich den Mantel über die Pyjamajacke, um mit hinauszugehen und den Geräteschuppen aufzuschließen. Kaum war er wieder im Haus, stand Ann-Marie da und wollte zu den Tauben hinauf, um sie zu füttern, bevor sie in die Schule ging. Yngve war steifbeinig, ein Geburtsfehler, aber er schaufelte gut.

»Du kannst gern auch das, was in der Laube liegt, rausschaufeln.«

»Soso, Päron, dirigierst du die Truppen!«

Kjell und Charlie verließen gerade das Haus und waren schon laut und vergnügt, obwohl es gerade erst acht Uhr war. Es lag ihm auf der Zunge, zu Kjell zu sagen, daß er sich selbst eine Schaufel schnappen könne. Die Aborttüren krachten, ein Auto, das im lockeren Schnee auf der Straße steckengeblieben war, jaulte auf höchsten Touren. Der Morgen war so außerordentlich gewöhnlich, daß sich Pär, obwohl er Kopfweh hatte und müde war, ruhiger fühlte, als er es schon mehr als eine Woche lang getan hatte.

»Geh da nicht rein! Es ist so kalt, daß man Eis scheißt«, sagte Kjell zu dem Frauenzimmer aus der Wohnung über der Alten.

»Das kommt wohl drauf an.«

Sie zog die Lattentür hinter sich zu, und Kjell schnitt Grimassen. Pär ertappte sich dabei, daß er sich für ihn schämte, sagte aber nichts. Das hatte weiter keinen Sinn. Kjell trompetete über den Hof, daß er und Charlie nach Stockholm wollten, wenn sie also jemandem etwas besorgen sollten, dann –

»Wenn ihr es euch leisten könnt, nach Stockholm zu fahren, dann kannst du ja auch die Miete bezahlen«, sagte Pär.

»Das kommt schon in Ordnung.«

»Das wird auch das beste sein. Die Alte fragt schon.«

»Geschäfte«, sagte Kjell. »Ruhig Blut, Päron. Wenn wir heut abend zurückkommen, ist alles erledigt.«

»Der große Macker«, lächelte Charlie.

Sie verließen den Hof, und Pär sah flüchtig Elsys Gesicht im Fenster, böse. Später am Vormittag kam sie in Agda Wallins Wohnung und nahm sich reichlich Zeit, sich in der Küche umzusehen. Pär hatte aufgeräumt und fand, daß er es recht passabel hinbekommen hatte. Quer über dem Wachstuch lag eine geblümte Decke, und er hatte den Adventsleuchter hervorgeholt.

»Ich will mit der Alten reden.«

Er war das jetzt schon gewohnt. Seit mehr als einer Woche, fand er, hatten die Leute nichts anderes zu tun, als angerannt zu kommen und nach der Alten zu fragen.

»Das geht nicht.«

»Geht's ihr denn so schlecht?«

Soviel er wußte, hatte sie niemals mit Agda Wallin gesprochen. Es gab auch jetzt keinen Grund dafür, selbst wenn es an sich gegangen wäre. Er zündete sich ein Zigarillo an und kümmerte sich um den Kaffeekessel, während er seine Erklärung abgab.

»Ich muß wohl auf jeden Fall mit ihr reden. Es geht um die Miete.«

Er wollte dieses Thema abrupt abschneiden, doch als er sich umdrehte, sah er, daß Elsy ihre Handtasche geöffnet hatte und dabei war, einhundertfünfundsiebzig Kronen auf den Tisch zu zählen.

»Das ist für den vorigen Monat«, sagte sie. »Und dann haben wir noch diesen.«

Sie blätterte noch mehr Geld hin und stapelte es in zwei fein säuberliche Häufchen. Er trat an den Tisch, um es an sich zu nehmen, da legte sie ihren Unterarm über die Scheine und sah ihn unverwandt an. Mit der freien Hand fingerte sie eine Zigarette aus dem Päckchen in ihrer Handtasche und fuchtelte damit herum, bis er ihr Feuer gab.

»Das geb ich nur der Alten«, sagte sie.

Diese Art Geschäfte hatte sie gelernt. Jetzt machte sie sich jedoch nicht einmal die Mühe, ernsthaft hart zu wirken – es war nur gespielt.

»Dann laß es bleiben«, sagte er und kehrte ihr den Rücken. »In einer Woche fliegt ihr raus, die ganze Bande.«

»Du bist dir ja recht sicher, du«, sagte sie. Diese Worte ließ sie wirken, bis er sich Kaffee eingeschenkt und sich auf die Küchenbank gesetzt hatte.

»Solange du die Alte im Rücken hast.«

Er schluckte es, denn es tat weh. Wenn sie gewußt hätte, wie wenig er sich um ihr Geld zu scheren brauchte, jetzt, wo er die Handtasche hatte!

»Du kannst es mir geben«, sagte er. »Du bekommst schließlich eine Quittung. Sie hat sie bereits ausgeschrieben. Im übrigen ist es doch wohl Kjell, der die Wohnung gemietet hat.«

»Genau darüber will ich mit ihr reden.«

»Weiß Kjell davon?«

»Nein.«

Sie lächelte schmal. Hast du denn keine Angst, wollte er sie fragen, doch sie kam ihm zuvor.

»Und du wirst dich brav hüten, ihm etwas davon zu sagen, das ist besser für mich und dich.«

»Ich will da nicht mit reingerissen werden.«

»Nein, laß mich einfach mit der Tante reden, dann passiert dir nichts. Ich habe keine Lust, dich da reinzuziehen.

Du rennst hier nur rum und quatschst, aber du hast nicht das Sagen, das hat sie.«

Ihre Augen und ihr Mund waren morgens gut geschminkt. Sie sah dadurch boshaft aus, aber hübscher als sonst. Sie hält sich ganz gut, dachte er, dafür, daß sie fünfunddreißig ist und es so schwer hat. Offensichtlich hatte sie eingesehen, daß er nicht daran dachte, sie ins Zimmer der Alten zu lassen, denn sie begann, ihm die Sache ruhig zu erklären.

»Sag ihr, daß sie die Miete jetzt bekommt, daß sie den Vertrag aber auf mich umschreiben soll.«

»Und du glaubst, Kjell ist damit einverstanden?«

»Nein, nicht wenn du rumrennst und erzählst, daß ich das gesagt habe. Es täte mir übrigens leid um dich.«

»Und um dich auch«, setzte er automatisch drauf.

Sie lachte leise. Es wäre menschlicher gewesen, wenn sie etwas von ihrer Angst gezeigt hätte, doch das wollte sie offenbar nicht. Da war nichts, worin er sich bei ihr hätte spiegeln können, und wie immer in solchen Fällen wurde er weich und ärgerte sich gleichzeitig über sich selbst.

»Wenn Agda Wallin sagt, daß wir rausfliegen, falls der Vertrag nicht auf mich umgeschrieben wird, dann muß er sich danach richten«, sagte sie. »Kjell weiß nicht, wo er sonst hinsoll.«

»Und du auch nicht.«

Sie ignorierte ihn.

»Das Geld kriegt sie jetzt von mir, das soll Kjell aber nicht wissen. Wenn er irgendwann bezahlt, kann sie es mir geben. Ich traue ihr.«

Soso, sie traute der Alten. Da könnte er erzählen –

»Und noch etwas. Charlie muß raus.«

Das mußte der eigentliche Grund sein, weshalb sie gekommen war. Sie sah jetzt nicht boshaft aus, nur entschlossen.

»Du magst Charlie nicht?«

»Was glaubst du denn? Wenn die Alte das mit Nachdruck

verlangt, muß er jedenfalls Leine ziehen. Den Vertrag auf mich und Charlie raus. Was hast du noch mal gesagt, wie du bei uns warst – unbefugte Personen in der Wohnung beherbergen – soll im Vertrag stehen. Das meine ich. Sie kann das arrangieren, denn sie will Charlie auch nicht hier haben. Er ist nicht gut für Kjell, das weißt du.«

»Womöglich will sie keinen von euch hier haben.«

»Das ist ihre Sache. Aber hier ist das Geld.«

Sie steckte es wieder in ihre Tasche.

»Wenn das mit dem Vertrag klar ist und sie Charlie rausgeschmissen hat, bring ich es vorbei.«

»Das krieg ich hin«, sagte er. »Gib mir das Geld nur.«

»Nein, nein.«

Sie lachte über ihn, während sie ihre Tasche zuschnappen ließ.

»Ich traue Agda Wallin, denn sie hat das gleiche Interesse wie ich daran, hier ein bißchen Ordnung reinzubringen – und es ist besser, wenn Charlie verschwindet. Es wird allerdings einen Mordsaufstand darum geben, und da will ich nicht reingezogen werden. Ich weiß dann von nichts. Kapiert, Päron?«

Er kapierte.

»Übrigens«, sagte sie und wühlte in ihrer Sporttasche, die sie neben dem Stuhl abgestellt hatte, »ich habe dir was mitgebracht.«

Sie stellte eine kleine Flasche Explorer auf den Küchentisch.

»Du regelst das mit der Alten, nicht wahr? Und noch etwas – Henrikssons können in Nisses Zimmer einziehen.«

»Glaubst du, sie will Nisse rausschmeißen?«

»Du scheinst völlig weggetreten zu sein. Nisse ist doch seit gestern fort.«

»Wohin denn?«

»Das weiß ich nicht. Ins Krankenhaus oder so. Seine Mutter und sein Vater sind aus Ränäs gekommen und haben seine Siebensachen gepackt.«

»Ohne zu kündigen?«

»Du warst ja nicht da. Und die Alte hat nicht reagiert.«

Er wußte nicht recht, wie er mit ihr dran war. Der Wodka in der Flasche mit dem Wikingerschiff auf dem Etikett sah farblos und unschuldig aus. Die Flasche konnte genauso leer sein wie Elsys Blick in diesem Moment. Sie sah, daß er den Wodka betrachtete, beugte sich über den Küchentisch und fing so dämlich zu gurren an, daß er ihr eins reinhauen wollte.

»Du brauchst dir keine Sorgen zu machen wegen der Flasche. Ich weiß, was die Alte sagt. Aber da scheißen wir drauf. Päron ist doch jetzt ein großer Junge.«

»Was glaubst du eigentlich, he? Daß ich wegen ihr keinen Schnaps daheim haben darf?«

»Ich glaube es nicht, ich weiß es. Aber das geht mich ja nichts an.«

Er stand so abrupt auf, daß seine Kaffeetasse überschwappte. Wortlos holte er zwei Gläser aus dem Schrank über der Spüle. Er ließ eines fallen, doch es schlug nur auf dem Zinkblech auf und ging nicht entzwei. Als er den Schraubverschluß auf dem Wodka herumdrehte, lachte sie hellauf, zündete sich noch eine Zigarette an und lehnte sich auf dem Stuhl zurück, als ob sie auf etwas Amüsantes wartete – oder auf den Wodka. Als er jedoch das zweite Glas einschenken wollte, hielt sie ihn zurück: »Für mich nicht. So früh am Tag genehmigen sich nur große Jungs einen. Du kannst mir aber etwas Kaffee anbieten.«

Der Wodka war geschmacklos. Er spürte ihn kaum. Aber er spürte seine eigene Verbitterung, und obwohl er Elsy eine Menge zu sagen hatte, kam er nicht in Gang. Vor allem sie redete jetzt, boshaft und ein kleines bißchen albern. Ihr Mund war freundlicher, wenn ihr Lippenstift an der Kaffeetasse kleben blieb und seine Konturen nicht mehr so scharf waren.

»Brock dir jetzt nicht unnötig was ein, Päron. Ich will deswegen auch nicht rausfliegen.«

Sie machte eine Kopfbewegung in Richtung Flasche und blickte auf die Tür zum Zimmer. Im selben Moment kam Yngve vom Hof herein. Der Wodka mußte jedenfalls schon seine Wirkung getan haben, denn Pär hatte nicht gehört, daß er sich den Schnee abgestampft hatte. Er stand einfach da.

»Was glotzt du denn so?«

Yngves Blick war ebenfalls auf die Tür geheftet.

»Willst du ein Glas Wodka?«

Er sagte das in Richtung Zimmer. Elsy schüttelte den Kopf, lachte aber auch. Er wollte, daß sie mit dem Lachen aufhörte. Er wollte, daß Yngve mit dem Glotzen aufhörte.

»Bist du fertig?«

»Ja, das war eine Mordsarbeit. Du hast dir nicht gerade ein Bein ausgerissen.«

»Wieviel willst du haben?«

»Nun, haben«, sagte Yngve in seiner langsamen Art, und sein Blick sprang von Elsy und Pär zur Zimmertür. »Ich weiß nicht – 'nen Zehner krieg ich schon immer.«

»Hast du in der Laube geräumt?«

»Ach so, da auch. Neeein.«

»Dann mach das.«

Er holte seine Brieftasche aus der Jacke, die hinter der Tür hing, und gab ihm fünfundzwanzig Kronen. Im selben Moment wurde ihm klar, daß dies ein Fehler war, denn Yngve sah so aufrichtig verblüfft drein, daß er Mühe hatte, richtig zur Flurtür zurückzufinden, und Elsys Blick folgte aufmerksam allen Bewegungen Pärs vom Wodkaglas zurück zu der Jacke mit der Brieftasche.

»Was ist denn noch?« fragte Pär und merkte, wie sich seine Stimme aufblähte und schwoll. Er wollte Yngve draußen haben, bevor dieser sich an der Flasche und an Elsy die Augen ausglotzte. Sein Blick suchte auch den Kaffeekessel.

»Ich wollte natürlich auch meine Tante besuchen«, sagte Yngve. »Bevor ich dann geh.«

»Sie will dich nicht sehen.«

»Er sagt, daß es ihr so schlecht geht, daß sie niemand sehen will«, erklärte Elsy.

»Geht es ihr so schlecht?«

»Halt dich an deinen eigenen Kram.«

»Ja, wieso?« fragte Yngve. Er war fast draußen.

»Wenn jeder sich hält, wie er soll, so steht es allenthalben wohl«, sagte Elsy munter. »Nicht wahr, Päron?«

Er hatte nicht darauf geachtet, was sie als erstes gesagt hatte, denn er verfolgte Yngves schleppenden Gang zur Schneeschaufel, die an der Schuppentür lehnte.

»Was hast du gesagt?«

»Wenn jeder sich –«

»Ja, das kenn ich. Was ist damit?«

»Was bist du denn so gereizt? Weißt du, wer mir das beigebracht hat?«

Er goß etwas ins Glas und trank einen Schluck.

»Tante Wallin«, sagte sie.

»Der bist du nie begegnet.«

»Und ob! Weißt du denn nicht, daß sie mit jedem, der hier einzieht, ein Plauderstündchen hält?«

Sie hatte die Stimme gesenkt, aus Spaß jetzt zärtlich.

»Was das angeht«, plapperte sie und fuchtelte mit der Zigarette in Richtung Wodkaglas, als er es zum Mund führte. »Paß auf, Pär – sei vorsichtig mit Tante Wallin, kleiner Päron. Keinen Wein, keinen Schnaps – das sind gefährliche Sachen.«

»Mensch, warum bringst du dann eine Flasche mit?«

Sie lachte leise.

»Weil ich weiß, daß du gern ein bißchen was daheim hast. Aber du brauchst ja nicht gleich alles auf einmal in dich reinzuschütten. Was ist eigentlich los mit dir?«

»Mit mir?«

Er kreiste um den Küchentisch, wo sie mit dem Glas in der Hand saß und leicht lächelte. Sie hatte sich schließlich doch einen Schluck eingeschenkt. Vor ihm fürchtete sie sich nicht, und sie nahm die Gelegenheit wahr, ihn zu foppen. Er hatte jedoch schon gesehen, daß sie sich eine ganze Woche lang mit blauen Flecken und Schwellungen in der Wohnung im kleinen Haus versteckt gehalten hatte. Das war im übrigen widerlich gewesen. Dieser Scheiß-Kjell – das eine Mal wurde er vom Schnaps fröhlich und nett wie ein lautes dreijähriges Kind. Und das nächste Mal rumste es. Daß sie es wagte, diese Geschichte mit Charlie und dem Vertrag anzugehen!

»Du solltest allein hier wohnen«, sagte er. »Ja, wirklich.«

»Was meinst du damit?«

Sie war stets gleichbleibend heiter, wenn er auch fast hätte heulen mögen, als er daran dachte, wie sie damals ausgesehen hatte.

»Du solltest Kjell zum Teufel jagen. Der nimmt dich doch nur aus –«

»Wenn jeder sich hält, wie er soll«, sagte sie monoton und fröhlich, jedoch mit einem warnenden Unterton. Trotzdem ging er noch weiter. Er wollte sie anfassen. Er hatte schon ewig keinen Menschen mehr angefaßt, nicht einmal, als sie die Tauben holten, Ann-Marie gestreift, wie sie da im Halbdunkel hockte und die Vögel in den Kartons verstaute. Sie sollte spüren –

»Elsy.«

Er wußte, daß er etwas in Händen hielt, was sie haben wollte. Oder etwa nicht? Sie lachte nur. Ihre Nylonbluse war glatt, und sie ließ ihn gewähren, wenn sie dabei auch die ganze Zeit rauchte.

»Bist du enttäuscht, wenn du sie siehst?«

»Die hab ich doch schon gesehen«, sagte er und ärgerte sich über seine Hände, die hart und zupackend wurden, als er ihr den BH herunterziehen wollte.

»Ja, ich weiß, daß du rumrennst und spionierst.«

Das hätte sie nicht sagen sollen. Sie war boshaft.

»Du du, denk an die Alte«, warnte sie spielerisch. Sie stand auf, er erhob sich mit ihr und versuchte, sich mit seinem Gewicht auf sie zu werfen. Der Stuhl kippte nach hinten und knallte auf den Boden. Pär wurde nüchtern ängstlich und sah nach der Tür, ehe er sich besinnen konnte.

Im übrigen wußte er nicht, wohin mit ihr, selbst wenn er dieses Ringen, in dem sie sich kaum verteidigen konnte, gewinnen sollte. Auf die Küchenbank? Die Fenster saßen jedoch so tief, daß jeder ungehindert hereinsehen konnte. Er dachte daran, die Rollos herunterzuziehen, wußte aber, daß er dann abschlaffen würde. So war das.

Er konnte sie ja nicht mit in sein Zimmer bitten, denn da müßten sie durch das Zimmer der Alten. Sie schien auch gar nicht daran zu denken. Sie knöpfte ihre Bluse zu, und als er sich ihr erneut näherte, gab sie ihm einen Schubs. Es war nur ein leichter Stoß mit der Hüfte, doch er verlor das Gleichgewicht.

»So was, Päron in Fahrt!« sagte sie. »Das ist ja allerhand!«

Sie war zur Flurtür hinaus, noch ehe er seine Beine sortieren konnte, und hatte die Handtasche und die Sporttasche mit hinausgefegt.

Allmählich wurde er wirr im Kopf. Er genehmigte sich nur noch einen kleinen Wodka, dann schraubte er die Flasche zu und stellte sie in die Speisekammer. Blau wollte er nicht werden. Das ging jetzt nicht. So war es gerade richtig. Er fühlte sich klarer als vorher.

Auch gut, daß sie ging. Er brauchte seine Ruhe. Nachdem er sein Zimmer ein wenig aufgeräumt hatte, holte er die Handtasche. Einen Moment lang hatte er geglaubt, sie nicht anfassen zu können, aber das war lächerlich. Er hatte noch nie zuvor etwas daraus entnommen, wußte aber genau, wie es darin aussah. Agdas kleine, dicke Hände bewegten sich immer geschickt zwischen dem Quittungsbündel, Arzneidöschen, der schwarzen Geldbörse, dem Adreßbuch und dem Kalender.

Krankenkassenbescheide und Steuerbescheide fanden sich da auch. Sie schleppte alles mit sich herum.

Die Sparbücher fischte sie immer aus dem Allerheiligsten, einem Fach in der Mitte der Tasche, das mit einem Reißverschluß versehen war. Obwohl der Bügel recht gut schloß, war der Inhalt feucht geworden. Pär breitete die Sachen zum Trocknen auf dem Bett der Alten aus. Die Sparbücher waren verschont geblieben, denn sie hatten Plastikeinbände. Ein großer, brauner feuchter Fleck im Sparkassenbuch war das einzige, was er entdecken konnte, und er war sich nicht sicher, ob der nicht schon vorher dagewesen war.

Daß sie zweiundvierzigtausend auf dem langfristigen Kapitalkonto und eintausenddreihundertsiebzehn auf dem anderen hatte, war keine Neuigkeit für ihn, da er für gewöhnlich per Vollmacht die Abhebungen und Einzahlungen vornahm. In der Geldbörse waren außerdem zweihundertsechzig Kronen und ein wenig Kleingeld.

Die Sachen lagen auf dem Bett, und er empfand eine Art Zärtlichkeit für das feuchte Durcheinander von Kleinkram und Papieren, doch war er nüchtern genug, um einzusehen, daß sowohl dieses Gefühl als auch die methodische Ruhe, mit der er sich die Sparbücher und die Geldbörse vornahm, vom Schnaps herrührten. In ihrer Tasche hatte sich auch etwas gefunden, wovon er nichts gewußt hatte: eine rote Puderdose der Marke Mayflower. Eine schwarzhaarige Kammerzofe, die einer anderen Schönheit die Locken ordnete, war darauf abgebildet. Der Puder war kräftig rosa, und es mußte vierzig Jahre her sein, daß Agda auch nur annäherungsweise einen solchen Teint gehabt hatte.

Es würde nicht schwer sein, per Vollmacht, die er auf die gleiche Weise wie die Mietquittungen anfertigte, einiges abzuheben. Er brauchte sich jetzt nicht zu hetzen. Auch würde er nicht so dumm sein und zuviel abheben. Und dann –

Plötzlich fühlte er sich ausreichend gesammelt, um zu wissen, was er tun sollte. Du liebe Güte, wie läppisch und ängstlich man doch gewesen ist, dachte er. Es gibt nur eine Möglichkeit, und zwar so ruhig und besonnen wegzugehen, wie er so oft gesagt hat, daß er es tun werde.

Pär setzte sich auf das Bett, recht weit oben beim Kissen, um die schöne Ordnung der Dinge auf der persisch gemusterten Baumwolldecke nicht zu stören. Es ist wie beim Schreiben, dachte er. Man grübelt, bis man halb verrückt ist, und auf einmal weiß man ganz plötzlich, wie es sein soll. Ohne eigentlich nachzudenken. Die Inspiration machte ihn seltsam aufgeregt, doch er dachte ruhig.

Als erstes würde er Geld abheben. Dann würde er im Altersheim anrufen, mit Astrid reden und ihr sagen, daß er nun genug davon habe, Agda den Aufwärter zu machen. Sie wisse nur zu gut, wie Agda mit ihm umspringe und unter welchen Bedingungen er hier lebe. Er würde sagen, es gehe ihr nach der Hirnblutung nun besser, und er würde bleiben, bis er sicher sei, daß sie zurechtkomme und sich eine andere Hilfe besorgen könne. Das gleiche würde er zu denen sagen, die in den beiden Häusern wohnten, einfach ganz ruhig, fast beiläufig. Man verzieht sich jetzt.

Mitte nächster Woche, das käme ungefähr hin. Bis dahin war genug Zeit, wenn er etwas Geld hatte, um sich nach einem Job umzusehen. Jetzt brauchte er nicht mehr an Nachforschungen und andere Scherereien zu denken. Frank und frei und ohne Geschummel mit dem Namen oder sonst etwas würde er fahren.

Irgendwann würde ihn die Polizei natürlich gern fassen, wenn sie entdeckten, daß Agda verschwunden war. Und wenn schon? Er wußte doch nicht, wohin die Alte gegangen war, nachdem er sie allein gelassen hatte. Sie habe schon mal davon geredet, daß sie zu ihrer Schwester fahren wolle, würde er sagen. Aber was juckte ihn das?

Es würde womöglich lange dauern, bis sie die Alte im

Rotbol-Wald fänden, und dann durften sie gern annehmen, daß sie wirr geworden sei und sich statt zum Altersheim zu dem leeren Häuschen aufgemacht habe. Sie war nach dieser Hirnblutung ja nicht mehr klar im Kopf. Nicht, daß er vorhatte, ihnen dabei behilflich zu sein, irgendwelche Schlußfolgerungen zu ziehen. Das müßten sie schon selbst tun. Doch er würde gern einräumen, daß die Alte aufgeregt und närrisch gewesen sei, als er beschloß wegzugehen.

Das einzig Wichtige war, daß sie nie würden sagen können, wann sie eigentlich starb. Soweit er das verstehen konnte, gab es keinerlei Möglichkeit, dies festzustellen.

Er ging in die Küche, holte die Flasche wieder hervor und prostete sich maßvoll selbst zu. Er schämte sich fast, denn die ganze Idee war so simpel – wie kindisch, daß er erst jetzt darauf gekommen war. Prost jedenfalls! Die Sache war im Grunde aus der Welt. Er mußte nur noch die nötigen Schritte tun.

Er hätte jetzt nichts dagegen gehabt, jemandem davon zu erzählen – das heißt, wenn es möglich gewesen wäre. Denn eigentlich war es feierlich, wie er auf diese Idee gekommen war. Die tiefgefrorene Alte. Das würde er vielleicht irgendwann einmal sagen können, aber nicht jetzt. Man könne ja schwer sagen, wie lange die alte Frau schon tiefgefroren sei, könnte er sagen, wenn sie herauszufinden versuchten, wann sie eigentlich weggegangen war. Das zweite Mal also.

Das erste Mal. Der Busfahrer. Würde der sich daran erinnern, daß er allein zurückgefahren war? Wenn ja – was machte das schon? Sie hat ihre Handtasche verloren, als sie das erstemal da draußen war, und ich mußte bleiben und sie suchen. Darum sind wir nicht mit demselben Bus gefahren.

Das heißt, er war ja mit dem ersten Bus, der ging, gefahren. Sie suchte die Handtasche –

Nein, nicht mal ein Kind würde das glauben. Aber das würde sich schon noch ergeben. Er hatte genug Zeit, sich eine Erklärung zurechtzulegen. Ob er wohl herzlos war: Agda einfach zu verlassen, wo sie nach der Gehirnblutung mit knapper Not wiederhergestellt war? Astrid mochte das ruhig meinen, wenn sie wollte. Mag sein. Was ficht mich das an, würde er sagen. Sie durfte gern glauben, daß er Spaß machte. Der Ausdruck war gut. Er wußte nicht recht, woher er ihn hatte, und er hätte ihn gern ausprobiert. Als Ann-Marie am Nachmittag mit ihrer Erbsentüte angehechelt kam, wollte er nahezu von ihr gefragt werden, wie es Tante Wallin gehe, so daß er sagen konnte: »Was ficht mich das an?«

Aber sie redete nur über ihre Tauben. Das sagte er auch.

»Wie es Tante Wallin geht, interessiert dich wohl gar nicht, wo sie doch so nett zu dir gewesen ist.«

Er bekam einen braunen Blick zugeworfen, und dann zog sie den Rotz hoch. Als er ihr auf den Dachboden hinaufleuchtete, drehte sie sich ganz oben auf der Leiter um und sagte unvermittelt: »Ich kann doch wohl auch traurig sein.«

»Worüber denn?«

»Über Tante Wallin.«

Pär wurde gereizt. Sie redete oft einfach so ins Blaue hinein, obwohl ihre Stimme so ernst und altklug klang.

»Da gibt's doch nichts, worüber man traurig sein müßte. Es geht ihr schon viel besser.«

Doch das überhörte sie, denn sie quasselte mit den Tauben, die sich vor ihm fürchteten und sich nur vorsichtig der Luke näherten, wenn sie mit der Tüte kam.

»Du fragst ja auch nie nach Tommy.«

Dies warf sie ihm einfach so über die Schulter zu. Er wußte nicht recht, wie sie das meinte, und er fühlte sich etwas aufgeschmissen.

»Nein, was ficht mich das an?« sagte er.

»Wie blöd du doch bist, wenn du so bist wie jetzt«, sagte sie, und er wußte, daß sie das voll und ganz so meinte, denn so sah sie nicht das erstemal drein.

Nicht, daß ihn das groß gekratzt hätte, aber es würde angenehm sein, sowohl sie als auch die ganze Bagage von Pukehornet los zu sein. Mitte nächster Woche, dachte er. Am neunten oder zehnten Dezember. Das kommt genau hin.

7

»Wann denn?«

»Mitte nächster Woche.«

Schallendes Gelächter.

»Hört, hört!« rief Kjell, »Päron will jetzt wieder auf Reisen gehen. Er wird jetzt zum Bahnhof runtergehen und umkehren.«

Elsy hörte nicht zu. Es war Freitag spät abends, und sie war müde.

»Könnt ihr nicht verschwinden? Ich will mich waschen.«

Kjell ging an der Spitze des Trupps ins Zimmer. Sein schallendes Gelächter schwenkte er wie eine Fahne vor sich her. Charlie blieb in der Küche sitzen und mischte Karten.

»Ich hab gesagt, du sollst verschwinden.« Elsy war gereizt. Sie ließ kaltes Wasser aus dem Hahn in eine Waschschüssel laufen.

»So, hast du das?«

Im Zimmer setzten sich Henrikssons auf das eine Bett und nahmen Gösta, der ebenso still war, in ihre Mitte. Kjell schubste Pär ausgelassen.

»Geh nur und rühr dich! Das ist nützlich. Wirst sehen, diesmal kommst du bis Bergsbrunna, bevor du umkehrst.«

»Ich hab das jetzt satt«, sagte Pär hitzig.

Das Zimmer war eng. Abends waren immer eine Menge Leute im kleinen Haus. Er ging selten hin. In Pukehornet saßen die Leute dicht beieinander in kleinen, warmen Zimmern, wo es diebisch durch undichte Fenster zog. Sie drängten sich in kleinen Gemeinschaften zusammen. Er hätte das auch gern getan. Aber er fürchtete sich vor dem schallenden Gelächter und den Frotzeleien. Agda hielt ihn mächtig auf Trab mit der Arbeit, die getan werden mußte, stichelte aber nie. So gesehen war sie gut gewesen. Deshalb kam es weniger überzeugt, als er beabsichtigte: »Ich hab das jetzt satt, ihre Nachttöpfe rauszubringen.«

»Jaja. Wir haben es gehört.«

In der Küche kippte die Waschschüssel um, und nachdem sich das Wasser mit einem gewaltigen Platsch über das Linoleum ergossen hatte, hörten sie, wie Elsy Charlie anfuhr, dann schluchzte sie auf, und es war fast eine Minute lang still, ehe sie in der Tür auftauchte.

»Kjelle! Der spinnt – warum tust du denn nichts?«

Charlie glitt von der Küche ins Zimmer, er lächelte. Manchmal glich sein Gesicht dem einer Katze.

»Laß sie zufrieden. Sie ist so verdammt empfindlich um diese Zeit in der Nacht.«

»Einen feinen Kumpel hast du!« sagte Elsy schrill. »Er kann tun, was er will, was? Aber mich wirst du –«

»Hör auf jetzt.«

Es fehlte an Schnaps. Die Fahrt nach Stockholm war nicht gut verlaufen. Was da nicht geklappt hatte, wußte Pär nicht, aber Charlie und Kjell waren ohne Geld zurückgekommen. Die Stimmung war gereizt, und der Krach gärte unterschwellig. Elsy war beinahe hysterisch müde. Einen Moment lang schien es, als wollte sie selbst zu raufen anfangen, doch sie wußte es besser. Sie wußte, womit im Prinzip jeder Krach im kleinen Haus endete. Wenn alle Stühle umgekippt und alle Leute gegangen waren, fiel Kjells Blick für gewöhnlich auf sie.

»Hattest du nicht Wodka, Päron?« fragte sie.

»Päron hat Schnaps gekauft?«

»Womöglich hab ich das.«

Elsy ließ ihn nicht aus den Augen.

»Das ist ja der reine Aufruhr«, sagte Charlie mit seiner sanften Stimme. »Was würde die Alte bloß dazu sagen?«

»Die weiß wahrscheinlich nichts davon«, sagte Elsy. »Oder, Päron? Los, hol ihn!«

»Womöglich weiß sie es«, sagte er und versuchte ihr Lächeln zu besiegen, indem er sich wie Charlie langsam und höhnisch gab. »Womöglich geb ich einen Dreck auf das, was sie sagt.«

»Wie forsch er ist«, sagte Charlie, »ganz fürchterlich forsch. Hört ihn euch bloß an.«

Pär wußte, wie Elsy jetzt zumute war. Es kribbelte ihm in den Handflächen, als er Charlies glattes, süßlich schönes Gesicht sah.

»Hol ihn schon«, sagte Kjell. Ihn scherten die Nuancen nicht. Wurden sie zu zahlreich und greifbar, konnte er immer noch zuschlagen.

»Ihr könnt mit rübergehen.«

Sie waren verblüfft. Pär fühlte sich aufgeräumt, als er sich erhob.

»Kommt nur mit rüber«, sagte er. »Ich lade euch ein.«

Als sie merkten, daß er es ernst meinte, zögerte sogar Kjell.

»Hast du Angst vor Agda?« fragte Pär lächelnd, und sein Triumph war so berauschend, daß er einen süßlichen Geschmack im Mund bekam. So einfach war das. Man mußte sich bloß Respekt verschaffen. Sie hatten geglaubt, daß er sich vor der Alten fürchtete. Sie glaubten es vielleicht immer noch, doch als sie merkten, daß er es ernst meinte und den Wodka nicht holen wollte, scharten sie sich um ihn, und er führte sie über den Hof. Henrikssons Alte ängstigte sich.

»Ich bin doch noch nie da drin gewesen. Was soll ich sagen, wenn sie –«

»Das mach ich schon.«

Gösta trottete mit. Henriksson, der Agda nicht kannte und nicht wußte, was Sache war, ging sogar als erster durch die Tür ins große Haus. Pär wollte einen Moment die kühle Luft atmen. Inmitten dieser Schar wollte er auf dem Hof stehen, sich zurücklehnen, die Arme ausbreiten und die herbe Kühle einatmen, die den Himmel über Pukehornet gehoben und ihn mit nadelspitzen Sternenstichen perforiert hatte. Er schlug die Arme um Elsy, ohne daß Kjell das kratzte.

»Wenn von hundert Sternen ein einz'ger auf dich sieht –«

Sie war amüsiert, aber nicht boshaft.

»Gedichte kannst du später aufsagen«, meinte Kjell. »Jetzt holen wir den Wodka.«

»Den trinken wir bei mir.«

In der Wohnung angekommen, holte er als erstes die Flaschen, die er auf dem Rückweg vom Busbahnhof gekauft hatte. Das imponierte sogar Charlie. Kjell fand es indes nach wie vor am sichersten, damit ins kleine Haus hinüberzugehen.

»Wohne ich denn nicht hier«, sagte Pär und stellte sich vor Agdas Zimmertür, wo alle hinglotzten. »Glaubst du denn, daß *sie* mich daran hindern kann, eine Party zu geben?«

»Du fliegst vielleicht raus«, mutmaßte Henrikssons Alte mit leiser Stimme.

»Rausfliegen! Ich hau ab, hab ich gesagt. Mitte nächster Woche. Ich hab es satt, alte Weiber zu betreuen, das habe ich ihr schon gesagt.«

Er gab ihnen Gläser und goß sich zuerst selbst ein. Wein reichte ihm. Er wollte nicht versacken, nicht in diesem Moment. Er sorgte sowohl für sich als auch für die Alte. Sollte jemand daran zweifeln, so konnten sie sich in der Küche umsehen. Hielt er keine Ordnung? Ohne daß sie es ihm sagen mußte?

Wenn auch damit jetzt Schluß war. Mitte nächster Woche.

»Ihr könnt ja hier rumschnüffeln«, sagte er. »Ich besorge mir wieder einen Job bei einer Zeitung.«

»Kriegst du denn einen?«

Henrikssons Alte klang immer ängstlich. Sie glaubte gewissermaßen nicht an Jobs. Henriksson war Boxer gewesen. Jetzt war er fünfzig und arbeitete als Möbelpacker. Gelegentlich.

Du lieber Himmel! Dies war seine Nacht. Er sah jetzt die Erbärmlichkeit der anderen.

»Prost, Elsy!«

Er brauchte ihr nur für den Wodka zu danken, so daß Kjell es hörte, dann würde er in diesem schroff hübschen Gesicht schön und nackt ihre Angst blühen sehen. Auch sie war außer sich vor Angst, hielt sie aber fest verborgen. Alle Abende endeten für sie in gleicher Weise: Sie blieb mit Kjell allein.

Was, außer Gewicht, hatte Kjell in seinem großen Körper, diesem Argument, das er der Wirklichkeit ständig aufzwang? In fünf Jahren würde er das einzige, womit er überzeugen konnte, kaputtgesoffen haben. Dann wäre Charlie weg. Der Schöne Charlie würde wohl nicht bleiben und seinem Kumpel Händchen halten, wenn der zu zittern anfinge.

Sie hatten angefangen, Karten zu spielen. Niemand fragte Pär, ob er mitmachen wolle, außerdem war er zu erregt, um sich zu setzen. Gösta spielte auch nicht mit. Der träumte trübe über seinem Glas.

Gösta, der nur nett war. Er sei zu nett, sagte seine Frau. Er war so nett, daß er nicht arbeiten konnte.

Man brauchte sich Gösta nur anzusehen, so lösten sich seine Konturen auf, und er begann zu zerfließen. Er konnte sich unter Beliebiges mischen, um gut zu zerfließen. Jetzt lauschte er Henrikssons Geschichten von Boxkämpfen, die immer gleich ausgingen: Irgendeiner bekam Dresche, einer, der schwerer war als Henriksson.

»Aber der hatte keine Reichweite, weißt du. Ich war fix damals und bin ausgewichen. Aber wenn ich rankam, weißt du –

dann hat das genau gesessen. Hier, weißt du. Er ist sofort zusammengesackt. Das lag daran, daß er keine Reichweite hatte.«

»Nein, so was«, sagte Gösta und zog zögernd die Flasche zu sich heran.

Ja, dies war seine Nacht. Jetzt sah er die anderen deutlich.

Er ging um den Küchentisch herum, wo sie sich unter der weißen Kugel der Lampe versammelt hatten. Ihre Gemeinschaft war nur die Summe zusammengenommener Einsamkeiten. Die vielleicht größer waren als seine. Hier würde er nicht bleiben. Wenn man sich von dieser Kläglichkeit erschrecken ließ, dann hatte sie einen angesteckt.

Sie hatten nicht geglaubt, daß er es wagte, in seiner eigenen Küche ein Fest zu geben? Sie glaubten nicht, daß er in ein paar Tagen fort sein werde – doch er hatte sich jetzt losgerissen.

»Das ist doch schauderhaft, was Pär rumsabbelt!« sagte Kjell, der sich auf ein seltsames Blatt konzentrierte. »Bringt ihn endlich zum Schweigen!«

Er klang jedoch nicht unfreundlich.

»Er zieht aus«, erwiderte Charlie lächelnd. »Er zieht die ganze Zeit aus.«

»Glaubst du mir etwa nicht?«

»Das habe ich nicht gesagt.«

»Wie giftig er ist«, sagte Kjell. »Wer hat das gegeben?«

»Ich.«

»Dann komm ich raus. Nehmt euch vor dem Kuckuck in acht.«

Es klopfte an der Tür. Einige Augenblicke lang wurde es still um den Küchentisch. Das abgebrannte Zündholz in Charlies Mund wanderte vom rechten Mundwinkel in den linken, während sein giftiger Blick auf Pär ruhte. Kjell hielt einen Husaren, mit dem er stechen wollte, hoch erhoben und ließ die Küchentür nicht aus den Augen. So lange, bis Pär brüllte, man solle einfach hereinkommen.

Diese Jammerlappen, dachte er. Wenn es nachts um drei an der Tür bummert, glauben sie, daß es soweit ist. Ganz tief im Hirn steckte auch bei ihm der Gedanke, daß das die Polizei sein könnte, doch der wurde so fix vom Alkohol und von Entschlossenheit verschlungen, daß Pär nur die Stimme zu heben brauchte, damit er zum niemals Gewesenen gehörte.

»Zum Kuckuck noch mal, steh nicht draußen rum und klopf! Es ist offen.«

Es war das Weibsbild von oben. Sie war weiß im Gesicht und völlig ungeschminkt. Über dem Nachthemd trug sie einen blauen Dufflecoat.

»Ich will zu Fräulein Wallin.«

Er war damit fertig geworden. Er erinnerte sich, daß er damit fertig geworden war. Am nächsten Tag, als die Dünungen des Katers durch seinen Körper wogten, hatte er nur diesen einen Gedanken. Sie war heruntergekommen, um sich über den Lärm in der Küche zu beschweren, bei dem sie nicht schlafen konnte, und sie hatte darauf bestanden, mit der Alten zu sprechen. Es war ihm jedoch gelungen, sie von der Tür fernzuhalten. Diesmal.

Es war Samstagvormittag, und die Küche sah in dem grauen Winterlicht schmuddelig aus. Er sammelte die Karten zusammen und leerte die Aschenbecher aus. Ihm war schlecht, und er sollte etwas essen, konnte aber nicht.

Er weinte wohl, aber das war egal, denn es hörte ihn niemand. Als er die Augen schloß, um dieses gruselige Gefühl, das er verspürte, zu mildern, konnte er fast meinen, Agdas rauhe Stimme aus dem Zimmer zu hören: »Mach sauber, und dann gehst du einkaufen.«

Doch es war natürlich still. Es wäre jedoch besser gewesen, heruntergeputzt zu werden, als nur dazusitzen und zu wissen, daß es kein Schwein juckte, wie es aussah oder wie es ihm ging.

Er erinnerte sich, wie er sich am Freitag abend gefühlt hatte, erinnerte sich an seine Entschlossenheit und Klarheit, konnte sie in seinem Innern aber nicht wiederfinden. Den Schrecken hatte er gefunden, aber nicht einmal der war der alte. Dies hier war eine dumpfe Angst, und er wußte nun, daß es egal war, ob er wegging oder nicht. Er würde sich immer so fühlen.

Am späten Sonntagvormittag kam er so weit in Gang, daß er die Küche in Ordnung brachte, und da er nun schon dabei war, räumte er auch ihr Zimmer auf. Sie nahm es genau.

Gegen elf Uhr schaltete er das Radio ein, weil sie immer den Hauptgottesdienst hören wollte. Als er am Küchentisch saß, Kaffee trank und ein Käsebrot dazu aß und den Pfarrer brabbeln hörte, konnte er fast meinen, daß sie dort im Zimmer läge und zuhörte.

Am Montag fühlte er sich besser, sogar so gut, daß er Pukehornet verlassen konnte. Er ging bis zum Brantingstorg, und das war gar nicht so schrecklich, wenigstens nicht, wenn er wußte, daß er bald wieder zu Hause sein würde. Er wollte die Gelegenheit nutzen und bei Carlsbergs etwas zum Abendessen einkaufen. Sein eigentliches Ziel war die Bank. Da er Mitte der Woche weggehen wollte, hätte er jetzt Geld abheben müssen, ordentlich viel Geld. Die Vollmacht hatte er schon angefertigt, und er fand sie besser als die Mietquittungen. Dieses W konnte er jetzt fast mit links schreiben.

Doch nach näherem Überlegen zahlte er statt dessen Geld ein. Er hatte ja die Mieten, und er brauchte nicht so viel flüssig. Das war bestimmt eine recht kluge Idee. Wenn er zuerst Geld auf ihr Sparbuch einzahlte, würde kein vernünftiger Mensch mißtrauisch werden. Später konnte er ja etwas abheben, wenn er wollte. Es war besser, vorsichtig zu sein.

Als er, wieder zu Hause, gerade dabei war, die Lebensmittel in die Speisekammer zu stellen, kam Jonsson herunter und regte sich auf, daß die Sicherungen durchgebrannt waren. Natürlich entdeckte er das Sparbuch, das auf dem Küchentisch lag.

»Soso, sie läßt dich also abheben.«

Pär hatte keine Lust zu widersprechen. Im übrigen hatte sie ihn auch vorher schon Geld abheben lassen.

Schlimmer war es am späten Nachmittag, als Kjell plötzlich mit dieser Frau von oben im Schlepptau hereingepoltert kam. Pär spülte gerade ab und ließ sich nicht dabei stören. Kjell stänkerte. Die Frau von oben wollte die Alte sprechen. Pär begriff nicht, was Kjell damit zu tun hatte oder weshalb er sich mit dieser Frau, die er kaum kannte, zusammengetan hatte. Doch er wußte, daß Kjell, sollte er die Tür zum Schlafzimmer der Alten aufbrechen wollen, kaum etwas daran hindern könnte.

Einige Sekunden lang hatte er das Gefühl, als ob er immer weiter in ein tiefes Wasser sinke, und das war nichts als angenehm. Laß sie doch reingehen. Schlimmer konnte es kaum werden. Vielleicht war dies die Art, dem allem ein Ende zu machen.

Sie gingen, ohne die Tür geöffnet zu haben. Langsam ließ er sich auf der Küchenbank nieder und machte sich ein Bier auf. Seltsam, wie erleichtert er sich fühlte, obwohl es ihm eben fast egal erschienen war, was passierte. Man muß vorsichtig sein, das ist klar. Aber man muß auch ein Quentchen Glück haben.

Nun hatte er die Wohnungstür abgeschlossen, ihre Zimmertür indes einen Spalt weit geöffnet.

»Vielleicht möchtest du eine Tasse Kaffee haben«, sagte er freundlich.

Er mußte ja trotzdem weiterhin reden. Als Kjell und dieses Weibsbild gegangen waren, hatte er das wie ein Geschenk empfunden. Es war jetzt ruhig und angenehm. Das Radio spielte.

Man muß mit dem, was man hat, behutsam umgehen. So wie jetzt konnte es auch sein. Es war nicht hundertprozentig gut, doch die Hauptsache war, daß er sich nicht wie am vergangenen Samstag fühlte.

»Ich kann eine Tasse Kaffee aufsetzen, wenn du magst«, sagte er.

Allerdings tat er so, als lehnte sie ab, denn es war angenehm, nur dazusitzen, und er selbst wollte keinen Kaffee haben. Kaffee war nach einem Schlaganfall vielleicht auch gar nicht gut. Er neigte das Glas und ließ das Bier vorsichtig über den Rand hineinlaufen, so daß sich fast kein Schaum bildete. Er schätzte Bier. Eigentlich machte er sich nicht viel aus Schnaps. Da irrte sie sich. Aber es war klar, vorsichtig mußte man sein. Damit hatte sie recht.

Bier sättigte im übrigen.

»Es soll bekömmlich sein. Wenn man keine Veranlagung zur Fettleibigkeit hat natürlich.«

Das letzte war ja ein bißchen unnötig. Das heißt, wenn sie dort im Zimmer gelegen hätte. Tatsache aber war, daß dieses angenehme, sanfte Gefühl, welches das Bier vermittelte, diese Sattheit ohne Abgestumpftheit, eine Aufgeräumtheit ohne Hetze, daß das angenehm war. Um die Anspielung auf Fettleibigkeit zu bemänteln, sagte er versöhnlich: »Ja, es ist wirklich angenehm, nach Hause zu kommen. Wenn man draußen war und herumgerannt ist. Obwohl in der Bank nicht viel los war.

»Ich habe auch die Mieten eingezahlt«, fügte er hinzu. »Jetzt hab ich also hundertfünfzig flüssig. Das heißt, bis auf das, was fürs Essen draufgegangen ist.«

Er zahlte auch am Mittwoch etwas ein. Die Bank am Brantingstorg war eine kleine Filiale. Es war recht gemütlich dort, und es war angenehm, wiedererkannt zu werden, wenn man mehr oder weniger regelmäßig zum Einzahlen kam. Später konnte man ja etwas abheben.

Überhaupt hatte er gut zu tun. Weihnachten, diese fiebrige Mangelkrankheit, die Ende November ausbrach, griff auch auf Pukehornet über. Er räumte auf und brachte den Hof in Ordnung. Am Freitag war Lucia, und am Tag zuvor fragte er

Ann-Marie, ob sie am Morgen zu Hause Lucia wäre. Nein, wäre sie nicht.

»Du hättest ja zu Tante Wallin kommen können, wenn es ihr etwas besser gegangen wäre«, sagte er. »Doch so muß man die Sache ein bißchen ruhig angehen. Nur ein Tablett und ein paar Kerzen.«

Er machte alles recht hübsch zurecht und stand früh auf. Die Kerzenflammen wurden von der leeren Mattscheibe des Fernsehers und vom Glas der Fotografie überm Bett reflektiert. Er aß Pfefferkuchen und Safransemmeln, die er bei Inga-Britt am Tag zuvor gekauft hatte, saß auf der Bettkante und plauderte.

Eigentlich war es gemütlich, doch dann brach die Dezemberdämmerung an, und die Kerzenflammen verblaßten. Pär bekam einen trockenen Mund, und er kam sich ein bißchen lächerlich vor. Zum Glück kam Ann-Marie vor der Schule zum Taubenfüttern, so daß er jemanden zum Reden hatte, der antwortete, wenn sie auch nicht viel sagte.

Sie war ein pfiffiges kleines Mädchen, und er mochte es nicht recht, daß sie andauernd zu den Tauben rannte. Zumindest nicht abends, und er sagte ihr das.

Am Freitagabend stieg er in den Taubenschlag hinauf und sagte ihr das nachdrücklich.

»Warum denn?«

Sie saß in der Hocke, und eine weiße Taube fraß ihr aus der Hand. Als Pär näherkam, trippelte sie davon.

»Frierst du nicht?« fragte er.

Er rieb ihr auf dem rauhen Stoff des Dufflecoats den Rücken, doch sie entzog sich seinem Griff und sah ihn nicht einmal an. Manchmal fand er, daß ihr Gesicht mit diesem fest geschlossenen Mund und den unveränderlichen, klaren, runden Augen dem einer Schildkröte glich. Es war, als wollte sie nie etwas begreifen, nicht einmal ein wenig Fürsorglichkeit.

»Du mit deinen Tauben«, sagte er.

Sie reagierte nicht. Als sie die Hand ausstreckte, näherte sich eine Taube mit vorgerecktem Hals. Sie blieb kurz stehen und wiegte den Kopf, ehe sie sich entschied. Er sah, daß Ann-Marie vor lauter Kälte weiße Fingerspitzen hatte, und er nahm ihre linke Hand, um sie an seiner Wange warm zu reiben.

»Laß das«, sagte sie schroff.

»Aber du frierst doch. Du gibst ja nicht auf dich acht.«

Er wollte nur, daß sie das eine oder andere kapierte.

»Du sollst abends nicht hier raufgehen«, sagte er.

»Warum denn nicht?«

»Du weißt doch selbst, wie das hier abends zugeht. Massenhaft Leute, die sich bei Elsy und Kjell die Klinke in die Hand geben. Hat deine Mutti das nie gesagt?«

»Was?«

»Daß hier abends eine Menge wüster alter Strolche rumrennt.«

»Das sind doch nur Jungs«, antwortete sie, »und Onkels.«

Es war absolut hoffnungslos. Er ließ sie in Ruhe. Warum sollte er in der Dunkelheit und Kälte sitzen und auf sie aufpassen, wenn sie nicht einmal verstand, weshalb er das tat? Und kaum antworten mochte.

Als er die Leiter hinunterkletterte, hörte er, wie sie da oben mit den Tauben zu gurren anfing. Nach einer Weile kam sie richtig in Fahrt und begann auch neunmalklug mit ihrem Tommy zu reden.

»Plemplem«, dachte er. »Total plemplem.«

Er hatte freilich davon gehört, daß Kinder solche Phantasiegestalten haben konnten. Der Abend war trocken und kalt. Er würde sich ins Bett legen, das war genauso gut. Vorher nur noch eine kleine Runde machen und nachsehen, ob alles in Ordnung war. Agda wies ihn immer auf den Dachboden hin. Die jungen Kerle da oben könnten über ihren Zigaretten einschlafen. Eigentlich sollten sie das Dachzimmer gar nicht vermieten.

Sten war nicht da, und das Zimmer war leer, als Pär hinaufkam. Sie würden wohl spät in der Nacht mit Mädchen angetanzt kommen. Es war schließlich Freitag. Als er die Bodentreppe hinunterging, zündete er sich seine Nachtlulle an.

»Eine Todesangst, weißt du«, hörte er deutlich aus der Wohnung, die über der der Alten lag. Es war die Stimme dieser Frau. Todesangst, sie? Ja, warum nicht, das konnte er sich schon vorstellen.

»Oben Matsch und unten Eis. Das ist eigentlich das schlimmste.«

Er hatte vorher vom Hof aus gesehen, daß ihr Typ am Küchentisch saß und das Radio reparierte, folglich lag sie wahrscheinlich im Zimmer im Bett und unterhielt sich mit ihm, und da mußte sie laut sprechen.

»Ich würde tatsächlich lieber den Bus nehmen. Nur, da muß ich eine Stunde früher aufstehen.«

Obwohl er auf der Treppe fror, setzte sich Pär. Es hatte keinen Zweck, sich etwas einfallen zu lassen, weshalb er dort hineinmüßte. Aber er konnte ihnen zuhören.

»Himmel, was bin ich müde!« kreischte sie auf. »Kannst du nicht bald ins Bett kommen?«

In gewisser Hinsicht hörte sich das so an, wie wenn er mit der Alten redete, denn der Kerl antwortete nicht. Er saß aber jedenfalls dort, übers Radio gebeugt.

»Im übrigen würde ich ebensogern allein ins Bett gehen. Aber meine Hormone wollen anders.«

Auch darauf reagierte er nicht. Pär fühlte sich unbehaglich in dem Schweigen, doch dann setzte ihre Stimme erneut ein.

»Ja, es wäre schön, wenn man nur wollte, was gut für einen ist. Und angemessen und praktisch.«

Der Kerl sagte etwas. Pär konnte es nicht richtig verstehen, aber es klang wie: Red dir nicht den Mund fransig. Sie war auf dem besten Weg dazu.

»Wirst du mit dem Radio denn fertig, bis die Bach-Kantate kommt? Versuch es. Und dann komm ins Bett.«

Es lag jetzt etwas in ihrer Stimme, was Pär kannte, aber er wußte nicht, woher. Ein leises Quengeln in dem Redeschwall – ja. Aber das war es nicht. Er saß da und betrachtete die Eisblumen am Treppenhausfenster. Sie wuchsen unmerklich, und bald war die ganze Scheibe von ihrem Sternengespreiz bedeckt. In der Wohnung war es still, doch plötzlich wußte Pär, daß sie weinte. Und dann, mit anderer Stimme: »Hör mal, der da den Nobelpreis bekommen hat, war ein vergleichsweise schrecklich mickriges Männchen im Fernsehen.«

Der in der Küche stimmte undeutlich zu.

»Mensch, wir haben Lucia vergessen. Das einzige, was ich mir wünsche –«

Jetzt ging er bestimmt zu ihr ins Zimmer, denn sie wurde jetzt leiser, und Pär erhob sich steif. Er war eiskalt hinten und mußte seine Kippe ausdrücken, bevor er sich die Finger verbrannte.

Als er sich hingelegt hatte, hörte er ihre Stimmen nicht mehr, sondern nur noch die Bach-Kantate, von der sie gesprochen hatte, und er wurde von dem undeutlichen Klang so gereizt, daß er selbst das Radio einschaltete und bis zum Schluß zuhörte. Die Ansagerin sagte, daß die Kantate »Non sa che sia dolore« heiße.

Am Samstagmorgen brachte er ihr Heizöl hinauf, und weil der Kerl gegangen war, setzte er sich für ein Weilchen auf die Küchenbank und redete. Er sagte, daß er sich die Kantate angehört habe, und sie erklärte, was die italienischen Worte bedeuteten.

»Und Johann Sebastian Bach hat sie geschrieben«, fügte sie hinzu.

Da sagte er etwas, was er praktisch noch nie jemandem gesagt hatte, und er tat das nur, weil er glaubte, sie am Abend zuvor weinen gehört zu haben.

»Ich heiße Sebastian. Pär Sebastian Lindblad.«

»Nicht übel.«

Dann redete sie wieder Unsinn, weit hergeholten Unsinn.

»Individuelle Bezeichnungen und variierende Ausdrucksmöglichkeiten in einer komplizierten europäischen Sprache sind das normale Erbgut in unserem Teil der Welt. Ich sage dir, die Leute klagen ihre Not sogar auf finnisch und tschechisch.«

Das hatte er gar nicht tun wollen, klagen. Nur ein bißchen reden.

»Die Sprache ist reich und das Unglück peinlich einfach«, sagte sie vergnügt. »Menschen mit vielen Worten leiden mehr und ungerechter als andere, das weißt du sicherlich?«

Als sie zum Ofen ging, um das Öl einzufüllen, schielte er auf eine getippte Seite, die auf dem Küchentisch lag, und da sah er, daß sie nur vorlas, was da stand. Sie redete überhaupt nicht mit ihm, sie las. Er wurde wütend.

»Worte und Namen vergrößern das Leiden, wie alle vernünftigen Menschen wissen«, sagte sie mit dem Rücken zu ihm, und er konnte direkt vom Blatt ergänzen:

»Ein infizierter ostasiatischer Imbeziler ohne Personenkennziffer hat die klarste Vorstellung von seiner Lage und das adäquateste Gefühl für sein Unglück.« Da drehte sie sich um und guckte völlig entgeistert. Dann trat sie an den Tisch und riß das Blatt weg. Er fand es ein angenehmes Gefühl, ihr eins ausgewischt zu haben.

8

Pär Lindblads Beschwerlichkeiten gingen niemanden etwas an, solange er sie hinter zwei Türen verschlossen hielt. Mit diesem Satz hatte er sich selbst so oft aufrecht gehalten, daß er ihn nicht mehr zu wiederholen brauchte. Er tat es trotzdem und garnierte ihn mit Worten, die ihn markiger machten. Das geht, hol's der Geier, niemanden was an. Kein Schwein.

Bis er eines Morgens – es waren nur noch fünf Tage bis Weihnachten – mit flauem und eiskaltem Magen aufwachte und wußte, daß es buchstäblich wahr war: es ging niemanden etwas an.

Er ging niemanden etwas an.

Wie kommt man an einem solchen Morgen hoch? Und wie hält man diese Erkenntnis unter Verschluß? Man kann ja auf keinen Fall hinausstürzen; man stürzt nicht in Panik hinaus und bittet die Leute, sich in das, was sie nichts angeht, einzumischen.

Wenn man dann doch, ohne gepinkelt zu haben und schlampig angezogen, mit der Schneeschaufel in der Hand hinausrennt und dann an der Zauntür steht und nach einem Menschen, egal wem, Ausschau hält, dann kommt bloß der alte Ring.

Er hörte den Karren schon von weitem rattern, und es dauerte gut fünf Minuten, bis Ring mit seinem Fahrradanhänger hinter sich auftauchte. Die Säcke waren leer; er fing erst an.

Er guckte nicht einmal. Freilich stimmte es: er grüßte selten jemanden. Lüftete nur seine Krimmermütze, wenn er an einer Wohnungstür klingelte, und während er den Schrott verstaute, pflegte er nicht viele Worte zu machen.

Ring sammelte Lumpen, aber nicht in Pukehornet, denn da wohnten Leute, die mit ihrem Zeug umzugehen wußten. An vielen Montagmorgen hatten Kjell und Charlie sich nur dadurch aus einer argen Klemme geholfen, daß sie ins Müllhäuschen gingen und ein paar Kartons mit leeren Flaschen beluden.

Der Alte war in der Kälte des Morgens ordentlich gekleidet. Er war überhaupt ordentlich, und wer sich einbildete, daß er in einem zugigen Loch mit einer Matratze und ein paar Zeitungen auf dem Fußboden hauste, irrte sich, denn er besaß am Rand von Pukehornet ein kleines Haus mit einem gut gepflegten, jetzt verschneiten Garten. Das Haus war vollgepfropft mit Sachen, die einmal für Gerümpel gehalten worden waren: eine Kuckucksuhr auf der Veranda, eine Sonnenuhr vor der Flaggenstange, Bilder an jeder Wand. Sogar ein Barometer besaß er, das groß und wunderlich ausschlug. Es ist nicht zu fassen, was die Leute wegwerfen. Das sagte Ring allerdings nie. Er hatte vielmehr, wenn er zu einer Wohnung Zutritt bekam, eine Art, den gesamten Hausrat ins Auge zu fassen, die diesen verblassen und reif für den Sack erscheinen ließ.

Wie er den Trödel verkaufte und was er davon herausfischte und für sich behielt, ging niemanden etwas an. Er legte niemandem Rechenschaft ab. Der Karren und er ratterten davon, und Pär stand da und schaute ihm nach und wußte, daß es zwecklos und geistesschwach wäre, zu fragen, wie er das aushielt: niemanden etwas anzugehen.

Man konnte sich fragen, wohin so einer wie Ring ziehen würde, wenn sie ernsthaft mit dem Abreißen anfingen. Daß er außerhalb von Pukehornet wohnte, war undenkbar, sowohl für ihn als auch für andere. Aber er machte nicht den Eindruck, als fürchtete er sich vor der Zukunft und dem Abriß.

Man redete recht viel über diese Sache. Wenn man es sich überlegte, so gab es zwischen den Häusern jetzt ziemlich viele Lücken, Trümmergrundstücke mit Abbruchgerümpel, von Baggern abgenagte Stellen, wo man Autos abstellte. Vor gar nicht langer Zeit hatten dort noch Leute gewohnt.

Jedesmal, wenn Pär dort vorbeiging, sah er die Lücke in der Reihe zur Vaksalagatan hin. Melins Schuppen hatte dort gestanden, und noch war das Loch ganz wirklich. Das Wohngebäude hatte vom Bagger einen Schlag abbekommen, so daß eine ziegelrote Wunde im Putz klaffte.

Aber im Ernst – ganz Pukehornet. Das wollte man erst mal sehen. Hier wohnten doch Leute. Hier funktionierten die Kaltwasserhähne und die meisten Abflüsse. In den Häusern wurden Kinder gemacht, und nach fünf kamen die Männer von der Arbeit nach Hause, setzten sich mit der Abendzeitung an den Küchentisch und waren daheim.

Irgendwann einmal würde alles abgerissen und verschwunden sein, das war völlig klar. Aber bis dahin würde es noch lange hin sein. Solange der alte Ring regelmäßig wie der Zeiger einer Uhr mit seinem Fahrradanhänger auftauchte und wieder verschwand, würde es noch lange hin sein.

Manche ereiferten sich und sprachen von Stadtplanung und Projekten. Pär war nicht der einzige, der sie nicht ernst nahm. Die Leute hatten ungefähr dieselbe Einstellung zu den Abrißhetzen wie zu den Zeugen Jehovas. Wir leben in der Zeit des Endes. Ja ja, kann schon sein. Darüber wissen wir so wenig.

Für Pär hatte es sich mit dem Winter genauso entwickelt. Der Wechsel zwischen trüben Schneetagen und klaren, kalten Tagen, an denen er nicht schaufeln mußte, verliehen dem Winter eine sichere Regelmäßigkeit, die mit der Ewigkeit verwandt war.

Es gab Morgen, an denen alles schneidend klar war. Da

wußte man, daß es nicht immerzu Winter sein würde. Irgendwann würde es zu tauen anfangen, und dann käme einiges zum Vorschein, eine Sturzflut von Gerümpel und Reue käme mit dem Schmelzwasser angebraust, und man fände Dinge, die verschwunden gewesen waren, und alles würde anders.

Solche Momente am Morgen waren zerbrechlich. Pär erkannte nicht einmal seinen Blick im Spiegel über der Spüle wieder. Er war trüb und matt, als ob er Star hätte, aber es ging nicht, an solchen Überzeugungen festzuhalten. Er war nicht krank.

Noch lag Schnee. Lange noch. Ring ratterte gegen vier Uhr zurück. Es war schon dunkel, und in den Säcken klirrten leere Flaschen. Zuoberst auf der Fuhre hatte er das Rad eines Fahrrads festgebunden. Jetzt entdeckte er Pär am Fenster und nickte tatsächlich ein wenig. Pär konnte jedenfalls den Unterschied merken: am Morgen war es schlimmer gewesen. Alles rückte sich zurecht, wenn man mit seinen Angelegenheiten in Gang kam. Eigentlich sind nur die Morgen gefährlich. Da rüttelt und zerrt einen die Sinnfälligkeit.

Im selben Moment kam Ann-Marie mit ihrer Erbsentüte. Sie wich zur Seite, als Ring auf sie zukam, und drückte sich an die Hauswand, um ein Zusammentreffen zu vermeiden.

Ring war ein häßlicher alter Kerl. Er hatte nie ein kleines Kind angefaßt, aber er hatte einen vibrierenden Kropf und geschwollene, pflaumenfarbene Hände. Das war es, was Ann-Marie für einen wüsten alten Strolch hielt, und sie nahm sich in acht.

Aus dem gleichen Grund fürchtete sie sich auch ein bißchen vor Jonsson. Er war klassisch häßlich, hatte ein fleischiges Gesicht und Augen in Fettwülsten. Groß war er auch, genauso groß, wie er einsam war.

»Es ist lächerlich«, sagte Pär, »aber sie fürchtet sich vor dir. Du solltest wohl nicht einmal mit ihr reden.«

»Wer?«

»Ann-Marie. Die Kleine, die immer zu den Tauben rennt.«

Jonsson interessierte das nicht. Er briet über der Gasflamme in seiner Küche ein Schweinekotelett und schnitt Kartoffeln in Scheiben, die er sich braten wollte. Daß Pär sich bei ihm zu schaffen machte, nahm er als das, wofür er es hielt: Geschwätzigkeit, Lust auf Gesellschaft. Er selbst litt nicht an dergleichen.

Aber er würde jetzt zuhören.

»Ich finde das nicht gut«, sagte Pär.

»Was?«

»Daß sie abends hier rumrennt.«

»Dann sag ihr, daß sie das bleibenlassen soll.«

»Weißt du, warum ich das nicht gut finde?«

Jeden Nachmittag kam Jonsson mit seiner Aktentasche und seinem Freßpaket nach Hause, zog seinen fischgrätgemusterten Mantel von osteuropäischer Länge aus und hängte ihn in die Küche, wo er an einer vom Herd zum Fenster gespannten Leine seine Nylonhemden tropfnaß zum Trocknen aufgehängt hatte. Er legte seinen Hut auf den Küchentisch, einen grauen Hut mit gerollter, ripsgesäumter Krempe, der von den abertausend Malen, die er ihn exakt zehn Zentimeter über den Scheitel lüftete, wenn er an einer Tür klingelte, deutliche Abdrücke trug. Meistens wurde die Tür rasch zugemacht. Das konnte von vielem herrühren: er war zu häßlich, die Leute hatten keine Zeit, er schien betrunken. Aber das war er nicht. Er hatte eine Bronchitis, die seine Stimme heiser und unbeherrscht machte. Schlimmer noch war vielleicht sein Gesichtsausdruck – wütende Hoffnungslosigkeit, schon wenn die Tür geöffnet wurde. Er sah aus, als ob er die Bücher verabscheute, die er verkaufte. Womöglich tat er das auch. Jedenfalls verabscheute er diejenigen, die ihm nichts abkauften, genau so sehr wie er diejenigen, die er zu einem Kauf überreden konnte, verachtete.

»Weißt du, warum?« wiederholte Pär.

»Nein.«

Er bewegte sich in einem schmalen Gang zwischen dem Herd und dem Küchentisch. Die Küche benutzte er eigentlich nur als Lagerplatz. Die Kartons, Zeitungsstapel, Bücher und Nylonhemden nahmen fast den ganzen Raum ein. Im Zimmer war Pär seit Jonssons Einzug nie gewesen.

»Hier kann ihr doch weiß der Himmel was passieren!«

Jonsson aß jetzt. Es dauerte ziemlich lange, bis ihm einfiel, ein Bier anzubieten.

»Denk doch an all das Pack, daß unten bei Kjell rumrennt!«

Er mußte das Gespräch allein in Gang halten, Jonsson kaute.

»Sie glaubt, daß wüste alte Strolche einfach nur alte und häßliche Männer sind. Man kann ihr nicht klarmachen, daß das jeder x-beliebige sein kann. Auch ein junger Kerl, ein netter junger Kerl.«

»Nett?« meinte Jonsson.

»Einer, der nett wirkt. Auf andere Weise können die ja nett sein. Auch wenn sie so sind. Manche trauen sich sicherlich nur an eine kleine Braut ran. Und es kann ja auch sein, daß sie gar nicht so viel im Sinn haben damit. Anfangs jedenfalls nicht. Ich kenn das Bürschchen, das sie im vergangenen Frühjahr geschnappt haben. Eigentlich –«

»Das sind alles verdammte Schweine«, sagte Jonsson.

»Ja sicher«, sagte Pär, »sicher sind sie das. Das sag ich doch.«

Jonsson war ein hoffnungsloser Fall, schon immer. Man konnte nicht mit ihm reden. Entweder hörte er nicht zu, oder aber er hielt einfältig aggressiv dagegen, egal was man gesagt hatte. Da war Agda besser gewesen. An ihren Widerreden war wenigstens etwas Vernünftiges. Und sie hörte zu.

»Man hat doch immerhin eine gewisse Verantwortung«, sagte er. »Man kann den Karren nicht nur laufen lassen. Kümmre dich um dich selbst und pfeif auf andere.«

Erklärte er. Später dann. Er werkelte in seiner eigenen Küche, redete ins Zimmer hinein. Er hatte Lust zu erzählen und tat es auch. Sie hatte natürlich von diesem Bürschchen in der Jungfrugatan, das sie geschnappt hatten, schon gehört.

»Aber das ist nicht immer so einfach«, sagte er.

Das hätte von ihr kommen können.

»Nicht ganz so einfach, wie manche es gern glauben.«

Am Abend kommt der Überdruß angeschlurft. Er hat es nicht eilig. Man redet, man hat seinen Kram zu erledigen. Man bemerkt ihn kaum, erst, wenn er einem über der Schulter hängt. Man kann heulen, man kann bitten, daß er sich zur Hölle scheren möge, doch der Überdruß ist geduldig. Überhaupt nimmt er es mit der Gesellschaft nicht so genau. Er begnügt sich damit, um einen herumzuhängen, hinterherzuschlurfen und sich in Erinnerung zu bringen.

Im Grunde ist das einzige, was er verlangt, daß du erkennst: hier sitze ich mit meinem Überdruß. In diesem Punkt ist er stur. Er will der Deine genannt werden.

Pär verzog sich. Er nahm die Taschenlampe und kletterte auf den Schuppenboden.

»Piepmatz«, lockte er. »Piepmatz, Piepmatz –«

Der Lichtstrahl peilte sie an, plustrige Brüste, wackelnde Köpfe, Augen, die vor Schlaftrunkenheit und Angst zwinkerten. Ann-Marie war jedenfalls nicht da, und das war auch gut so. Vielleicht hatte sie doch verstanden, was er meinte. Er konnte ja nicht andauernd Kindermädchen spielen. Auf dem Bretterboden lagen Erbsen, er nahm ein paar davon in die Hand und kroch näher an die Sitzstangen heran. Aber die Tauben hatten Angst vor dem Lichtstrahl und rückten ständig träg und halb schlafend ab.

Er sah, daß die weiße nicht ganz weiß war. Auf dem Rücken hatte sie schokoladenfarbene Flecken. Sie flog auf den Fußboden, als er sich näherte, und begann umherzuirren. Die anderen wurden unruhig. Sie flatterten im Halbdunkel um ihn herum. Er versuchte, ganz stillzusitzen, bis sich die weiße beruhigt hatte. Vorsichtig näherte er sich ihr erneut mit ausgestreckter Hand. Wenn er sie nur dazu brächte, ihm aus der Hand zu fressen, dann würde sie vielleicht kapieren, daß er es gut meinte. Er könnte sie dazu bringen, auf seine Hand zu klettern, sich vielleicht auf seine Schulter zu setzen.

Er fragte sich, wie sie sich anfühlte. War sie warm in dieser rauhen Kälte? Konnte ein Vogelkörper die Wärme halten? Er sah sie jetzt aus der Nähe, und ihre Brust vibrierte vom hastigen Herzschlag.

Es wäre nicht schwierig, eine von ihnen zu fangen, wenn man lange genug still säße und dann ein bißchen fix wäre. Er fror zwar, verspürte aber eine Spannung, die ihn das ignorieren ließ. Die Taschenlampe hatte er auf einem der Querbalken im Dach abgelegt, so daß sie direkt zu einer der Öffnungen in der Wand hinausleuchtete. Ihm ging durch den Kopf, daß die Tauben vielleicht ruhiger würden, wenn er sie nicht mit dem Licht jagte. Die weiße trippelte ein Weilchen gluckend auf dem Fußboden umher. Er ließ sie gewähren, bis sie ein paar schwerfällige Flügelschläge auf eine Stange zu machte. Da warf er sich schnell vor und versuchte, beide Hände auf sie zu legen.

Eine Sekunde, nicht länger, spürte er die Wärme und den Schrecken in dem sich spreizenden, flatternden Vogelkörper. Ihr Laut, ein schrilles Glucken, und das Flügelschlagen scheuchte die anderen auf, und für einige Augenblicke herrschte totale Panik um ihn herum. Er bekam Federn ins Gesicht und schlug sie weg.

Jetzt war die ganze Schar in Bewegung und flatterte. Der Lärm machte ihn ängstlich und böse. In ihrer Scheiße auszurutschen! Hühner. Nichts als Hühner waren das! Sie drängelten zu den Öffnungen und schlugen mit ihren Körpern, die vor Schreck schwer wurden, gegen den Maschendraht.

Sie wollten hinaus. Nun denn, das war ja einfach. Er hatte das Drahtgeflecht nur so fest angenagelt, daß er es mit ein paar Griffen abreißen konnte.

Kaum hatte er das getan, nahm er die Taschenlampe und stieg hinunter. Er schwitzte trotz der Kälte. Alles war eklig. Sie würde diese Tauben nie zahm kriegen! Das einzige, was die machten, war, alles zu verkacken. Und wer würde sich der Sache annehmen?

Er ging um die Ecke des Schuppens und schielte zu den Luken hinauf. Wahrscheinlich würden sie nicht in die Dunkelheit und Kälte herauskommen. Sie würden dableiben. Im übrigen – wenn sie herausflögen, würden sie wohl auch zurückfinden. Sie müßten jetzt allmählich wissen, wo sie wohnten.

Das würde er zu Ann-Marie sagen. Aber wahrscheinlich flogen sie nicht heraus. Der Lichtstrahl der Taschenlampe reichte mit knapper Not bis nach oben. Er suchte die Wand ab, tastete sich zur Luke, und plötzlich sah er einen Vogelkopf. Es war der weiße.

Da wußte er, daß er das nicht hätte tun sollen. Er hätte niemals diesen Maschendraht abreißen sollen.

Warum? Das konnte er jetzt nicht in die Reihe bringen. Es war kalt, und er fror und schwitzte zugleich, so daß es ihn schüttelte. Dort oben kletterten allmählich die Tauben heraus, Trauben von Körpern. Es wimmelte vor Tauben – sie kamen ihm in den Öffnungen wie Läuse vor.

Dann entließ die Traube einen schweren Körper, dieser breitete die Flügel aus und taumelte über die verschneite Laube davon. Es war die weiße. Als sie aus dem Hof flog, wurde sie im Straßenlicht zur Silhouette. Er sah, daß sie schön war – die geschwungene Linie der Flügel zeichnete sich gegen den Schnee und das Licht ab. Sie war bald fort, und die anderen folgten ihr.

Pär stand dort unten und konnte sie nicht zurückhalten.

Es half nichts, sich zu sagen, wie angenehm es sei, daß sie verschwanden – in jeder Hinsicht. Es half nichts.

Aber er wünschte fast, Ann-Marie würde jetzt, wo es passierte, kommen, so daß er ihr es hätte erklären können. Es war ja eigentlich vernünftig. Ein Haufen Tauben, die alles verschissen, und außerdem rannte sie zu allen Zeiten zu ihnen. Zahm würden die niemals.

Sie kam nicht. Er schlenderte fast eine halbe Stunde im Hof umher, bis er sich entschloß, ins Haus zu gehen und über alles zu reden. Als er jedoch in Agdas Zimmertür stand, merkte er, daß es unmöglich war. Urplötzlich ging es ganz einfach nicht mehr, und er mußte die Tür zumachen, um nicht stehenzubleiben und das Bett anzuglotzen.

Er mußte mit jemandem reden. Bei Kjell brannte Licht. Auf einen Anlaß pfiff er. Er würde einfach reingehen. Er konnte schon fast Kjells Stimme hören: »Tauben? Menschenskind, was machst du bloß für ein Buhei wegen ein paar Tauben?«

9

»Was ist?« hörte er Elsys Stimme, als er anklopfte.

Er trat ein und sah sie mit einer Tüte vor sich am Küchentisch sitzen. Sie war tränenlos, sah aber irgendwie so aus, als hätte sie Prügel bezogen. Aus dem Zimmer drangen mal Geräusche, die sich anhörten, als miaute eine Katze vor Schmerz, und mal ein Schniefen, das recht menschlich klang.

»Was ist?« fragte Pär seinerseits.

»Nichts.«

Weil Elsy nur starrenden Auges dasaß und ihn nicht zurückhielt, tappte er durch die Küche und guckte ins Zimmer. Kjell saß auf der Ottomane, die sich unter ihm in der Mitte bog. In einem Korbstuhl saß Henriksson und glotzte Kjells Geheule an. Es waren ganz gewöhnliche Säufertränen, nur daß Kjell ein Mann war, der ihnen Proportionen verlieh, die das Haus dafür zu klein werden ließen.

»Hör mal wieder auf!« sagte Elsy trocken aus der Küche.

Kjell streckte die Hand nach Pär aus.

»Scheiße, Päron«, sagte er. »Du weißt was?«

Das Unglück sucht Brüder. Pär verlagerte sein Gewicht auf den anderen Fuß und steckte sich ein Zigarillo an.

»Er ist hopsgegangen«, erklärte Henriksson.

»Weswegen?«

»Wegen einem Weihnachtsbaum!« jaulte Kjell auf, und jetzt

gewann die Wut die Oberhand über den Trauerschwall, so daß er einen Moment lang wie er selbst klang. Pär fiel auf, daß allein Kjell betrunken war. Elsy in der Küche war stocknüchtern und Henriksson ebenso, wenn auch auf andere Weise. Er hing schlaff im Korbstuhl.

»Elsy sollte doch einen Weihnachtsbaum kriegen, Mensch.«

»Das hast du bereits gesagt«, kam es aus der Küche.

Doch Pär hatte es noch nicht gehört. Und Kjell wollte erzählen. Er wollte heulen und erzählen. Elsy hatte sich in den Kopf gesetzt, daß sie einen Weihnachtsbaum haben wolle. Und warum sollte sie keinen Weihnachtsbaum haben dürfen? Kjell war gut in Form gewesen. Er war mit zwei Zehnern zum Vaksalatorg hinabgeschritten.

»Die ich dir aus meiner Handtasche gegeben habe«, sagte Elsy aus der Küche.

Die sie ihm aus ihrer Handtasche gegeben hat, all right. Weil sie eine hübsche Tanne mit Drum und Dran haben wollte: Lametta und bunte Glaskugeln und Klimbim.

Dann hatte er da unten in dem Waldduft auf dem Marktplatz zwischen den massengeschlachteten Tannen zufällig Charlie getroffen. Und Charlie, der Ausgestoßene, war nicht gerade abweisend. Er erzählte allerdings nicht, wohin er nach seinem Aufbruch aus Pukehornet gegangen war. Kjell hatte keine Kumpelgefühle bekommen. Das war schwer zu erklären, als er es erzählte, er wußte aber, wie es war. Ein kaltes Gefühl war es. Charlie sagte nichts von Sorgen, außer daß ihm fünfzehn Mäuse fehlten. Oben an der Väderkvarnsgatan wartete ein Typ mit einer Aktentasche auf ihn. Aber wie gesagt, ihm fehlten fünfzehn Mäuse.

Sie kauften die Flasche zusammen. War das etwa seltsam? Man traf seinen besten Kumpel, und dem fehlten fünfzehn Mäuse. Was? Kjell hatte hinterher einen Weihnachtsbaum für fünf Kronen zu kaufen versucht.

»Diese verdammten Bauernfünfer«, jaulte er auf der Ottomane, »die holen die Tannen zu Weihnachten mit der Mähmaschine, und dann wollen sie für die paar Nadeln an ein paar Hölzchen fünfzehn, zwanzig Mäuse haben!«

Das klappte also nicht. Außerdem brauchte er auch noch Klimbim, wie er Charlie erklärt hatte. Lametta, rote, blaue und grüne Kugeln und einen Stern für die Spitze. Und Charlie als guter Kumpel begleitete ihn in die Drogerie im Sivia-Viertel. Für fünf Kronen gab es eine Tüte voll Kram, nicht viel.

»Verdammt noch mal – im übrigen war es auch kalt.«

Im Ostbahnhof genehmigten sich beide einen Schluck aus der Pulle. Ein paar, nebenbei bemerkt. Charlie sagte, daß es lächerlich sei, für zwanzig Mäuse eine Tanne zu kaufen, wo es doch unendlich viele im Wald gebe.

»Und damit hatte er senkrecht!«

Allerdings wußte Charlie nicht viel vom Land, und Kjell, was das anging, auch nicht. Ihnen war aber dieser Ort eingefallen, wohin Päron immer mit der Alten fuhr.

»Welcher Ort?«

»Den Hallstaviksvägen raus.«

»Rotbol«, sagte Elsy aus der Küche.

Pär fühlte sich matt. Sein Zwerchfell befand sich in Auflösung, am liebsten wäre er davongelaufen, doch er setzte sich schwer neben Kjell auf die Ottomane.

»Sie haben ein Auto geklaut und sind nach Rotbol gefahren.«

»Verdammt, wir haben kein Auto geklaut! Wir haben uns das von Jonsson geliehen.«

»Und darauf hat er sich eingelassen?« fragte Pär.

Jonsson war gar nicht gefragt worden. Ein Lenkradschloß besaß er nicht.

»Er nimmt es aber genau mit seinem Auto.«

»Denkst du vielleicht, Charlie nimmt's nicht genau? Hast du Charlie schon mal fahren sehen, hä?«

»Der Kumpel«, sagte Elsy schneidend zärtlich aus der Küche.

Kjell konnte nur schwer beschreiben, wie es bei Rotbol draußen gewesen war. Es lag aber viel Schnee. Pär wurde immer schwerer auf der Ottomane, er wurde schlapp vor Erleichterung, als die Geschichte so weit gediehen war, daß sie zu einer passenden Tanne gestapft waren, sie gefällt und auf den Dachgepäckträger des Saabs gehievt hatten.

»Und dann seid ihr wieder gefahren?«

»Ja sicher. Man fühlt sich irgendwie nicht wohl auf dem Land, nicht? Mengen von Wald und Schnee, und kalt war's. Nur damit sie also ihren Tannenbaum kriegt. Aber schon klar, daran ist nichts verkehrt, das sag ich ja nicht. Klar sollte sie einen Tannenbaum haben. Ja, dann sind wir gefahren.«

Der Rest der Geschichte war für Pär nicht mehr von Interesse. Er hörte zu, sah vor sich jedoch die ganze Zeit Kjell und Charlie im Rotbol-Wald herumstapfen, leise fluchend und halbvoll. Aber sie sind über nichts gefallen. Über absolut nichts.

»Dann waren wir wieder in der Stadt, nicht, ich sitz auf dem Beifahrersitz und trink den letzten Rest, weil ich frier. Und da biegt Charlie bei Salabackar oben ab. ›Was machst du denn?‹ frag ich. Vor uns die Bullen. Die hab ich gar nicht gesehen.«

Offensichtlich war ihnen das Polizeiauto auf der geraden Strecke hinter Jälla schon ziemlich lange gefolgt, doch bei der Abzweigung zur Vaksala-Kirche überholte es sie, und zwar langsam und zäh, wobei aus dem Inneren des Autos den beiden Männern in dem Saab große Aufmerksamkeit geschenkt wurde, so daß Charlie, mißtrauisch geworden, in Richtung Salabackar abgebogen war, anstatt die Vaksalagatan geradeaus weiterzufahren. Kjell wußte nicht, ob Charlie glaubte, das Polizeiauto abgeschüttelt zu haben. Er hatte lediglich vor einem der Mietshäuser in der Salabacksgatan gehalten und ganz ruhig gesagt: Jetzt zischen wir ab. Schnell.

Charlie war ja wie so eine verflixte Katze. Kjell kam gar nicht zum Denken. Er sah nicht einmal das Polizeiauto, das unten aus der Årstagatan eingebogen war und jetzt auf den Saab zukam. Er sah nur Charlie, der vorsichtig und ganz wie zu Hause in einer der Haustüren verschwand.

»Und dann hab ich ihn nicht mehr gesehen!«

Nun, dagegen sage er nichts. Charlie sei schneller, gewandter.

»Und nicht so blau«, meinte Elsy.

Da saß Kjell also mit dem Saab, der leeren Flasche und dem Weihnachtsbaum auf dem Dach, als sich die Bullen, aufgeblasen, versteht sich, wiegenden Schrittes näherten und grüßten. Denn man kannte sich ja.

Er hatte auch im Polizeipräsidium Bekannte getroffen. Zuerst hatte er die Sache mit dem Weihnachtsbaum damit zu erklären versucht, daß er die Schwester der Alten in Rotbol kenne, aber das hatte sozusagen niemanden interessiert. Wird überprüft, hieß es nur. Den Saab habe er sich von Jonsson geliehen, und es wäre vielleicht alles gutgegangen, wenn Jonsson, diese verdammte Ratte, nicht nach einer Weile plärrend angekommen wäre und sein Auto als gestohlen gemeldet hätte. Dann hieß es Verdacht auf Beihilfe zur Trunkenheit am Steuer. Aber dann war da bestimmt nichts mehr. Doch es würde eine Vorladung vors Amtsgericht geben.

Das war *eine* Sache. Aber der Gedanke, daß man dort dafür einstehen sollte, einen Weihnachtsbaum geklaut zu haben –

»Einen Weihnachtsbaum, Mensch!«

Er hatte keine Tränen mehr, auch kaum mehr eine Wut, zerfloß vielmehr auf der Ottomane und umarmte Pär. Er, den sie Räuber nannten! Wenn auch nur wenige derjenigen, die diesen Namen im Mund führten, wußten, daß sein Ruf als Räuber auf einem Handtaschenraub im Eisenbahnpark gründete, der ein paar Jahre zurücklag.

Er war hopsgegangen, wenn auch nicht in großem Stil,

und jetzt war es auch mit seinem Rausch nicht mehr weit her. Der vertrocknete in dem ofenwarmen Zimmer, und Kjell wurde allmählich schwer und verdrießlich. Weil sonst niemand einen Gesprächsstoff hatte, und Henriksson, da er sich unbehaglich fühlte, sich schon anschickte zu gehen, begann Kjell von neuem zu erzählen, was die Polizei gesagt hatte und was er gesagt hatte und was er hätte sagen können, wenn er nur fünf Minuten zum Nachdenken bekommen hätte.

»Wenn du so eine Leuchte wärst, wie du doch eigentlich bist, was?« hörten sie Elsy aus der Küche. In heiklen Momenten seine eigenen Aussprüche spitz widerhallen zu hören, kann einen wahnsinnig machen, und Kjell hätte ihr wahrscheinlich eine gelangt, wenn er dazu in der Lage und sie in der Nähe gewesen wäre. Sie bewegte sich jedoch nicht vom Küchentisch weg. Manchmal raschelte die Tüte.

Nach einer Weile hörten sie, wie die Küchentür langsam aufging, und das Papiergeraschel auf dem Küchentisch hörte abrupt auf. Dann scharrte es, als ob jemand mit spitzen Klauen, einer Unmenge kleiner spitzer Klauen da drüben über die Wand kratzte, und Kjells Augen wurden rund. Es wurde still, und weil Elsy weder grüßte noch sonst etwas sagte, mußten sie in die Küche und nachsehen. Sogar Kjell hievte sich von der Ottomane hoch, stand schwankend in der Tür und stieß einen langen, kläglichen Seufzer aus.

Charlie stand in der Küche und hatte einen Weihnachtsbaum an die Spüle gelehnt. Auf den Tisch hatte er eine große Flasche »Standard Selection« gestellt. Er lächelte Kjell an und strich sich über das schwarze Haar, so daß seine Wellen sich bis in den Nacken ordentlich hinlegten.

»Hallo«, sagte er sanft. »Wie ist's gelaufen?«

»Sie haben mich geschnappt.«

»Du hättest verduften sollen. Ich hab dir doch gesagt, daß es höchste Eisenbahn ist.«

»Ich hab das nicht richtig geschnallt«, sagte Kjell kleinlaut.

»Das renkt sich ein«, sagte Charlie. »So ein Weihnachtsbaum, das ist doch wohl nicht so schlimm, oder? Und das mit Jonsson läßt sich wohl auch hinbiegen.«

»Er hat das Auto schon als gestohlen gemeldet«, ergriff Henriksson die Gelegenheit, eine Information loszuwerden.

»Jonsson!« brüllte Kjell auf, doch Elsy unterbrach ihn, ohne von den Plastikkugeln und dem Lametta aufzublicken, womit sie auf dem Küchentisch herumspielte. Ihre Stimme klang mechanisch: »Diesem verdammten Arschloch wird er die Haut abziehen und sie in Streifen schneiden und dann damit tapezieren. Wo, hast du gesagt, wirst du damit tapezieren?«

»Äff ihn nicht andauernd nach«, sagte Henriksson ängstlich.

»Ja, laß sein«, sagte Charlie, und seine gelbgrauen Augen blickten amüsiert drein.

In der Küche roch es allmählich nach Tanne. Pär machte dieser Duft traurig. Er wußte nicht, warum.

»Das wird wieder«, sagte Charlie. »Und da hast du deinen Weihnachtsbaum, Elsy.«

Sie schwieg.

»Bist du *noch mal* raus?«

Kjell mußte die Tanne befühlen, er strich mit geschwollenen Fingern über die groben, Waldduft verströmenden Nadeln, als ob er bezweifelte, daß sie echt sei.

»Nicht in den Wald«, sagte Charlie. »Um diese Jahreszeit holt man Tannen nicht aus dem Wald. Und auf dem Vaksalatorg sind sie zu teuer. Aber auf den Balkonen.«

»Den Balkonen?«

Kjell fuhr sich mit der Hand in den Hemdkragen.

»Auf den Balkonen gibt es um diese Jahreszeit prächtige Tannen. Handverlesen.«

Da lachte Kjell endlich, und er wollte, daß alle in sein explodierendes Gelächter mit einstimmten, weswegen er Henriksson auf den Rücken klopfte und nach Pär tastete. Elsy aber schwieg weiterhin und sah von dem Flitter, den sie pedantisch auf dem Wachstuch aufgereiht hatte, nicht auf.

»Und das hier?« fragte Kjell und ergriff mit beiden Händen zärtlich die Whiskyflasche.

Charlie lächelte schmal.

»Alles renkt sich ein«, sagte er.

Kjell war düster, als er den Schraubverschluß der Flasche aufdrehte.

»Du hättest nicht herkommen sollen«, sagte er, »denn die kommen wahrscheinlich und suchen dich.«

»Wer?«

»Die Polizei«, sagte Elsy plötzlich und deutlich. »Sie wissen, daß du mit Kjelle im Auto warst.«

»Und woher wissen die das?«

Er sah noch immer amüsiert drein, war es aber nicht, und sie wußten das. Als er die Hand ausstreckte, um sich aus Elsys Packung auf dem Tisch eine Zigarette zu nehmen, legte sie plötzlich die Hand darauf.

»Ich hab dir keine angeboten«, sagte sie.

Er bewegte die Hand zu einer der Glaskugeln auf dem Küchentisch und drückte rasch zu. Sie zerbarst in einem Geflimmer roter und silbriger Splitter. Elsy zuckte bei dem scharfen Knall zusammen und zog ihre Hand weg. Charlie nahm sich eine Zigarette aus der Packung und zündete sie an, bevor er noch einmal fragte.

»Woher wissen die das?«

»Die haben dich doch gesehen!«

»Von wegen!«

Kjell hatte sich aufgeblasen, doch diese zwei Worte durchstachen ihn. Er klang fast winselnd: »Du glaubst doch wohl nicht, daß ich etwas gesagt habe?«

»Es fällt mir schwer, das zu glauben«, versetzte Charlie.

»Aber ich begreife nicht, woher sie es dann wissen. Wahrscheinlich bin ich nur schwer von Begriff.«

»Wahrscheinlich«, warf Elsy ein.

»Halt's Maul! Ich hab gesagt, daß ein Typ dabei war, den ich nicht kenne und den ich auf dem Vaksalatorg getroffen hab. Der war nüchtern und konnte das Auto, das wir geliehen haben, fahren. Ich fahr nie Auto, wenn ich was getrunken hab, hab ich gesagt.«

»So, da hatten sie ja wenigstens ordentlich was zu lachen.«

Das war noch boshafter, als es sich anhörte, denn sogar Pär wußte, daß Kjell nicht Auto fahren konnte, in keinem Zustand.

»Hör auf! Ich hab gesagt –«

»Ich habe gehört, was du gesagt hast, daß du gesagt hast. Die Frage ist nur, wie voll du warst, als sie dich gefragt haben. Ob du dich überhaupt daran erinnerst, was du gesagt hast.«

»Du spinnst doch«, sagte Kjell.

»Kjelle hat es vielleicht satt«, sagte Elsy.

»Was?«

»Den Kram für dich zu machen. Und dafür geschnappt zu werden. Denn das macht er. Dazu hast du ihn doch, oder? Vielleicht hat er es heute satt gekriegt, wie er den Weihnachtsbaum ins Polizeipräsidium tragen durfte.«

»Hör nicht darauf«, sagte Kjell. »Das kläre ich später mit ihr.«

Aber es war zu spät. Charlie drehte mit geschmeidigen Schritten eine Runde durch die Küche. Er sah Elsy an, und als er zur Tür kam, sagte er leichthin: »Ich zieh Leine. Wie ihr wollt. Die«, sagte er und zeigte auf die Whiskyflasche, die Kjell noch immer im Arm hielt, »die kannst du haben. Behalt sie. Irgendwas sollst du für deine Mühe ja haben.«

»Was? Was denn für eine Mühe?« fragte Kjell. »Was ist los mit dir?«

»Im Polizeipräsidium hast du vermutlich nichts gekriegt dafür, daß du gesungen hast. Die haben dir wahrscheinlich nicht mal eine Zigarette angeboten.«

Kjell nahm die Flasche in die Hand und streckte sie vor. Er dachte langsam, und es sah aus, als ob das Denken weh täte. Der Mann dort an der Tür hatte das Gewicht auf einen Fuß verlagert, so daß er wie ein Marmorjüngling des nachklassischen Hellenismus anmutig geneigt stand, aber das sah Kjell nicht. Er sah nur, daß er schön und nicht mehr sein Kumpel war; es war kalt und tat weh, bis er böse wurde. Da hob er die Flasche, um sie an der Spüle zu zerdeppern. Er beschrieb einen Bogen damit, brach auf halbem Weg ab, stellte sie dann vorsichtig hin und betrachtete sie, schließlich waren immerhin fünfundsiebzig Zentiliter reinen Trostes darin, und er war nicht nur böse, sondern auch ganz betrübt, wobei er sich in einer Weile noch schlimmer fühlen würde, wenn er nichts dagegen unternahm. Er sah sich um, sah die anderen an, doch deren Gesichter waren leer wie Papier.

Er brauchte Charlie nur anzusehen, dann glaubte er, ihn wieder diese Worte aussprechen zu hören. Es war, als lägen die Worte noch auf dem beinahe lächelnden Mund, und Kjell bewegte sich schwer atmend auf ihn zu. Er sah ununterbrochen auf diesen Mund, und als seine rechte Faust vorflog, traf sie ihn genau, obwohl die Partie zwischen der Nase und der Oberlippe seine Knöchel zu spüren bekam. Charlie schwankte, stürzte aber nicht nach hinten, wie Kjell erwartet hatte. Langsam ging Kjell rückwärts, er hatte ein komisches Gefühl und fragte sich, warum er nicht härter und besser zugeschlagen hatte, so wie er es gewollt hatte.

Charlie stand da wie zuvor und blutete leicht aus der Nase. Seine Augen funkelten giftig, und er fuhr sich mit der Zunge über die Oberlippe, um den feinen Blutstrom, der ihm herunterrann, aufzufangen. Diese Bewegung reichte, damit Elsy, die, um aufzustehen, wachsam die Hände auf den Küchentisch gelegt hatte, hochglitt und vom Tisch zurücktrat. Charlie sah sie nicht an, trat aber vor und schubste sie zur Seite, als er sich Kjell näherte.

Pär bekam Angst und wollte raus, er drängte sich mit Henriksson an der Spüle, doch sie kamen nicht weiter, die Tannenzweige stachen ihm in die Wange. An Charlies ausdruckslosem, aber aufmerksamem Blick sah er, daß Kjell nicht entkäme. Es gäbe vielleicht eine Schlägerei, und er bekäme ein paar Treffer auf seinen biegsamen Körper, doch dann würde er Prügel beziehen. Charlie würde ihn nicht totschlagen – nein, da bestand keine Gefahr. Das Widerliche war vielmehr Charlies methodische Art, sich ihm zu nähern, so als hätte er schon festgelegt, wie er ihn verletzen werde, und Kjells Arme hingen herab, als wären sie bereits gebrochen, sein Kinn war schlaff, und Pär sah Kjell zum ersten Mal ängstlich.

Er konnte sehen, daß sich Elsy ihre Handtasche vom Küchentisch geschnappt hatte, und auch Charlie sah das, doch ehe er sie daran hindern konnte, hatte sie schon ihre Hand hineingesteckt. Einen Moment lang schloß Pär die Augen, obwohl er nie recht geglaubt hatte, daß sie mit einem Messer in der Handtasche herumlief, nicht eigentlich geglaubt hatte. Er wollte nur noch raus.

Als er wieder aufblickte, sah noch alles genauso aus, wenn auch Charlie ganz still stand, und Elsy kein Messer, sondern ihren Toupierkamm in der Hand hielt. Sie tat einen kleinen Schritt zur Seite, und war damit genau zwischen Charlie und Kjell, der schwer keuchend hinter ihrem Rücken stand.

Sie hielt den Kamm fest, so daß der lange Metallstiel direkt auf Charlies Zwerchfell wies; er sah sie aufmerksam an. Dann ließ er die Schultern sinken, und aus seinem Körper schien die Spannung zu weichen, denn er bleckte leicht die Zähne, so als wollte er lächeln. Er drehte sich ganz langsam um und ging, ohne die Tür hinter sich zu schließen.

Er sagte nichts, auch nicht, daß er zurückkommen werde, es war vielmehr Henriksson, der dies wieder und wieder sagte.

»Das hättest du nicht tun sollen, Elsy«, meckerte er.

»Ich hab doch gar nichts getan.«

Sie nahm den Stielkamm richtig herum in die rechte Hand und begann sich vor dem Spiegel ihre gespaltenen Haarspitzen auf dem Scheitel zu toupieren, während Pär zur Tür ging und sie zumachte. Allmählich wurde es in der Küche wieder wie immer, Kjell goß sich etwas von dem Whisky ein und trank ohne ein Wort.

Henriksson hatte eine solche Angst gehabt, daß er aufgekratzt davon wurde, sie nun nicht mehr haben zu müssen. Er fing an, Kjells Schlag zu analysieren und kam mit der Zeit unweigerlich auf seine eigene Karriere als Boxer zu sprechen. Nach einer Weile kam Gösta heruntergelatscht, um von seinem Welpen zu erzählen, der nicht stubenrein werden wollte. Der Whisky schwand infolgedessen rasch dahin. Pär hatte keine Ahnung, wie spät es sein mochte, und er begann sich recht behaglich zu fühlen.

Eigentlich waren alle ziemlich freundlich, allerdings hing Kjell schwer auf dem Tisch und glotzte den Weihnachtsbaum an. Er erzählte nichts mehr. Pär fiel auf, daß Elsy ständig sein Glas auffüllte, was recht merkwürdig war. Aber sie hatte wohl ihre Gründe und erreichte allmählich, daß Kjell still wurde und sie nur anmurmelte, wenn sie vorbeiging.

Als es an der Tür klopfte, hatte Pär im Grunde aufgehört, überhaupt etwas wahrzunehmen, es war jedoch dieses Frauenzimmer, das über ihm wohnte, soviel sah er. Sie besaß eine Gabe, mitten in der Nacht aufzutauchen und dreinzusehen, als hätte der Blitz eingeschlagen. Jetzt war irgend etwas mit dem Reserveschlüssel, und sie brachten Pär über den Hof, stießen ihn in die Küche der Alten, und nach einer Weile waren sie alle miteinander bei der Frau oben, die sie hinauszuwerfen versuchte. Sie hatte eine Tüte aus dem Monopolladen auf dem Küchentisch, und es schien, als wäre ihr alles egal, denn sie wollte, daß sie alles nähmen und verschwänden.

Solche Aasgeier seien sie nun doch nicht, erklärte Kjell, dessen Lebensgeister wieder erwacht waren. Es war im übrigen guter Stoff, und Henriksson, den farbige Spirituosen krank machten, um so kränker, je besser diese im Grunde waren, war nur zu bedauern.

Jonsson kam nach zwei Uhr nachts herein, wahrscheinlich um sich über den Lärm zu beschweren, denn Elsy und Pär tanzten zu den Platten dieser Frau. Es hätte Stunk geben können, doch Kjell war fett und schwitzig und freundlich und hörte sich an, als sei er es, der Jonsson die Sache mit dem Auto zu verzeihen hätte. Er brachte Jonsson dazu, sich an den Küchentisch zu setzen, stieß mit ihm an und sagte, daß sich alles einrenken werde, und Pär fand es angenehm.

Alles war angenehm und ein bißchen dumpf, und im Zimmer lief der Plattenspieler. Die Gastgeberin, oder wie man sie nennen sollte, lag auf ihrem Bett und sah aus, als ob sie auf alles pfiff. Oder als ob sie schliefe.

Ihm schwebte vor, daß dieser Leif, wenn er dagewesen wäre – was er nicht war und weswegen sie wahrscheinlich so dalag –, versucht hätte, sie alle miteinander hinauszuwerfen. Pär ging zu ihr hin und berührte ihre Schulter.

»Du bist ein armes Schwein«, sagte er.

»Du tust mir auch leid.«

Das kam so schnell, daß er kaum parieren konnte.

»Da besteht wohl ein Unterschied«, sagte er.

»Tatsächlich?«

Sie klang nicht gerade freundlich, und er wollte sich entziehen.

»Ich habe ja die Alte«, sagte er.

»Tatsächlich?«

»Ja sicher.« Pär setzte sich auf die Bettkante und versuchte sein Glas auf den Knien zu balancieren.

»Ich dachte, du hast gesagt, daß du wegwillst.«

»Ja, klar gibt es eine Menge Umstände«, sagte er. »Und ein

ewiges Gequengel. Aber in vieler Hinsicht ist sie gut. Man muß jemand haben, wo man hinkommen kann, weißt du. Das sagt sie immer.«

»Ja sicher«, sagte sie und stand so heftig vom Bett auf, daß sein Whiskysoda überschwappte und ihm über die Hosenknie lief. »Man muß jemand haben, wo man hinkommen kann. Das ist die ganze Schose.«

In der Küche ließ jemand ein Glas fallen, und sie ging auf das grelle Licht in der Türöffnung zu, wo sich die Körper wiegten und die Farben rauchig waren.

»Sie braucht ja auch jemand anders, um was anderes geht es gar nicht. Man haut ja nicht einfach so ab.«

»Was sagst du, Päron?«

Genauso, als würde sie das kümmern.

»Man weiß, was man hat«, sagte er. »Es kann vorkommen, daß es nicht genau das ist, was – ich meine, nicht absolut gut ist. Aber man kann nicht alles hinschmeißen, was nicht absolut gut ist, weißt du. Dann würde man nur dasitzen.«

Neben ihm beugte sich Elsy über den Plattenspieler.

»Blablabla, Päron. Auf, tanzen!«

Er schlief jedoch ein.

II

10

»Wenn sie hinfällt, bleibt sie liegen.«

Das war das erste, was ich ihn sagen hörte. Er stand im Tabakladen am Vaksalatorg, hatte ein eben angestecktes Zigarillo in der Hand und fegte damit herum. Der Mann hinterm Ladentisch bündelte gerade Totoscheine, und möglicherweise hörte er zu.

»Im vorigen Sommer ist sie mal umgekippt, als ich nicht da war. Sie hat vier Stunden dagelegen.«

Sein Blick fiel auf mich, und er beobachtete mich scharf, während ich eine »Femina« und Briefmarken kaufte.

»Haben wir uns nicht schon mal gesehen?« fragte er, und der Tabakhändler warf mir einen bedauernden Blick zu.

»Doch, ich bin mir sicher, daß wir uns schon mal gesehen haben.«

Er sprach eigenartig. Zuerst fand ich, er habe einen Akzent wie ein Schwedischamerikaner, dann hörte ich einen Bodensatz dalarnischer Mundart heraus, und im übrigen hatte er, als er sich mir zuwandte, seinen Tonfall umgestellt.

»Das glaube ich nicht.«

»Fräulein Wallin, kein Begriff?«

Ich war dabei, die Briefmarken in die Geldbörse zu stecken und zögerte mit der Antwort.

»Agda Wallin.«

Das konnte ich nicht abstreiten. Da erinnerte er sich. Er

beschrieb mit dem Zigarillo Kreise und erzählte mir, daß er an dem Morgen, als ich bei Agda Wallin gewesen sei, in der Laube gestanden und Teppiche ausgeschüttelt habe. Er behauptete, daß es viel zu tun gebe, wenn man sich um ein paar Häuser zu kümmern habe.

»Und alte Weiber, nur darüber, wie man die betreut, spricht man nicht. Ganz im Vertrauen.« Sein fein geschnittenes und trotz des leichten Rausches ganz und gar nicht schlaffes Gesicht näherte sich dem meinen, und er roch aus dem Mund nach Zigarillo und Wein.

»Darf's sonst noch was sein?« fragte der Tabakhändler. »Eine Abendzeitung?«

»Nein danke, das war's.«

Ich ging zur Tür. Der andere verlor den Faden und nahm einen neuen auf.

»Die Abendzeitungen zu lesen bringt ja nicht viel«, sagte er. »Tja, eigentlich bin ich ja Journalist. Die Abendpresse freilich –«

Ein zweiter Mann trat aus dem Regen in den Laden und grüßte den Tabakhändler. Er wollte einen *Expressen.* Der andere sprach weiterhin über die Abendzeitungen. Über Amerika sprach er auch.

»Mensch, was stehst du hier rum und paffst deine Hundeköttel, Päron«, sagte der mit dem *Expressen.* »Du verqualmst die ganze Bude.«

Auf diese Weise erfuhr ich, daß er Päron genannt wurde. Ich hatte erfahren, daß es ihn gab, daß Agda Wallin nicht allein aufstehen konnte, wenn sie hinfiel, und daß er in Pukehornet zu Hause war, wo man ihn nicht achtete.

Drei Wochen später zog ich in die Wohnung über der von Agda Wallin. Sie vermietete möbliert. Das bedeutete unter anderem, daß Päron die ganze erste Woche mit Sicherungen und Glühbirnen angelaufen kam, daß er die Rollos im Zimmer und den Schlauch des Gaskochers auswechselte, daß er das erste Wachstuch von den Farben her (es war braungelb) nicht gut fand, so daß er eines mit blauen und rosa Streifen auf weißem Grund ausprobieren mußte, und daß er der Meinung war, die Schranktüren in der Küche müßten neu gestrichen werden. Er veranschlagte eine Woche, vielleicht auch mehr, für diese Arbeit.

»Denn man hat ja einiges zu tun, darum muß man das meiste dazwischenschieben.«

Er erzählte von seiner Zeit als Journalist, von seinen Schreibereien und, auf eine vage Art, so als sei er dort gewesen, von Amerika. Er prüfte die Matratze und sagte, daß das reine Watte sei. In gewisser Hinsicht war das richtig, doch rein war sie keineswegs. Er tauschte sie gegen eine andere aus, die jemand bepinkelt hatte.

Er erzählte mir von den übrigen Mietern Agda Wallins und machte mir klar, daß weder er noch ich nach Pukehornet gehörten, aber die Tatsache, daß wir uns dort aufhielten, uns nicht deklassiere. Seine Fürsorge und sein Wortschwall waren schier grenzenlos, doch er fragte mich nichts.

»Warum jagst du ihn nicht einfach zum Teufel?« fragte derjenige, der sich bei seinem Anruf im Krankenhaus als mein Verlobter ausgab.

Ich wußte es nicht. Doch ich war dankbar, als er selbst es eines frühen Sonntagmorgens tat. Päron verzog sich mit einer Tagesdecke im Arm rückwärts aus der eiskalten Küche. Der andere hatte sich die braune Tagesdecke von meinem Bett um den Leib gewickelt.

»Ich hab gedacht, ich tausch die Tagesdecke aus«, sagte Päron. »Diese braune – ich hab gedacht, die hier wäre hübscher. Ich hab also gedacht, ich tausch sie aus.«

»Das probier mal!« sagte Leif.

Leif half mir, die Küche neu zu streichen, und als der neue Schlauch am Gaskocher ordentlich angeschlossen war, roch es in der Wohnung auch nicht mehr nach Gas. Noch war die

Kälte nicht hereingebrochen, so daß es nicht so lästig war, auf den Abort im Hof zu gehen. Im Schrank unter der Spüle stand ein Plastiknachttopf, der zum Mobiliar zählte. Agda Wallin nahm für das Zimmer und die Küche hundertfünfundsiebzig Kronen im Monat, wobei ich für Wärme selbst zu sorgen hatte. Außer dem Holzofen hatte ich zwei Ölöfen und einen elektrischen Topfsteinheizkörper. Manchmal war es morgens um fünf erstickend heiß, doch in der Küche war es nachts eiskalt, weil ich da den zweiten Ölofen nicht heizte.

Als wir es uns eines Abends gemütlich machen wollten, heizten wir den Holzofen in der Küche ein und stellten die Korbstühle davor. Ich begann mich in Pukehornet fast wohl zu fühlen, doch von Päron hatte ich die Nase voll. Er war jetzt, nachdem er vor Leif Angst bekommen hatte, weniger aufdringlich und hielt sich fern, wenn dieser da war.

Ich merkte, daß Leif bei mir wohnte. Manchmal wollte ich ihn fragen, ob das nun für immer sei.

»Warum jagst du ihn nicht einfach zum Teufel«, sagte Leif, wenn ich mich über Päron beklagte. »Nichts ist leichter als das. Man kann doch nicht herumlaufen und nach allen Seiten hin nett sein wollen.«

Eines Abends war ich nicht nett, und in dieser Nacht schlief Leif bei seiner Mutter im Wohnzimmer, wie ich später von ihr erfuhr.

Ich hatte Agda Wallin versprochen, Päron niemals Wein oder Schnaps anzubieten, aber am Morgen nach jener Nacht, in der Leif gegangen war, war ich ängstlich und traurig, und als er mir meine Post brachte, bot ich ihm Kaffee an. Er hatte zufällig den Briefträger getroffen, als dieser gerade die Briefe in den Blechkasten unten an der Treppe werfen wollte. Bei Päron ergab sich so vieles zufällig. An diesem Morgen meckerte er über den Schnee, aber ich hörte gar nicht hin, denn ich war zu traurig. Ich bekam jedoch mit, daß er glaubte, der Winter brächte viel Schnee, und das wäre höllisch für ihn.

Der Schnee kam noch am selben Nachmittag und fiel dicht und schön bis in die Nacht. Päron war mit Agda Wallin zu einem Ort namens Rotbol gefahren, wo eine Schwester von ihr wohnte.

Zwei Tage später saß ich am Fenster und beobachtete ihn beim Schneeschaufeln. Er hackte das Eis von der Treppe des kleinen Hauses, und es schien ihm Spaß zu machen, obwohl es noch nicht sieben Uhr war. Ich hatte ihn noch nie so früh auf den Beinen gesehen. Wenn sein Arbeitseifer anhielte, könnte man am späten Abend vielleicht das Auto auf den Hof fahren.

Der Morgen war dunkel, und zwischen den schwarzen Blechrittern auf Pukehornets Dächern blinkten die Sterne. Ich sehnte mich nach meinem Sohn und nach einer Morgenzeitung zum Kaffee. Ich wartete, bis Päron wieder ins Haus getappt war, ehe ich hinunterging und die Autoscheiben freikratzte. Normalerweise vermied ich es nach Möglichkeit, ihm über den Weg zu laufen, bevor ich zur Arbeit mußte. Seine unverblümte Geschwätzigkeit berührte mich unangenehm.

Leif schlief in meinem Bett, als ich ging. Als ich am Nachmittag nach Hause kam, hatte er das Bett gemacht und ein Gedicht über Päron geschrieben. Ich wurde gereizt. Das Gedicht war nicht gut. Die Küche war ausgekühlt, und in der Speisekammer war die Milch in ihrem Karton zu einem Klumpen gefroren. Ich sagte, daß es in diesem Haus jetzt recht viele gebe, die Gedichte schrieben. Am Abend beim Tee fragte ich ihn, ob bei den Stellenanzeigen in den *Dagens Nyheter* etwas dabeigewesen sei.

Er wohnte sieben Nächte lang bei seiner Mutter, wenigstens hatte ich gute Gründe, anzunehmen, daß er dort sei. Am Montag, dem ersten Dezember, war ich unten gewesen und hatte die Miete bezahlt, konnte aber nicht mit Agda Wallin sprechen, weil sie auf der Fahrt zu ihrer Schwester unpäßlich geworden war. Ich hätte sonst gern mit ihr über die Möglichkeit geredet, einen Teil der Möbel aus der Wohnung zu nehmen, so daß ich ein paar von meinen eigenen Sachen hätte aufstellen können. Das hätte auch die Miete verbilligt.

Es hatte nicht viel Sinn, mit Päron darüber zu reden, denn der konnte wer weiß was versprechen, doch die Alte würde seine Zusicherungen nicht für bindend erachten. Er gab mir recht, daß die Miete, da ich selbst heizen mußte, hoch war, und dann fragte er mich, ob ich einen Job hätte.

»Zwei Tage in der Woche.«

Es war das erste Mal, daß er eine derartige Frage stellte, und er wurde selbst verlegen. Er wollte aber nur wissen, ob es nicht langweilig sei, ständig in der Wohnung zu sitzen und zu schreiben.

Ich konnte ihn und Agda Wallin kaum mit Schreibmaschinengeknatter gestört haben. Die Maschine war mit einer Plastikhaube zugedeckt und die Haube mit Staub. Gunder Hägg schreibt in dem Buch »Wie ich Gunder Hägg wurde«, daß er an bestimmten Tagen angesichts des anstrengenden Trainings eine gewaltige Unlust empfinde. Aber just an solchen Tagen betrachte er es als sehr wesentlich, in den Trainingsanzug zu steigen und sich hinauszuzwingen. Er müsse sich durch die Hölle quälen, die seine Vorsätze erschaffen hätten. Auf diese Weise sei er Gunder Hägg geworden.

An den ersten fünf Dezembertagen zwang ich mich dazu, an der Schreibmaschine zu sitzen, und am sechsten Tag fing ich wieder zu rauchen an. Zuoberst auf den Papieren auf dem Tisch lag Leifs Gedicht über Päron, das er vergessen oder liegengelassen hatte. Es regte mich noch immer auf. Von Päron konnte man praktisch, ohne zu fragen, beliebig viele Auskünfte erhalten. Seine Lebensgeschichte sprudelte aus ihm heraus. Einiges von dem, was er erzählte, war wahr.

Leifs Gedicht handelte von Leif. Daß er behauptete, es handle von Päron, konnte egal sein, es war jedenfalls nicht gut. Ich traute mich nicht, es zu zerreißen. Trotzdem war die

Aussicht, daß es durch längeres Liegen auf dem Schreibtisch plötzlich gut würde, äußerst gering.

Von Päron erfuhr man alles. Nur davon, was mit ihm los war, erzählte er nichts. Ich konnte ihm ja nicht auf den Leib rücken und ihn fragen. Doch als ich am Dienstag zusammen mit Jonsson auf dem Abrißgrundstück weiter unten in der Straße stand und das Eis von den Autoscheiben kratzte, kam mir die Idee, ihn zu fragen.

»Diese Type«, meinte Jonsson. »Bei dem ist doch 'ne Schraube locker.«

»Das ist sie ja dann wohl schon immer. Aber was ist zur Zeit mit ihm los?«

»Solange er seinen Kram macht«, sagte Jonsson.

Tatsache war, daß Pär just dies in letzter Zeit getan hatte. Ich hatte ihn beobachtet, er arbeitete frenetisch im Hof und im Brennholzschuppen. Er trug Wäsche hinaus und hängte sie auf die Leine, wo die Kälte in die großen Unterhosen der Alten fuhr und sie, während sie noch naß waren, erstarren ließ.

Er redete kein Zehntel mehr von dem, was er früher geredet hatte, und begegnete man ihm auf der Treppe, konnte er wie ein gejagter Hase wirken. Ich fragte mich, was die Alte gesagt hatte, daß er sich so verändert hatte. Hatte sie gedroht, ihn hinauszuwerfen? Aber er wollte doch nichts lieber, als hier wegzukommen, wie er behauptete. Dann redete er wieder davon, daß er sich für sie verantwortlich fühle.

»Dem geht's zu gut«, sagte Jonsson.

Ich war vor Jonsson, der einen Saab hatte und sehr pedantisch damit umging, mit dem Kratzen fertig. Als ich aus Pukehornet hinausfuhr, wirkte die Luft blau. Die Scheiben beschlugen und vereisten rasch, und der Himmel über Kvarngärdet war gelbrosa. Über dem Heizwerk standen vier unbewegliche Rauchsäulen.

Es war angenehm, ein paar Stunden aus Pukehornet und

von der Schreibmaschine fort zu sein, doch am Abend saß ich wieder dort. In der Wohnung der Alten dröhnte der Fernseher, trotzdem redete Pär unaufhörlich, und manchmal gelang es ihm, den Fernseher zu übertönen.

Mir tat Agda Wallin leid, die vom Schlag gestreift und praktisch wehrlos gegen den Redeschwall dasaß. Dort unten erlegte er sich jedenfalls keinen Zwang auf.

Er meckerte bis spät in die Nacht auf sie ein, und obendrein hatte Elsy Schicht. Die Autos fuhren die schmale Straße herauf und blieben im Leerlauf vor dem kleinen Haus stehen. Wenn sie in ein Auto eingestiegen war, blieb es eine halbe oder Viertelstunde lang ruhig. Nach einer Weile schnaufte ein neuer Motor unterm Fenster.

Ich war schier hysterisch vor Überdruß und ärgerte mich über Elsy und ihre Kundschaft, über Kjell, für den sie anschaffen ging, über Pärons quengelige Singsangstimme und über ganz Pukehornet in seinem Freitagnachtfieber mit den schrillen Stimmen in den Straßenschächten, den Kavalierstarts und dem brünstigen Gehupe der Halbstarken in ihren Schlitten.

Gegen eins kam ein Polizeiauto und las einen Betrunkenen auf, der vor Tante Wallins Zaun zusammengesackt war, und während sie ihn in den Wagen hievten, stand ich in die braune Tagesdecke gehüllt am Fenster. Das Zimmer wurde im Nu eiskalt, wenn ich das Fenster offen hatte. Ich mußte unbedingt den Holzofen einheizen. Mir schwante, daß es schwierig würde, die Wohnung warm zu halten, wenn wir einen kalten Winter bekämen. Es war fast ein Full-time-Job, an den Ölöfen, die nur qualmen wollten, herumzumachen und sie einzuheizen. Ich würde nicht schreiben können, wenn es im Zimmer nicht warm war.

Ich nahm zwei Diminalduplex und schlief mit der Tagesdecke und dem Dufflecoat auf der Bettdecke ein. Kurz vor drei wachte ich von einem schallenden Gelächter im Hof auf. Die Wut zerschnitt meinen Schlafmittelrausch, und ich wankte auf und zog die Vorhänge zurück. Päron ging gerade über den Hof. Breitbeinig stapfte er durch den Schnee. Ich legte mich wieder hin und dämmerte ein. Mehrmals hörte ich das Gelächter und identifizierte es als Kjells. Nach einer Weile hörte ich eine ganze Bande im Flur des großen Hauses und Pärons singende Stimme: »Wenn von hundert Sternen ein einz'ger auf dich sieht!«

Das falsche Zitat regte mich mehr auf als irgend etwas sonst in dieser Nacht. Ich saß ein Weilchen im Bett, rauchte und hörte, wie die Bande in der Küche da unten auf Hochtouren kam. Ich weiß nicht, ob ich mehr Mitleid mit mir selbst oder mit Agda Wallin hatte.

Obwohl ich wußte, daß ich von den Tabletten wackelig auf den Beinen war und alles andere als klar im Kopf, zog ich die lange Hose und den Dufflecoat übers Nachthemd an. Mein Klopfen an der Wohnungstür der Alten löste dort drinnen für ein paar Sekunden absolute Stille aus. Dann rief Päron gebieterisch, daß wer zum Teufel auch immer draußen stehe und an die Tür schlage, eintreten solle.

Ich bekam Angst. Doch ehe ich wieder die Treppe hinaufschleichen konnte, hatte Päron schon die Tür geöffnet. In der Küche war es unerträglich hell, und die Gesichter tanzten mir vor den Augen. Verblüfft hatte Päron sein Weinglas auf der Spüle abgestellt. Am Küchentisch saßen Kjell und Charlie und spielten Karten. Ich begriff, daß es Ålandskille war, denn Elsy hing über Kjells Blatt und kommentierte, was er ausspielte.

»Du hast jetzt fünfundzwanzig im Rücken, so daß es vierzig werden, wenn du den Husar behalten kannst.«

Das Paar Henriksson, das bei Kjell eingezogen war, saß auf der Küchenbank, hatte Weingläser vor sich und blätterte in den *Svenska Damtidningar* der Alten, und Gösta aus der Wohnung über Kjell saß da und sah Elsy an. Es war warm in der Küche. Auf der Spüle lag Agda Wallins schwarze Handtasche.

»Ich will zu Fräulein Wallin.«

»Mein liebes Mädchen«, sagte Päron übertrieben freundlich und sah die anderen an, »mitten in der Nacht!«

»Sie schläft bestimmt nicht.«

»Sie schläft wie ein Kind«, behauptete Päron.

Kjell sah mich an, während er gab, und dann fragte er, ob ich etwas von dem »Explorer« haben wolle.

»Nein danke. Ich will zu Fräulein Wallin.«

»Au Backe«, sagte Kjell. »Paß auf, Päron. Hier will sich jemand beschweren.«

»Sie schläft wohl ebensowenig, wie ich das kann«, sagte ich so deutlich wie möglich.

Päron stand mit dem Rücken zur Schlafzimmertür der Alten, sein Gesicht stand nicht still. Ich bereute, daß ich heruntergerannt war. Päron wollte mit mir anstoßen, obwohl ich kein Glas hatte.

»Wenn von hundert Sternen –«

»Wenn von *tausend* Sternen ein einziger auf dich sieht
Trau dieses Sternes Absicht – du gehst nicht allein
der Stern hat tausend Augen
– der Stern hat tausend Freunde –
Trau dieses –«

Ich artikulierte überdeutlich, und die Worte beharrten darauf, falsch zu kommen. Ich konnte jetzt aber nicht rückwärts zur Küchentür hinausgehen. Kjell und Charlie spielten zwar weiter, ohne von mir Notiz zu nehmen, doch Henrikssons hatten ihre Zeitungen weggelegt, und Elsy merkte auf. Päron scharf ins Auge zu fassen fiel mir noch immer schwer.

»Die ist blau«, sagte Elsy.

»Ich habe ein Schlafmittel genommen«, entgegnete ich.

»Um schlafen zu können.«

»Dann schlaf«, sagte Charlie. »Nacht, Nacht. Hier hast du den Husar!«

»Und den Kuckuck.«

»Er treibt's mit der Neun. Zwölf. Und noch mal Kuckuck. Sieh einer an – das Selbstporträt! Hier hast du den Kaval.«

»Das Schwein.«

»Du gewinnst nie«, sagte Elsy. »Obwohl es diesmal fast eine Oma war.«

Kjell spielte die Eins.

»Der Schwengel«, sagte Charlie lächelnd. »Fast umsonst. Hier hast du den Kranz.«

»Der Weiberapparat gewinnt.«

»Immer.«

Ich hätte mich nicht von der Tür entfernen sollen, doch ich brauchte etwas zum Festhalten und nahm eine Zigarette aus der Packung, die mir Gösta wortlos hinhielt.

»Findest du das richtig, die ganze Nacht so weiterzumachen, wo die alte Frau krank im Zimmer liegt?« wandte ich mich an Päron.

»Die ist doch total hinüber«, sagte Charlie friedfertig. Jetzt war er mit dem Geben dran.

»Um so mehr Grund, still zu sein und sie in Ruhe schlafen zu lassen«, sagte ich. »Bei einem solchen Spektakel wie heute nacht hier glaube ich übrigens nicht, daß sie schläft. Ich will mit ihr reden.«

»Sie können jetzt nicht mit ihr reden!«

Päron hatte mich seit der ersten Woche weder gesiezt noch mit Frau angeredet.

»Dann morgen«, sagte ich. »Morgen werde ich mit ihr darüber reden, was für ein fürchterlicher Spektakel hier nachts abgeht.«

»Wem's nicht paßt, kann ja ausziehen«, sagte Charlie und warf einen Blick auf seine Karten.

»Ja genau«, sagte Päron. Er war blaß. »Ziehen Sie nur aus. Ich werde es ihr sagen.«

»Sollte es dazu kommen, werde ich es ihr schon selbst sagen. Und ich glaube nicht, daß sie will, daß ich ausziehe.«

Ich sah Gösta an, der still und reichlich betrunken neben Elsy saß, und ich wurde bedrückt. Wahrscheinlich hielt seine Frau in dieser Nacht in der Uniklinik Nachtwache.

»Jetzt flennt sie gleich«, sagte Elsy. »Armer Gösta. Arme Tante Wallin. Ihr Armen, alle miteinander.«

»Nun, es ist vielleicht auch nicht so lustig, wenn man nicht schlafen kann«, sagte Henriksson vage. Kjell schenkte sich den Rest des Wodkas ein und schüttelte sich wie ein nasser Hund, als er seine Karten ansah.

»Nimm dir ein Glas oder geh rauf und leg dich ins Bett«, sagte er. »Wenn du ausziehst, helf ich dir beim Tragen.«

»Es braucht vielleicht jemanden, der wiederum dir beim Tragen hilft«, sagte ich und drückte die Zigarette im Spülbecken aus. Ich ging zur Tür. »Agda Wallin will keine Mieter haben, die nachts Leute anschleppen.«

»Jetzt hört euch das an!« sagte Elsy. »Jetzt hat sie sieben Nächte lang keinen Kerl gehabt. Schläfst wohl schlecht, was?«

Göstas albernes Gelächter trieb mich schließlich in die Flucht. Ich hörte noch fast eine Stunde lang den monotonen Dialog der Kartenspieler von dort unten, und ich bekam mit, wie Päron versuchte, sie hinauszubefördern. Zu guter Letzt gingen sie ins kleine Haus hinüber. Um halb fünf war Ruhe.

Ich wachte davon auf, daß es klopfte. Der Wecker war stehengeblieben, aber ich hörte an den Geräuschen auf der Straße, daß der Samstagvormittag ziemlich weit fortgeschritten sein mußte. Daß das Klopfen an der Küchentür von Päron kam, war nicht zu mißdeuten. Er schaffte es, sogar sein Klopfen affektiert klingen zu lassen.

Ich hatte noch das Schlafmittel im Leib und öffnete nicht. Nach einer Weile hörte ich ihn leise die Treppe hinuntergehen. Ich hatte keine Lust, die nächtliche Aktion fortzuführen. Dadurch, daß ich mich lächerlich machte, würde es in Pukehornet nicht ruhiger werden. Es war schwierig, das nächtliche Gespräch in der Küche dort unten zu rekonstruieren. Ich war recht benebelt gewesen. An ein Detail erinnerte ich mich jedoch: an die schwarze Handtasche der Alten auf der Spüle.

Zwei Mal war ich bei ihr drinnen gewesen, einmal, als ich mich nach dem Zimmer erkundigte, und einmal, als ich einzog. Sie war bettlägrig gewesen. Auf dem Nachttisch hatte sie Arzneifläschchen und Zeitungen. Das Telefon stand in Reichweite, und als ich sie das zweite Mal besuchte, hatte auf der Bettdecke mit dem Rücken nach oben ein aufgeschnittenes Buch gelegen.

Ich hatte vor allem darauf geachtet, weil es Sven Stolpes Ausgabe von Königin Kristinas Aphorismen war; ihre Handtasche hatte sie jedoch genau wie damals, als ich das erste Mal bei ihr gewesen war, neben sich im Bett gehabt. Es war eine große, glänzende Kunstledertasche mit einem gelben Metallbügel, und sie war so vollgestopft, daß sie wie eine trächtige Dackelin aussah.

Es war seltsam, daß Päron, der sich vor ihr so fürchtete, mitten in der Nacht den Mund aufriß und Wodka trank, während sie in ihrem Zimmer im Bett lag. Noch seltsamer aber, daß sie ihre Handtasche nicht neben sich hatte.

Mir kam der Gedanke, daß er ihre Krankheit ausnutzte. Nachdem ich Kaffee getrunken hatte, war ich bereit, wieder zum Angriff überzugehen. Vor Päron hatte ich keine Angst. Ich konnte jedoch nach wie vor Elsys Stimme hören: armer Gösta, arme Tante Wallin, ihr Armen, alle miteinander. Ich hoffte, Elsy auf dem Hof nicht über den Weg zu laufen, wenn ich zum Abort ging, und das tat ich auch nicht. Im kleinen Haus waren überall die Rollos heruntergezogen.

Päron öffnete augenblicklich auf mein leichtes Klopfen hin. Er hatte auch geweint. Wir starrten einander an.

»Du warst oben und hast geklopft«, sagte ich. »Gibt's was Besonderes?«

»Ja – heute nacht – also, ich dachte, ich sollte mit dir über das von heute nacht reden.«

»Ja?«

»Es ist klar, daß es nicht lustig ist, wenn man nicht schlafen kann. Das verstehe ich auch. Ich meine, bei meinem Schlaf. Diese Nächte. So weiß.«

Er sprach umständlich und langsam und mit einem stärkeren schwedischamerikanischen Akzent denn je.

»Ich leide nicht an Schlaflosigkeit.«

»Nicht? Aber du hast ein Schlafpulver genommen?«

»Tabletten. Zwei Stück. Damit ich in diesem Haus schlafen konnte.«

»Ja sicher. Das ist klar. Ich hab die Bagage ja irgendwann hinauskomplimentiert. Du weißt, das ist nicht einfach. Und zu diskutieren versuchen mit –«

»Du hast sie doch selbst angeschleppt.«

»Können wir zu dir raufgehen und uns unterhalten?« fragte er.

»Wir können uns auch hier unterhalten. Ich will im übrigen mit Fräulein Wallin reden.«

Ich versuchte zu sehen, ob die Handtasche noch auf der Spüle lag, doch er hatte die Arme ausgebreitet und die Hände auf beide Türpfosten gelegt und füllte so fast die ganze Türöffnung aus.

»Paß auf, daß du dir nicht die Finger einklemmst«, sagte ich. »Kann ich reinkommen und mit Fräulein Wallin reden? Es geht auch noch um andere Dinge.«

»Du verstehst«, meinte Päron. Als er die Augen schloß, waren seine Lider dünn und schimmerten blau, und es war, als würde sein Gesicht ausgelöscht, wenn man seine großen, farblosen Augen nicht sah. »Es geht ihr nicht gut. Ganz und gar nicht gut.«

»Aber da muß sie doch ins Krankenhaus?«

»Das ist es nicht. Nur eine kleine Hirnblutung. Aber das hat sie sozusagen runtergezogen. Und dann schämt sie sich.«

»Wofür denn?«

»Ja, du weißt schon, sie lallt. Findet das ärgerlich und will am liebsten mit niemand reden. Das hat sie runtergezogen.«

»Das verstehe ich.«

»Psychisch. Sie ist ganz einfach psychisch runter. Verträgt es nicht, irgendeinen Menschen zu sehen.«

»Ich finde, das hört sich an, als ob sie Pflege braucht.«

»Der Doktor war da.«

»Und was hat er gesagt?«

»Er hat gesagt, daß sie Ruhe und Erholung braucht.«

»So wie heute nacht.«

Päron ließ den Kopf hängen. Ich fand es seltsam, daß er mich nicht bat, mich um meine eigenen Angelegenheiten zu kümmern. Hätte er das getan, wäre ich auf der Stelle wieder zu mir hinaufgegangen.

»Ich verstehe nur nicht, wie sie das alles schaffen will mit dem Haus und den Mietern, wenn sie so schlimm dran ist«, sagte ich.

»Man muß einiges übernehmen«, meinte Päron. »Es ist ganz schön viel zu tun, das kann ich dir sagen. Und nicht alle Mieter sind so wie du – und Jonsson – und Gösta natürlich, Gösta und seine Alte. Gute Menschen.«

Er drohte auf das Thema Menschen zu kommen, und dabei konnte er sich, wenn man Pech hatte, lange aufhalten.

»Sie hat ihr Büro ja normalerweise in der Handtasche«, sagte ich und war, wenn auch mit einem plumpen Manöver, jetzt dorthin gekommen, wohin ich wollte.

»So ist es«, bestätigte Päron, und schmerzvoll erfaßte ihn eine Woge seines Katers.

Als er wieder aufblickte, standen ihm die Tränen in den Augen. Ich wußte, daß er zu weinen anfinge, wenn ich noch ein Wort sagte.

»Aber, mein Lieber –«

Er weinte, und seine Schluchzer schüttelten ihn. Ich versuchte zuerst, ihn zur Küchentür hineinzuschieben, ging jedoch, als das nicht klappte, rückwärts die Treppe hinauf. Päron folgte mir. Schließlich saß er auf meiner Küchenbank, stützte die Ellbogen aufs Wachstuch und ließ sich von seinem Schütteln beuteln. Sein Gesicht wurde allmählich aufgedunsen. Jetzt hast du ihn hier, dachte ich. Du hast ihn praktisch darum gebeten.

»Manchmal«, sagte Päron, »fühle ich mich wie ein gejagtes Tier.«

»Du hast wahrscheinlich einen fürchterlichen Kater«, sagte ich. »Trink etwas Kaffee, dann sieht's gleich anders aus.« Mir war nicht ganz klar, warum er weinte. Er versuchte es mir zu erklären, doch er sprach in Rätseln und majestätischen Wendungen.

»Pär Lindblad, sage ich immer zu mir selbst, du bist bloß eine Schelfe, ein Rindensplitter, ein Menschenrest –«

Es gab jedoch keinen Zweifel, daß seine Tränen echt waren. Ich wollte ihm um jeden Preis den Kaffee einflößen.

In diesem Augenblick kam Leif. Er war ebenfalls blaß. Als er Päron auf der Küchenbank sah, machte er in der Tür auf dem Absatz kehrt und sagte, daß er vielleicht später wiederkommen werde. Ich hätte Päron in diesem Moment mit dem Schürhaken, den ich in der Hand hielt, eins überziehen können.

»Pär Lindblad«, sagte ich. »Trink deinen Kaffee und geh hinunter zu Tante Wallin und kümmere dich um sie. Es ist Samstag. Warst du schon einkaufen?«

11

Der Himmel – war das ein Himmel? – sah aus, als hätte er die gleiche Konsistenz wie der Mansch, der Nudeln in weißer Soße zusammenhält. Es war warm, um null Grad, und der Schnee war zusammengesunken. In dem nackten Licht von dort oben – ob es nun ein Himmel war oder Matsche, die sich wie ein Kuchen über die Erde gestülpt hatte – sah Pukehornet entblößt aus. Die Kippvorrichtung des Müllautos hatte eine Stunde lang im Viertel gescheppert und gerüttelt. Meine innere Landschaft stimmte so exakt mit dem überein, was ich auf meinem Weg zum Laden sah, daß ich eine Art erschöpfte Zufriedenheit empfand.

Das schwarzhaarige Mädchen an der Supermarktkasse hatte frisch gewaschene Haare, die sie vermutlich auf große Lockenwickel gedreht hatte, um sie gerade zu bekommen. Sie hatte einen klarblauen Lidschatten und frisch aufgetragene, schwalbenflügelähnliche Lidstriche. Wir waren ungefähr fünfzehn Jahre auseinander, und das Tauwetter, die Nässe, der Matsch und der Überdruß fanden sich in ihrem Blick nicht.

»Tristes Wetter«, sagte sie ergeben.

»Widerwärtig. Das ist nicht menschenwürdig.«

»O ja«, lachte sie, »wenigstens ist es warm. Angenehm, nicht mehr so viel heizen zu müssen, was? Wie geht's denn Tante Wallin?«

Ihre Hände nahmen meine Waren aus dem Korb. Sie hatte perlmuttrosa lackierte Nägel, und ihre Finger waren von den Morgenzeitungen fettig schwarz. Sie war schön, schmutzig und gesund. Ich wünschte eine Sekunde lang, ich wäre sie, und dann wünschte ich mir eine Katastrophe. Einen Verkehrsunfall, eine heftige und unmögliche Liebesgeschichte, einen Kriegsausbruch – irgend etwas, was den Damm des Überdrusses sprengte. Oder zumindest ein anderes Wetter.

»Geht's ihr besser?«

»Ich glaube nicht. Sie liegt wohl noch immer.«

»Es ist bestimmt grauenhaft, alt zu werden.«

Ein Seufzer. Und dann fingerte sie sich eine schwarze Haarsträhne hinters Ohr.

»Es ist das Grauenhafteste, was es gibt, und es verfolgt uns auf Schritt und Tritt.«

»Nein, jetzt glaube ich, daß du mit dem linken Bein zuerst aufgestanden bist«, lachte sie.

War ich überhaupt schon aufgestanden?

Wieder zu Hause reihte ich den Brotlaib, die Zigaretten, die Eier und das Wurstpaket auf der Spüle auf und zündete den Gaskocher an. Über dem Ausguß hing ein Badezimmerschrank mit Spiegel, und als ich mein Gesicht darin erblickte, fand ich, daß ich wie Pukehornet aussah. Ich drehte das Gas ab und nahm mein Make-up-Täschchen aus dem Schrank. Nachdem ich Farbe im Gesicht und auf den Lippen hatte (und die gleiche vogelflügelhafte Verlängerung der Wimpern wie Inga-Britt im Laden), zog ich meinen Mantel wieder an und ging schnurstracks ins Grillrestaurant des Kaufhauses in Kvarngärdet.

Das Schweinekotelett war halbroh, die Pommes frites waren ungesalzen. Ich ließ die Hälfte stehen und dachte: Nun bleibe ich hier beim Kaffee sitzen und konzentriere mich, bis ich einfach nach Hause gehe und schreibe. Ich bleibe hier in dem Dunst und dem Samstagsgewirr sitzen, bis ich es nicht mehr aushalte, bis was auch immer, selbst Schreiben, weniger öde erscheint als das hier.

Zu denken brauchte ich nicht. Meine Intrige war bereits auf Kollegblockblättern festgehalten, säuberlich gebündelt und jedes Ereignis datiert, jede Person benannt und charakterisiert.

Ich konnte die Zeit nutzen und über meine eigenen Sorgen nachdenken. Aber das tat ich nicht. Ich saß nicht dort, um zu denken. Ich wollte mich konzentrieren, und wenn ich damit fertig wäre, wollte ich anfangen zu schreiben.

Es war nicht so, daß ich an der Idee zu zweifeln begonnen hätte. Ich hatte Bücher mit schlechteren Ideen geschrieben. Weil ich nicht in Gang gekommen war, hatte ich auch noch nicht die Lust verlieren können. Man kann ein Manuskript satt bekommen, wenn es zum Beispiel die ganze Zeit regnet und die Hauptfigur nur müde ist und raucht und dann hinausschaut und es wieder regnet. Der Kerl rennt in den Wald. Der Morast saugt an den Füßen. Er wird müde, und der Wind treibt ihm feinen Sprühregen ins Gesicht. Man kann den dumpfen Geruch der vermodernden Blätter riechen, und man kann alles satt bekommen.

Es schneit, es regnet, es riecht nach vermodertem Laub, Leute reden, er wird müde, dann raucht er wieder – alles, was auf einer Anzahl A-4-Bogen passiert, wird hoffnungslos trist, wenn man sich lange genug damit beschäftigt.

Ich hatte jedoch noch nicht einmal angefangen. Es war nicht so, daß ich nicht schreiben wollte. Oder konnte.

Doch zwischen mir und dem Schreiben, zwischen der Idee und dem abgehackten Geklapper, dem A-4-Bogen, der zu A-4-Bogen kommt, den Änderungen, dem Schreibekel, der Qual der Kritik, dem Rausch der Zufriedenheit lag ein Wall von etwas –

Lag ein Damm von –

Lag irgend etwas.

P. C. Jersild gab ein Buch heraus. Mir war schlecht. Per Gunnar Evander schrieb ein Hörspiel. Mir war schlecht, und ich hörte es nicht an. Jemand sagte: »Wieder voll in Schwung?«, und ich sagte: »Jaa – nicht ganz. Aber es geht.«

Es ging nicht. Pukehornet war zu aufdringlich. Sollte ich umziehen? Skinnskatteberg wäre vielleicht genauso aufdringlich. Ich wollte mich konzentrieren, saß jedoch im Grillrestaurant des Kaufhauses, um halb zwei am Samstag, dem siebten Dezember, und das einzige, woran ich denken konnte, waren die tristen Straßen rings um Agda Wallins Haus, an die Alte selbst in ihrem Bett und an Päron.

Das Kaufhaus schied die Leute, die ihren Samstagseinkauf erledigt hatten, aus zwei Öffnungen aus. Als das Restaurant schloß, ging ich nach Pukehornet zurück. Zu Hause angekommen, blieb ich auf halber Treppe stehen. Aus Tante Wallins Küche roch es nach gebratenen Zwiebeln. Ich konnte Päron mit den Herdringen klappern hören und seine Stimme, wenn er etwas laut ins Zimmer der Alten rief.

Er klang jetzt ziemlich aufgekratzt. Dabei war es erst ein paar Stunden her, daß es ihn bei mir in der Küche vor Weinen geschüttelt hatte. Hatte er zu saufen angefangen?

Es war alles verwirrend. Sonst lief er immer umher und schummelte mit seinen Weinflaschen, die er zwischen dem Werkzeug im Geräteschuppen versteckte, doch jetzt traute er sich bei der Alten in der Wohnung offensichtlich zu tun, was er wollte. Seine Stimme war durchdringend, und er hörte sich an, als spräche er zu einem unbeholfenen Kind. Agda Wallin gab keine Antwort. Es war deutlich, daß Päron da drinnen den Herrn im Haus nicht markierte. Er war es. Ich konnte mir jedoch schwer vorstellen, daß Agda Wallin von ihm gepiesackt und ausgenutzt wurde. Jedenfalls, solange sie ihm mit dem Blick folgen konnte.

Die Bretterwand im Treppenhaus war in einem Graublau gestrichen, das mit den Jahren fast zu Braun gedunkelt war.

Ich stand da und verfolgte die Spuren des Pinsels, der vor dreißig oder mehr Jahren ein Muster in dunklerem Blau auf die Grundfarbe gemalt hatte; Es sah aus wie kleine kreiselnde Knäuel oder Sonnen, und man konnte noch immer jedes Haar in den runden Pinselstrichen erkennen. Mitten in dem Verfall war dies eine schmucke Erinnerung daran, daß vor vielen Jahren ein Handwerker große Mühe auf den Flur verwandt hatte.

Der Zwiebelgeruch wurde intensiver, er wallte hinter mir herauf. Als ich mich umdrehte, stand Päron in der Küchentür und sah mich an. Er mußte sie sehr leise geöffnet haben.

»Was ist?«

»Nichts.«

Ich machte einen Ansatz, weiter die Treppe hinaufzusteigen.

»Ich sehe mir nur den Anstrich an.«

»Den Anstrich?«

Wie mißtrauisch er klang! Und zwar mit vollem Recht, denn ich hatte gelauscht.

»Ich hab mich nur gefragt, wer da auf halber Treppe stehengeblieben ist«, sagte er und schloß die Küchentür; ich hörte, wie er den Schlüssel herumdrehte.

Ich merkte, daß ich ein klein wenig Angst vor ihm hatte, und das war lachhaft. Man konnte von Päron die Nase voll haben und ihn lächerlich finden. Aber Angst – das sollte unmöglich sein. Ich fragte mich, was Agda Wallin empfand. Wie hilflos war sie eigentlich?

Es war ja nicht unmöglich, daß Päron ihre Krankheit ausnutzte, daß er ihr Geld abluchste und sich aufführte, wie er es sonst niemals gewagt hätte. Es war nicht unmöglich, aber dieser Gedanke ließ sich auch verscheuchen.

Dagegen ließ sich nicht über die Tatsache hinwegsehen, daß ihre schwarze Handtasche während der Wodka- und Kartenspielrunde der Bande auf der Spüle gelegen hatte. Irgend etwas stimmte da nicht. Mit dem letzten, was an Leben und

Odem in ihr wäre, würde die alte Wallin ihre schwarze Handtasche mit den Sparbüchern verteidigen. Machte Kjells Bande dabei mit?

Am Sonntagvormittag ging ich hinunter und bat Päron, von Agda Wallins Apparat aus telefonieren zu dürfen. Da sich das Telefon in ihrem Zimmer befand, müßte er mich zu ihr hineinlassen. Selbst wenn sie nicht besonders deutlich sprechen konnte, könnte sie mir wohl irgendwie zu verstehen geben, ob sie Hilfe brauchte, um ihre Situation zu verändern.

Ich war nicht verwundert, als Päron sagte, daß es unmöglich sei, zu ihr ins Zimmer zu gehen und zu telefonieren, aber ich ärgerte mich. Es war so unbeschreiblich lächerlich, von dieser Figur zurückgehalten zu werden. Sein lebhaftes Entgegenkommen und Gespreize um mich in den ersten Wochen kannte ich auswendig. Doch das hier war eine neue Art Päron, auf Zack und wortkarg. Er glich einem Terrier vor der geschlossenen Tür der alten Wallin.

»In der Vaksalagatan gibt es doch eine Telefonzelle«, sagte er.

»Ich habe es etwas eilig. Und ich werde nicht lange sprechen. Ich glaube kaum, daß Fräulein Wallin das stören wird.«

»Leider.«

Er zwinkerte mit seinen hellblauen Augen, sah mich aber unverwandt an.

»Ihr geht's so schlecht, daß man ein bißchen Rücksicht nehmen muß.«

Er klang winselnd.

»Rücksicht? Und gestern nacht?«

Er reagierte nicht. Ich konnte nicht ewig dastehen und in seine großen, hellen Augen mit den gewölbten Lidern schauen, die unablässig und regelmäßig wie eine Uhr zwinkerten. Er muß jemanden hinter sich haben, dachte ich. Das sieht ihm nicht ähnlich, so bestimmt aufzutreten. Sind es Kjell und Charlie, die er im Rücken hat?

Ich erwähnte dies gegenüber Ejnar Jonsson, als wir uns auf der Treppe über den Weg liefen. Es schien ihn jedoch nicht zu interessieren. Am Sonntag ging ich zu ihm und fragte, ob er mir helfen wolle, mein Radio funktioniere nicht. Er war offensichtlich beim Essen, denn er hatte den Mund voll und kaute die ganze Zeit, während er meinen Transistorapparat untersuchte. Er schien mich nicht in seine Küche lassen zu wollen.

»Du kannst auch hereinkommen«, sagte ich. »Ich habe Kaffee fertig.«

Er setzte sich an meinen Küchentisch und öffnete den Deckel auf der Rückseite des Apparats.

»Bist du bei der alten Wallin unten gewesen?« fragte ich.

»Ja, warum?«

»Bei ihr drinnen?«

»Schon eine Zeitlang nicht mehr. Es geht ihr doch schlecht.«

Er wühlte in dem Apparat und sah nicht auf.

»Ich frage mich nur, wie schlecht es ihr tatsächlich geht«, beharrte ich.

Wahrscheinlich erachtete er das als ihre Sache, nicht meine. Er war mit dem Kauen fertig, antwortete aber nicht. Den Kaffee lehnte er mit einem Kopfschütteln ab. Sein Desinteresse machte mich nervös und verkrampft. Es war ebenso greifbar, als wenn er mir das, was er sich vermutlich dachte, an den Kopf geworfen hätte: Kümmere dich um dich selbst und pfeif auf andere!

»Es scheint, als ob Päron da unten jetzt macht, was er will«, fuhr ich fort und setzte mich mit meiner Kaffeetasse ihm gegenüber. »Er hatte ihre Handtasche, habe ich gesehen. Und das kommt mir spanisch vor. Ich dachte, daß er vielleicht – ich meine, wenn es ihr schlecht geht und so, daß er sie vielleicht irgendwie ausnutzt. Es scheint –« Plötzlich begann das Radio in voller Lautstärke zu spielen. Es war Hauptgottesdienstzeit, und in einer gewaltigen Schallwelle ergoß sich »Freu dich, o

Christi Braut« in die Küche. Jonsson drosselte die Lautstärke und sah mich an. Der Deckel auf der Rückseite war noch immer offen.

»Hast du das selbst gemacht?« fragte er.

»Was?«

Er riß die Druckknöpfe, die mit der Batterie gekoppelt waren, auf, und das Radio verstummte. Ich errötete so heftig, daß ich nicht zu antworten brauchte. Er stellte den Kontakt wieder her und stellte das Radio weg.

»Ich wollte mit dir darüber reden«, bekannte ich.

»Ach ja? Hättest du das nicht gleich sagen können?«

»Es schien dich nicht zu interessieren. Ich habe es schon gestern auf der Treppe angesprochen.«

»Aber was soll ich denn da machen können?«

»Sie sollte vielleicht überhaupt nicht daliegen. Sie müßte vielleicht ins Krankenhaus. Und wenn er ihr nun Geld abluchst?«

»Päron?«

Jonsson sah belustigt drein. Ich genierte mich wegen meiner Beflissenheit und erzählte schließlich von Freitag nacht, um ihn zu überzeugen.

»Die ganze Bande saß da unten. Es ist doch sehr gut möglich, daß Kjell und die andern da mitmachen.«

»Bei was?«

Es hatte keinen Zweck. Ich genierte mich so sehr, daß ich mich, als er ging, gar nicht für seine Hilfe mit dem Radio bedanken konnte.

Als ich voller List den Druckknopfkontakt der Radiobatterie getrennt hatte, war ich mir vorgekommen, als täte ich für jemanden etwas, zum Beispiel für Agda Wallin. Aber ich mußte in meinem Eifer nicht besonders überzeugend gewesen sein, denn Jonssons Kümmere-dich-um-dich-selbst-Attitüde brachte mich rasch zu dem Entschluß, kein Wort mehr darüber zu verlieren, was ich über Päron dachte. Abgewiesen zu werden ist nie erfreulich, am allerwenigsten, wenn man sich über jemanden das Maul zerreißen will.

Ich brauchte zwei Tage, um so zu tun, als wäre das mit Jonsson nie passiert. Am Montagabend, als ich gerade von der Arbeit nach Hause gekommen war und mir neben dem *Aftonbladet* auf dem Küchentisch ein Bier aufgemacht hatte, klopfte es, und Kjell trat ein.

Man kann nicht behaupten, daß wir einander kannten, und das letzte, was ich erwartet hatte, war, daß er mir einen Besuch abstatten würde. In diesem Augenblick wünschte ich, die Wohnung wäre nicht so konstruiert gewesen, daß man direkt in die Küche trat. Ich hätte eine Diele gebraucht, um die Besucher auszusieben. So brauchte man nur einzutreten, sich an die Spüle zu lehnen und sich in meiner Küche häuslich niederzulassen.

»Ich will ein paar Worte mit dir quatschen.«

Kjell war vor fünf, zehn Jahren wahrscheinlich muskulös gewesen, doch nun hatte sich sein Schwerpunkt verlagert und hing ihm über den Gürtel, der ihn in zwei ungleiche Hälften teilte. Er war überschwer und womöglich kurzsichtig, denn er blinzelte, wenn er sich vorbeugte.

Wahrscheinlich hatte er meine Heimkunft abgepaßt, denn ich hatte erst knapp fünf Minuten zuvor die Lampe über dem Küchentisch angeschaltet, das Bier eingeschenkt und im Zimmer die Platte mit Scarlattis »3 Esercizi per Gravicembalo« aufgelegt. Er ging zur Tür und sah im Dunkeln nach dem Plattenspieler.

»Ist das die einzige Platte, die du hast?«

»Nein.«

»Päron wird allmählich komisch von dieser Melodie.«

Er wirkte absolut nüchtern und recht ärgerlich. Doch er hatte Schwierigkeiten, auf sein Thema zu sprechen zu kommen, und ich konnte es nicht erraten.

»Willst du dich nicht setzen?«

Ich rührte mein Bier nicht an, hatte keine Lust, ihm etwas anzubieten.

»Das klingt wie so eine Scheißkantele«, sagte er mit einem Verweis auf die Musik.

»Das ist keine«, erwiderte ich.

Er suchte ganz wie zu Hause neben dem Gaskocher nach Zündhölzern und steckte sich eine Zigarette an. Ich saß da und überlegte, was Elsy an ihm fand, aber nichts war so unfruchtbar, wie über die Beweggründe der Liebe zu grübeln.

»Hier geht das Gerede –«

Er verstummte und tat, als studiere er eine Chagall-Reproduktion an der Wand. Mir ging durch den Kopf, daß er ebenso ängstlich war wie ich, sich aber zu konzentrieren und mit Wut aufzupumpen versuchte.

»Ja?« sagte ich ermunternd, hoffte aber, er würde seinen Faden endgültig verlieren.

»Hier geht das Gerede, daß Charlie und ich mit diesem verdammten langen Elend da unten gemeinsame Sache machen würden.«

Er meinte Päron, denn er machte eine Geste in Richtung Küchenfußboden, Pärons Decke, und man konnte in Tante Wallins Küche das Radio spielen hören. Wäre das Radio nicht gelaufen, hätte Päron alles hören können, denn Kjells Stimme schraubte sich allmählich zu einer Lautstärke hoch, die er sonst anschlug, wenn er mit einem von Elsys Kunden abrechnete, der seinen Zahlungsverpflichtungen nicht nachgekommen war. Gingen die Argumente aus, rumste es für gewöhnlich dort unten im Erdgeschoß des kleinen Hauses, so als würde ein Küchentisch umgeschmissen.

»Beruhige dich«, sagte ich lahm, ging zur Speisekammer und holte noch eine Flasche Bier. »Sag lieber, was du meinst.

»Daß Päron und ich gemeinsame Sache gegen die Alte machen würden.«

»Was?«

»Du weißt schon, wovon ich rede.«

Nicht ganz, doch mir schwante etwas. Ich wagte nicht, lange die Ahnungslose zu spielen, denn man wußte nie, ab wann Kjell andere Argumente als seine rechte Faust für überflüssig erachtete. Ich konnte mir gewissermaßen nur sehr schwer vorstellen, daß er sie mir gegenüber anwenden würde, gewissermaßen nicht jetzt, da wir ganz offensichtlich den Bierdunst des jeweils anderen einatmeten.

»Beweg dich ein bißchen weiter.«

Er hatte eine Art Respekt vor mir, ich eine andere vor ihm.

»Daß wir der Alten Geld abluchsen«, sagte er. »Wo sie da krank in ihrem Zimmer liegt.«

»Es dürfte schwierig sein, der alten Wallin Geld abzuluchsen«, erwiderte ich.

Da waren wir uns einig. Er lächelte leicht und nahm eine Zigarette von mir an.

»War es Jonsson, mit dem du geredet hast?«

»Das kann dir piepegal sein«, sagte Kjell.

So war das also. Dieser vermaledeite Jonsson! Er hielt sehr darauf, daß man sich nicht in anderer Leute Angelegenheiten einmischte. Aber er fand offensichtlich nichts dabei, so ein bißchen herumzutragen, wie die Dinge lagen.

»Kümmere dich nicht darum, was Jonsson erzählt«, sagte ich. »Ich habe mir nur ein wenig Sorgen um Tante Wallin gemacht. Es ist ja nicht sicher, daß Päron weiß, wie er sie zu pflegen hat. Sie müßte vielleicht ins Krankenhaus. Da niemand zu ihr kann, weiß man das ja nicht.«

»Mir ist das piepegal«, sagte Kjell aufrichtig.

In diesem Moment wünschte ich, daß es mir das auch wäre.

»Ich werd dir aber mal was sagen.«

Er trat näher und stellte mit einem Knall die Flasche ab. Er verlieh dem, was er sagen wollte, gern körperlich Nachdruck, und in gewisser Weise tat das seine Wirkung.

»Merk dir eines. Wenn Päron hinrennt und von ihrem Sparbuch Geld abhebt, dann habe ich damit überhaupt nichts zu tun. Und Charlie auch nicht.«

»Und Elsy auch nicht.«

»Nein. Und denk dran, wenn du das nächste Mal herumquatschst!«

»Davon wußte ich gar nichts«, sagte ich.

»Von was?«

»Von den Sparbüchern.«

Sein Denkapparat arbeitete langsam, aber relativ effektiv.

»Von was quatschst du denn dann?«

»Du meinst, worüber ich mir Gedanken mache?«

»Ja.«

»Daß man nicht zu ihr kann.«

»Was willst du denn von ihr?«

»Ich möchte wissen, wie es ihr geht und ob es ihr reicht, dort zu liegen. Ob sie etwas will. Aber es kommt ja niemand rein zu ihr.«

»Nein?«

Er sah mich an, und dieses eine Mal hatte er ein wenig Blick. Er lächelte überlegen und ging zur Küchentür.

»Ach so! Wenn's weiter nichts ist! Komm mit runter, dann wirst du sie sehen.«

»Hast du sie gesehen?«

»Nein, aber ich werde dir Zutritt verschaffen. Damit dieses Gequatsche ein Ende hat.«

Ich hatte keine große Lust, mit hinunterzugehen und mir anzusehen, wie es Krach gab. Aber Kjell trat ziemlich selbstherrlich auf. Als wir unten waren, wollte er öffnen, ohne anzuklopfen, doch Päron hatte wie gewöhnlich abgeschlossen, und es dauerte eine Weile, bis er aufmachte.

Kjell fegte ihn zur Seite und trug meine Wünsche vor. Er sagte nichts von meinen Unterstellungen bezüglich des Geldes, und dafür war ich zumindest dankbar.

»Sie will wissen, wie es ihr geht. Laß sie rein.«

»Das geht nicht«, sagte Päron. »Sie will niemand sehen.«

»Das haben wir bereits gehört. Mach auf.«

Päron hatte zunächst angespannt ausgesehen, jetzt aber kehrte er uns plötzlich den Rücken und begann die ungespülten Tassen vom Küchentisch zu räumen.

»Was macht ihr denn für ein Buhei?« fragte er winselig. »Sie braucht ihre Ruhe, darüber hat sie eine ärztliche Verordnung.«

»Damit kannst du dir den Arsch abwischen«, sagte Kjell schlicht. Ich machte mir von dieser ärztlichen Verordnung ebenfalls ein konkretes Bild, ungefähr so wie ein Diplom, das über dem Bett der Alten hing.

»Mach die Tür auf«, sagte Kjell und näherte sich Päron. Er wirkte jetzt kolossal übergewichtig, und Päron, der ein paar Tassen in der Hand hatte, wich aus.

»Sie ist offen.«

Er klang müde.

»Nun denn«, wandte sich Kjell an mich. »Man braucht doch nur reingehen.«

Päron stapelte Tassen in der Spüle und ging zum Tisch zurück, um noch mehr Geschirr zu holen. Er bewegte sich, als ob er auf einem Förderband stände.

»Geh schon rein«, sagte Kjell noch einmal. »Damit wir diesem Gequatsche ein Ende setzen. *Ich* habe mit ihr nichts zu bereden.«

Er ging hinaus und drückte die Tür hinter sich zu. Päron und ich waren allein, er wirkte müde und sah mich nicht an. Er fragte nicht einmal, was für ein Gequatsche Kjell gemeint habe. Alles war unlustig, und ich wußte nicht, was ich sagen sollte.

»Das war keine Absicht, daß es so gekommen ist«, sagte ich schließlich zu Pärons Rücken. »Aber Kjell stänkert ja immer und geht gleich drauf los.«

»Sicher«, sagte Päron. »Es ist klar, daß alle das Recht haben, hier reinzukommen und Krach zu schlagen. Dagegen kann ich nichts machen. Ich kann niemand daran hindern.«

Er trat zur Seite und machte eine Kopfbewegung in Richtung Agda Wallins Zimmertür.

»Ich hindere niemand«, wiederholte er mit derselben Stimme. Er klang müde und traurig.

»Entschuldige«, sagte ich. »Grüß sie vielmals. Ich kenne sie ja kaum, aber ich habe mir halt meine Gedanken gemacht.«

»Ganz genau«, sagte Päron. »Du kennst sie kaum.«

Ich ging, bevor er noch mehr sagen konnte.

12

Für Dienstag, den neunten Dezember, hatte ich in einer Reparaturwerkstatt weit hinter Stabby einen Termin vereinbart, und ich sollte das Auto um halb neun abliefern. Als ich mit dem Eisschaber und der Schneebürste zum Abrißgrundstück kam, waren die Scheiben bereits frei, und Leif saß in seinem grünen Renault und las die Morgenzeitung. Von seinem kurzen Auftauchen in meiner Küchentür am Samstagnachmittag abgesehen, hatte ich ihn seit mehr als einer Woche nicht mehr zu Gesicht bekommen. Seine Hände und Ohren waren rot, und er hatte eine blaue Wollmütze auf, deren Schirm er in die Stirn gezogen hatte.

»Mutti hat gesagt, daß du dein Auto wegbringen willst. Ich dachte, ich fahre mit dir, dann mußt du nicht mit dem Bus zurück.«

Wir fuhren durch die Stadt. Den Renault sah ich die ganze Zeit über im Rückspiegel. Ich hätte dankbar oder vielleicht ärgerlich sein sollen, aber ich war nur nervös. Auf dem Rückweg saß ich neben ihm in dem kleinen grünen Auto. Er wirkte fröhlich, denn er sang die ganze Zeit, fuhr jedoch ruckartig, vermutlich war auch er nervös.

Die Sonne schien, und es waren ein paar Grad unter Null. Plötzlich wirbelte uns feiner Schnee entgegen. Der Himmel war leergefegt, also mußte der Schnee, wenn man es genau bedachte, mit einem verspielten Windstoß von den Dächern kommen. Es schien jedoch, als wehte er vom leeren Himmel herab.

Leif hielt an, als wir uns gegenüber dem Handwerkszentrum in der Dragarbrunnsgatan befanden. Der Schneestaub, der an die Scheiben wirbelte, glitzerte eisig in der Sonne. Leif beugte sich vor und kurbelte schweigend das Fenster auf meiner Seite herunter. In ein und demselben Augenblick nahm ich sein kaltes Ohr an meiner Wange, die Schneeluft, die ins Auto wirbelte, und den Geruch eben gebackenen Brotes wahr. Das pflegt man Glück zu nennen. Aber weil es vorüber ist, ehe man es konstatieren kann, ist es bereits verwirkt, wenn man es empfindet.

Der Wind war ebenfalls weg, und die Luft war rein und blau. Doch vor der Bäckerei war, süß und dick, der Geruch nach Brot noch da. Leif ging hinein und kaufte Brötchen, sie waren noch lauwarm in der Tüte. Er machte einen Umweg über den St. Erikstorg und ging in die Markthalle, während ich sitzen blieb, in der Zeitung blätterte und fröstelte. Er kam mit zwei Tüten zurück, und in der einen klirrten Bierflaschen.

Päron hatte wieder eine Anwandlung bekommen, oder aber der lahme Yngve war bei ihm gewesen, denn der Hof war geräumt, als wir nach Pukehornet zurückkamen. Leif parkte seinen Renault vor der Laube und wollte wissen, was Päron im Geräteschuppen treibe. Die Tür stand offen, und wir hatten ihn die Leiter zum Dachbodenraum hinaufklettern sehen.

»Er hat da oben für Ann-Maries Tauben etwas zurechtgezimmert. Sie haben doch Melins Schuppen abgerissen.«

»Laß uns raufsteigen und gucken.«

»Ich glaube, er ist böse auf mich.«

»Warum denn, in aller Welt?«

Seine Augen wurden schnell schwarz, und ich sah, daß es eine lustvolle Wut war. Heute durfte er gern jemanden verhauen für mich. Heute schien die Sonne, und es gab frische Brötchen.

»Ich weiß nicht«, sagte ich. »Es ist bestimmt nicht schlimm.«

Um nichts erklären zu müssen, stieg ich mit ihm die Leiter hinauf. Ich hatte beschlossen, mich nicht noch einmal wegen meines Interesses für Päron und Agda Wallin lächerlich zu machen. Die Alte hatte mir bei meinem Einzug selbst eine Art Rat gegeben. Ich war nach der ersten Nacht aufgescheucht gewesen, weil Kjell und Elsy das, was man in der Zeitung nächtliche Ruhestörung zu nennen pflegt, veranstaltet hatten und gegen vier Uhr morgens die Polizei gekommen war.

»Wenn jeder sich hält, wie er soll, so steht es allenthalben wohl«, hatte Agda Wallin gesagt.

Wir steckten die Köpfe durch die Luke und sahen uns in dem zugigen Halbdunkel die Tauben an. Leif stand eine Leitersprosse unter mir und preßte mich fest an seinen Körper. Päron sah uns nicht. Er streute Erbsen aus einer Tüte und plapperte mit den Tauben, die halb zahm wirkten. Er brachte sie nicht dazu, ihm aus der Hand zu fressen, doch eine weiße Taube mit schokoladenbraunen Flecken auf dem Rücken trippelte fast bis zu ihm hin, blieb mucksmäuschenstill mit zur Seite gedrehtem Kopf stehen und fixierte ihn aus einem klaren, runden Auge. Als er seine Hand auf sie zubewegte, wich sie hübsch aus und kurvte gluckend um ihn herum.

»Habt ihr Angst? Kommt doch – kommt her zu mir! Ihr braucht keine Angst zu haben – nicht vor mir«, lockte Päron. Seine Stimme war entblößt. Wir zogen die Köpfe ein und wischten ihn so schnell aus unserem Bewußtsein, als hätten wir etwas Ungehöriges gesehen.

Oben in der Wohnung reihte Leif auf einem Schneidebrett Garnelen und Käse auf. Er hatte grünen Paprika gekauft, den er in Streifen schnitt. Die Butter war hart und ließ sich auf den frischen Brötchenhälften nicht verstreichen. Alles aus den Tüten war eiskalt und frisch. Die Sonne reichte mit knapper Not über das Dach des Guttemplerhauses, und das schräg durchs Küchenfenster fallende Licht war fahl, aber intensiv chromgelb.

Ich kann mich nur erinnern, daß dies mehrere Tage so ging. Dreimal wechselte ich in dieser Zeit die Laken, allein um deren Duft einatmen zu können, besonders vormittags, wenn das Sonnenlicht nach seiner mühsamen Klettertour über das Guttemplerdach hereinströmte. Manchmal wehte der Schnee von den Dächern, und da verfolgten wir seine Wirbel mit dem Blick und kicherten, wenn der Himmel wieder leer war, denn die Erinnerung war sowohl seltsam als auch heikel.

Abends fuhren wir Ski, und ich bekam von dem schwachen, aber anhaltenden Wind aus der Ebene Kältepusteln am Po. Beinahe in jeder Nacht herrschten zwanzig Grad minus. Trotzdem ließ uns der Anblick des Schnees oft stillstehen und zehn Minuten oder länger über den Stöcken hängen, ohne daß wir etwas von der Kälte merkten. Der Mond war dünn und weißblau, doch reichte sein Licht, um die Kristalle des lockeren Schnees auf dem Harsch zu entzünden; alles schien absolut still. Unmerklich mußte das Licht sich dennoch bewegt haben, denn anders ließ sich das Funkeln, das im Schnee lebte, nicht erklären. Wir versuchten es auch gar nicht zu erklären, benannten es nicht einmal.

Am Föret wurde der Schnee schwarz, und das Licht erstarb unterm Wald. Die Schatten verschluckten uns, wenn wir unter die Bäume traten, wo eine andere Welt war, eine sehr dichte und freundliche. Fuhren wir auf die Felder hinaus, sahen wir den Himmel von den Lichtern der Stadt entflammt, und wir begannen davon zu reden, wie wir nach Hause kämen und uns auf den Topfsteinofen setzten, von heißem Tee und anderen Genüssen.

Von der Welt außerhalb Pukehornets bekamen wir nicht viel mit, und auch mit den Leuten aus dem Hof oder dem Viertel hatten wir eigentlich nichts zu tun. Ich vermied es meist, an mein Auftreten zur Rettung Agda Wallins zu denken, vermerkte aber, daß Päron sich eifrig um sie kümmerte. Er trug ihren Nachttopf wie eine erbeutete Kriegstrophäe über den Hof und hatte bei dieser Verrichtung eine Miene auf, die gelassen selbstbewußt, aber ohne allen Übermut war. Wenn er ihre Wäsche aufhängte, klatschte er den Unterhosen ergeben aufs Hinterteil, bevor er sie der Kälte überließ, wo sie erstarrten.

Am Freitag, dem neunzehnten, ging Leif aus dem Haus und kaufte Wein und eine Flasche Whisky für ein Fest, das wir am Abend für uns allein feiern sollten. Ich hatte nicht gesagt, daß ich am Nachmittag unbedingt nach Stockholm fahren mußte und erst mit einem der letzten Züge nach Hause kommen könnte. Ich sollte an einer Radiosendung mitwirken, was bereits Wochen vorher vereinbart worden war. Ich hatte es nicht vergessen, ihm gegenüber aber auch nicht erwähnt. Die vergangenen Tage waren mir allzu zerbrechlich erschienen. Er ließ das Essen und die Weinflaschen auf dem Küchentisch stehen und sagte, daß er solange nach Hause fahren werde. Er war schon elf Tage nicht mehr daheim gewesen.

Er hatte in einem der neuen Häuser in Richtung Kvarngärdet eine kleine Wohnung bekommen. In unserem Hofhaus hatten sich ebenfalls Veränderungen ergeben. Nach einem Ausbruch von Kjell, die den alten Henriksson, der gar nicht in die Sache verwickelt war, eine geplatzte Oberlippe kostete, war Charlie plötzlich weg. Henriksson war jetzt wieder zusammengeflickt und hatte mit seiner Alten in Nisse Erikssons Zimmer einziehen dürfen.

Dies erwähnte Jonsson, als wir uns auf der Treppe begegneten; eine klarere Version des Hergangs erhielt ich indes von Päron. Agda Wallin hatte die Wohnung im Erdgeschoß des kleinen Hauses Elsy überlassen und dafür zur Bedingung gemacht, daß Charlie aus dem Hof verschwinden mußte. Kjells Wut, der Henriksson zufällig in die Quere geraten war, hatte eigentlich Elsy gegolten, die jetzt mit dem Vertrag für das

Zimmer und die Küche und mit Kjell als Untermieter oder unbefugter Person, die sie in der Wohnung beherbergte – wie immer man das nun sehen wollte –, dasaß.

Kjell betrachtete dies als pure Verschwörung, konnte jedoch nichts dagegen machen, außer sich eine Weile zu prügeln und zu stänkern, denn die Bedingungen hatte Agda Wallin diktiert. Ich freute mich, daß Agda Wallin sich erholt hatte. Als ich am Freitagnachmittag zum Zug nach Stockholm ging, stand Päron im Kartoffelacker und bürstete Teppiche, die er im Schnee ausgebreitet hatte. Er war nicht ganz vorbehaltlos froh, daß sie auf dem Weg der Besserung war, denn dadurch falle nur mehr Arbeit an, wie er ohne Umschweife zugab.

Die Radiosendung, die aufgenommen werden sollte, war von der Art, daß im Studio ein applaudierendes Publikum erforderlich war, und so saßen wir zu sechst erhöht wie die Affen in Skansen und guckten auf vierzig Personen, die wiederum uns anguckten. Wir klangen beim Sprechen alle sechs humorvoll und harmonisch, und das Publikum applaudierte höflich, selbst wenn wir eine Aufnahme wiederholen mußten, weil die Späße zu verzwickt geworden waren oder zu lange gedauert hatten.

Als die Sendung fertig und das Publikum gegangen war, durften wir auch das Band abhören, und wir waren alle sehr zufrieden und mit dem Produzenten darüber einig, daß es eine gute Sendung würde, und der Produzent wollte, daß wir essen gingen, was wir auch taten. Er war müder als wir anderen und wurde deswegen etwas betrunkener, aber auf eine außerordentlich freundliche Art. Zu mir sagte er, daß meine Persönlichkeit nicht richtig zur Geltung habe kommen können, meinte damit jedoch, daß ich leise und undeutlich gesprochen hätte. Meine Persönlichkeit war ebensowenig wie die jemandes anderen mit im Programm und hätte es im übrigen nur gestört.

Ich fuhr mit dem 22.30-Uhr-Zug nach Hause und war kurz

nach halb zwölf wieder in Uppsala. Erst als ich sah, daß Leif nicht am Bahnhof war, um mich abzuholen, wurde mir klar, daß ich das erwartet hatte. Aber das wäre ja nur dumm gewesen, hatte ich doch gar nicht sicher gewußt, ob ich den Zug um 22.30 Uhr erreichen würde.

Es war Freitagnacht, und deshalb nahm ich ein Taxi. Als ich vor meiner Tür stand, wußte ich, daß ich den Schlüssel vergessen hatte. Ich durchwühlte trotzdem meine Handtasche, wußte aber, daß es zwecklos war, denn ich hatte den Schlüssel nie aus der Tasche meines blauen Dufflecoats herausgenommen. Die fehlende Vertrautheit mit dem Nachtleben in Pukehornet hatte mich in den ersten Tagen dazu veranlaßt, in die alte Tür ein Sicherheitsschloß einbauen zu lassen.

Meine Vergeßlichkeit kann von jener Art gewesen sein, wie Freud sie in der Psychopathologie des Alltagslebens analysiert, aber ich war dennoch nicht sonderlich erfreut, als ich den Hof verließ. Ich hatte keinen Haustürschlüssel zu Leifs Haus, von dem ich kaum wußte, wo es lag, und kein Kleingeld zum Telefonieren.

Ein Stück hinter dem kleinen Haus stand ein Auto voller Halbstarker und blockierte die halbe Straße. Ich hoffte, daß es Sten vom Dachboden und seine Kumpel wären, aber es waren nur fremde Stimmen, die zum Fenster herausschrien.

»He Puppe! Willst fahren?«

Ich wollte nicht umkehren. Sie hörten nicht auf zu schreien, während ich mich ihnen näherte. Ich hörte aus dem Auto auch den Polizeifunk. SOC 3 rief einen Wagen und bat, einen der Trunkenheit am Steuer Verdächtigen auf dem Weg von Skarholm zu überprüfen. Ich wünschte, ich hätte mit dieser trockenen Stimme Kontakt gehabt und sagen können, daß ein ganzer Haufen der Trunkenheit am Steuer Verdächtiger in einem dunkelblauen Chevrolet auf der Straße sei.

»He Puppe, steig ein!«

Ich ging rasch an dem heruntergekurbelten Fenster vorbei

und sagte recht freundlich, daß ich alt genug sei, um seine Mutter zu sein, was nur leicht übertrieben war. An der Einmündung der Straße in die erleuchtete und viel befahrene Vaksalagatan angekommen, hörte ich, daß sie wieder hinter mir herbrüllten.

»Macht nichts, Mutti! Fahr 'n Stück mit!«

Drei Taxis dröhnten in dichter Folge an mir vorbei, aber keines war frei. Es war auch nicht mehr so nötig, denn die Straßen von Kvarngärdet waren freundlich und wie ausgestorben. Die einzelnen Menschen, die ich sah, schwankten im allgemeinen leicht, und ich hatte keine Lust, sie nach der neuen Straße zu fragen, in der Leif wohnte. Ich stellte fest, daß man nach elf Tagen mit einem Arm um den Rücken hasenfüßiger wird.

Nach einer knappen Stunde fand ich das Haus, und ich war durchgefroren und hatte nasse Füße, als ich im Eingang stand und darauf wartete, daß jemand nach Hause oder aus dem Haus käme und mich hineinließe. Nach einer Viertelstunde kam ein älteres Paar mit einem Taxi, und die beiden ließen mich höflich, doch relativ widerwillig mit ins Haus.

Leif sah verdutzt drein, erstarrte aber sogleich. Ich begriff, daß er glaubte, ich käme, um ihm Vorwürfe zu machen oder zu weinen oder für irgend etwas um Verzeihung zu bitten. Er setzte Tee auf und sprach nicht aus, daß die Sache mit dem Schlüssel etwas sei, was nach Absicht aussehe, dachte es aber.

»Ich habe einen Reserveschlüssel bei Päron, weil Agda Wallin einen verlangte, als ich das Schloß habe einbauen lassen. Falls es brennt oder so. Aber du verstehst sicherlich, daß ich nicht mitten in der Nacht dorthin gehen kann. Außerdem ist es Freitag. Und am Freitag vor vierzehn Tagen –«

Aber das war nicht so wichtig.

»Das ist doch ganz natürlich, daß ich hierherkomme.«

Wir blickten beide gleichzeitig auf sein Bett, das schmal und mit militärischer Pedanterie gemacht war.

»Ja sicher. Hab ich denn was anderes gesagt?«

Aber nicht das, was wir sagten, war es, was weh tat. Ich geriet ins Schleudern und wollte ihn nicht um ein Paar Socken bitten. Schließlich tat ich mir selbst leid, weil ich kalte Füße hatte, und wünschte, er würde danach fragen. Ich trug leichte Slingpumps als Innenschuhe, und bei meinem Trott durch die sandbestreuten Straßen waren mir Schnee und nasser Kies hineingeraten. Als ich die Füße ausstreckte und die Zehen bewegte, um die Blutzirkulation in Gang zu bringen, fiel ein wenig Kies aufs Linoleum. Wortlos holte Leif einen Besen und eine Kehrschaufel.

»O Entschuldigung«, sagte ich.

»Es ist nur, weil ich hier saubergemacht habe.«

Wir sprachen kein vernünftiges Wort mehr. Er wurde weiß um den Mund von dem, was ich sagte, und ich bekam Angst, wenn er antwortete, und noch mehr Angst, als er mich unterbrach, indem er eine Platte von Miles Davis auflegte und den Plattenspieler auf volle Lautstärke drehte.

Ich kehrte ihm den Rücken zu und versuchte zu denken, daß bis auf das wahnsinnige Geräusch von der Platte alles in Ordnung sei, daß alles wie am Tag zuvor sei, wenn wir es nur beide zugleich einsehen könnten. Er zog sich zur Wand zurück und sagte nichts, als ich den Tonarm anhob und die Platte vom Teller nahm. Es wurde zu abrupt still.

»Wir können uns doch nicht wegen einer solchen Lappalie, daß ich ein bißchen Sand auf deinen frisch gewischten Fußboden streue, zanken?«

Ich glaubte, versöhnlich zu klingen.

»Lappalie?«

Ich wußte es. Wenn ich gedankenlos Sand auf den Fußboden streute, so achtete ich ihn nicht höher als dies. Nicht höher als ein Häufchen Matsch und Kies auf dem Fußboden. Nicht höher als –

Ich hatte die Platte in der Hand und warf sie an die Wand.

Nach dem matten Knall gegen die Tapete war es still. Leif stieß mich zum Bett. Ich fiel und hatte sein Gesicht über mir. Er schrie, daß er alles satt habe und ich das verstehen müsse. Er schrie: »Du blödes Mensch, glaubst du, du kannst mit meinen Sachen machen, was du willst, du haust jetzt ab, kapiert –« Ich lag still, da er zuschlagen wollte, statt dessen aber warf er mich hinaus. Zuerst aus dem Zimmer und dann auf die Treppe. Das Sicherheitsschloß schnappte zu. Ich stand noch eine Weile auf der Treppe.

Draußen war es menschenleer und mehrere Grade kälter, eine trockene, heruntergekrochene Kälte, die sich mir beim Laufen ins Gesicht grub. Ich wollte nach Hause. Der Schlüssel – es würde alles schnell gehen. Bald schlafe ich. Zwei Diminalduplex, dann schlafe ich. Flieder. Ich werde von Flieder träumen.

In meinem Alptraum nachher fehlte der Geruch, es war eigenartig.

Bald. Kein Taxi. Ich könnte jedoch anrufen. Ich könnte auch mit jemandem telefonieren. Elisabet. Unerreichbar, denn dies könnte ich nie jemandem erzählen. Folglich ist es privat. Schmerz ist privat. Privatabteilung, exklusiv. Dann schrei! Aber nicht hier, und dann schlafe ich. Es tut zu weh. Daran denke ich nicht. Ich werde an Chrysaetos – den Goldadler – denken. Das ist schön. Aber dies hier ist nicht schön.

13

Bei Agda Wallin war es dunkel. Als ich an der Tür klopfte, reagierte niemand. Dann stand ich wieder auf dem Hof und sah, daß im Erdgeschoß des kleinen Hauses Licht brannte. Ich sah auch Päron dort drinnen, mit dem Rücken zum Fenster.

Leise quietschte ein Scharnier. Das konnte von der trockenen Kälte herrühren, doch die Tür des Geräteschuppens bewegte sich. Außerhalb meiner Person fürchtete ich nichts.

In der Tür sah ich das Gesicht, still. Aber ich kümmerte mich nicht darum. Den Schlüssel wollte ich haben, nur meinen Schlüssel. Dann sah ich, daß es ein kleines Gesicht war – Ann-Maries. Unbeweglich stand sie dort.

»Was machst du da?«

Obwohl, was focht mich das an? Sie antwortete auch nicht. Zehn, elf Jahre – doch hast du je deine eigenen Grenzen ertastet, die Dunkelheit? Irgend etwas stimmt hier nicht, aber es kann nicht so schlimm sein. Nichts kann schlimmer sein als das, was in mir kaputt ist. Wenn sie doch nur verschwände!

Wir bewegten uns jedoch aufeinander zu, und sie weinte auch nicht.

»Was machst du noch draußen? Es ist gleich zwei.«

Da sie nicht reagierte, schrie ich, daß es mitten in der Nacht sei und sie nicht ganz gescheit sein müsse, um diese Zeit zu ihren Tauben zu rennen. Sie sagte, daß die Tauben nicht da seien. Päron habe sie freigelassen.

Er hatte den Maschendraht entfernt, und sie waren alle fortgeflogen. Bei dieser Kälte würden sie vielleicht zurückkommen. Ann-Marie wollte nicht glauben, daß sie verschwunden waren. Dreimal war sie am Abend dagewesen, um nachzusehen. Wenn sie nur zurückkämen, würde sie sie wieder einschließen.

Er habe sie zu früh freigelassen. Sie wüßten noch nicht, daß sie hierhergehörten. Sie würde sie vielleicht niemals wiederbekommen. Obwohl, vielleicht. Jetzt, wo es so kalt sei. Hätte ich nicht geglaubt –

»Warum hat er das getan?«

»Ich weiß nicht.«

Sie war starr und verwirrt von dieser Sache. Es hatte weh getan. Aber wie weh, das zu sagen fehlten ihr die Möglichkeiten. Auch ich hätte nicht sagen können, wie das war, was ich in mir fühlte. Wir standen ganz still und berührten gegenseitig unseren Schmerz.

»Bist du allein da oben gewesen?«

Sie nickte. Die Taschenlampe hielt sie in der Hand.

»Du hättest mitten in der Nacht nicht hierhergehen dürfen. Es ist Freitag und so. Es ist doch dunkel da oben. Hast du denn keine Angst?«

»Tommy ist doch dort.«

»Er ist doch nicht *dort.*«

Doch, schrie sie, er sei die ganze Zeit dort gewesen. Ganz tief in der Dunkelheit. Ich widersprach normalerweise dieser Geschichte mit Tommy nicht, aber jetzt war sie nicht bei Sinnen, und sie mußte nach Hause, denn ihre Lippen waren starr vor Kälte.

»Es macht auch nichts, daß du dich mit Tommy unterhältst. Aber geh nicht mitten in der Nacht mit ihm aus dem Haus, wenn es ihn gar nicht gibt! Verstehst du nicht, daß du hier in Pukehornet nicht mitten in der Nacht draußen herumlaufen sollst!«

Da weinte sie endlich, das war wenigstens besser. Ich machte mich mit ihr auf den Weg zur Straße.

»Ich begleite dich heim. Deine Mama wird ganz aus dem Häuschen geraten, wenn du einfach so losziehst.«

»Sie weiß nichts davon.«

»Hast du dich davongeschlichen? Aber sie merkt doch wohl, daß du weg bist? Ich geh mit dir rein.«

»Wenn sie merkt, daß ich komme, schimpft sie mich aus.«

Sie fürchtete sich jedoch nicht davor.

»Ich hab zu Tommy gesagt –«

»Hör jetzt auf damit! Es macht nichts, das mit Tommy, wenn du nur nicht glaubst, daß er dir hier mitten in der Nacht helfen kann. Er ist nicht da oben. Er ist nirgends. Wenn man einen Phantasiefreund hat, so kann der nicht außerhalb von einem selbst sein, verstehst du!« Ich wollte sie eigentlich nicht hart anfassen. Aber es war schon schwachsinnig genug, daß ich selbst mitten in der Nacht allein in Pukehornet umherrannte, und sie, die gerade elf war – für einen Tommy allerdings eigentlich auch schon zu groß. Es war verrückt. Ich senkte die Stimme, als wir zu Melins Haus kamen. Ich sah, daß sie am Küchentisch saßen und Karten spielten.

»Mußt du durch die Küche?«

»Nein.«

»Dann geh rein. Ich warte hier, und wenn sie dich bemerken, sag mir Bescheid. Dann werde ich mit deiner Mama reden.« Bevor sie hineinwischte, packte ich sie an der Kapuze ihres Dufflecoats und hielt sie fest.

»Du weißt, daß Tommy nicht dort ist, ja? Nicht in Wirklichkeit. Nur kleine Kinder tun so –«

»Gar nicht!«

»Doch, das weißt du. Man kann schon spielen. Aber nur kleine Kinder glauben, daß es Wirklichkeit ist.«

»Päron glaubt das auch, und der ist groß.«

Sie hatte so starre Lippen, daß sie das S kaum aussprechen konnte.

»Nein, er glaubt auch nicht an Tommy. Er macht nur mit dir mit. Das mache ich auch zum Spaß.«

»Aber er glaubt an Tante Wallin! Das weiß ich. Er wäscht für sie und kauft extra Essen für sie.«

Wir flüsterten vor der Tür. Die Stimmen dort drinnen am Küchentisch waren deutlicher zu verstehen als Ann-Maries. Sie wand sich aus meinem Griff und verschwand im Hausflur.

Auf dem Heimweg schnauzte ich einen Kerl an, der mit in Wallins Hof wanken wollte. Ann-Marie hatte etwas gesagt, was ich nicht begriff, doch ich wollte auch gar nicht versuchen, es zu begreifen, ich wollte nur noch schlafen. Gleich würde ich meinen Schlüssel haben. Einschlafen. Chrysaetos. Noch wird viel geschehen. Ich empfinde jetzt Zärtlichkeit. Doch sie zerbricht. Er hat mich hinausgeworfen. Er hat mich hinausgeworfen, und sein Mund war garstig, die Augen hart, seine Hände – hüten wir uns! Du hast uns weh getan. Es gibt kein Uns.

Elsy öffnete persönlich, als ich an ihrer Küchentür klopfte, und drinnen war niemand erstaunt, denn alle waren ziemlich betrunken.

»Tür zu!« kam es aus der Küche. Es klang nach Kjell.

»Sag Pär Bescheid. Ich will meinen Reserveschlüssel haben. Ich habe mich ausgesperrt.«

»Es ist kalt, verdammt noch mal! Tür zu!«

Elsy zog mich hinein und schloß die Tür.

»Sag es ihm selber.«

Henriksson war da, ohne seine Alte. Päron hing an seinem Gesicht und am Glas. Kjell war jenseits aller nuancierter Wahrnehmung und stand mit halbgeschlossenen Augen über den Ölofen gebeugt.

»Das war im Finale«, sagte Henriksson und sah mich an, während er erzählte. »Ich war schwächer als er, und es war auch kein harter Schlag, hat aber genau gesessen. Er landete auf seiner Kinnspitze. Hinterher hat der Ringrichter gesagt, daß er genau gesessen hat, ja, das hat er gesagt. Er hat genau gesessen.«

»Das ist doch schon lange her. Das ist doch wohl zwanzig Jahre her. Du mit deinen Geschichten, du spinnst doch.«

Elsy war schläfrig, und sie legte sich eine Decke um die Beine, als sie sich auf die Küchenbank setzte. Da fiel ihr Blick auf meine Füße.

»Du hast ja 'ne Meise, mit solchen Schuhen rauszugehen.«

»Ich will bloß meinen Schlüssel haben.«

»Schlüssel«, sagte Päron. »Sie will den Schlüssel haben.«

Daß alles so zäh sein mußte!

»Dann haben sie gesagt, daß er eins abgekriegt hat, wie der Krankenwagen mit einem zusammengestoßen ist, aber der Ringrichter hat hinterher zu mir gesagt: Der war genau, weißt du, das war dein Schlag. Genau. Das hat der Sekundant auch gesagt. Der Junge ist nie mehr richtig geworden. Er hat im Eufemia-Heim gelegen. Ich hab ihn gesehen. Er ist so – weißt du. Verdammt scheußlich. Obwohl man's ihm sonst nicht ansieht. Ein guter Kerl. Sein Vater war in der Mechanischen.«

Sie hatten auch das Nachtprogramm im Radio laufen, und der Öldunst und der Zigarettenrauch machten die Luft dick wie Käsemasse. Nichts drang zu ihnen durch. Ich glaube, nicht einmal Päron hörte zu, obwohl er Henriksson mit offenem Mund anstarrte. Elsy war am wenigsten betrunken.

»Genehmige dir einen«, sagte sie. »Du mußt doch erfroren sein.«

Ich nahm das Glas an. Sie hatte Standard Selection eingeschenkt. Kjell sah auf.

»Sie hat doch nie in Sandviken gewohnt«, sagte er langsam.

»Nicht sie. Lindström. Sein Vater war Vorarbeiter in der Mechanischen.«

»Komm jetzt rüber und such meinen Schlüssel.«

Müde. Gleich fange ich an zu schreien. Da war ein Auto auf der Straße. Ein Renault? Ich warte. Mein ganzes Ich wartet, obwohl ich mir nichts davon anmerken lasse. Niemand außer mir weiß, daß ich warte. Niemanden sonst täusche ich dadurch, daß ich so tue, als wartete ich nicht. Ich warte.

»Wartest du auf den Schlüssel?«

»Ja, den Schlüssel –«

»Päron!«

Elsy rieb sich die Augen. Sie hatte keine Farbe mehr, auch nicht auf den Lippen. Wir glotzten uns fünfunddreißigjährig an. Henriksson erzählte weiter, während er Päron aufhalf und zur Tür zog. Sie stießen gegen einen Weihnachtsbaum, der an der Spüle stand.

»Lindström hieß der Bursche. Schwer, weißt du. Ich bin meistens auf schwere Kerle getroffen. Ich war Halbweltergewicht. Aber das war ein nationaler Wettkampf. Es war das Viertelfinale. Nein, das Finale. Im Viertelfinale war einer, der war schwerer als ich, aber der hatte keine Reichweite.«

Wir gingen über den Hof. Ich nahm an, daß Henriksson mitging, um Päron zu stützen. Warum die anderen dabei waren, weiß ich nicht. Wir standen im Treppenhaus und warteten auf Päron, während er drinnen den Schlüssel holte.

»Jetzt lädst du uns auf ein Glas ein für die Mühe«, sagte Kjell langsam, aber recht deutlich. Er war von der Kälte im Hof klarer geworden. Sie hatten am Vormittag wohl Leif mit der Tüte vom Monopolladen gesehen, und ihr Standard Selection war alle. Ich hatte den letzten Tropfen bekommen.

Ich dachte: Ich gebe ihnen den Schnaps, damit die ganze Bagage abhaut. Henriksson hatte die Führung auf der Treppe übernommen und nahm Päron den Schlüssel ab, der zurückblieb und die Zweifachschlösser an der Küchentür der Alten abschloß. Er redete weiter, obwohl Päron ihn gar nicht mehr hörte.

»Ich bin ausgewichen, aber ich hab lange Arme, weißt du. Ich bin zurückgegangen und hab gekontert. Sie haben das komisch gefunden, aber ich reichte ran.«

Kjell machte das Licht in meiner Küche an und plumpste schwer auf die Bank. Ich nahm die Flaschen, die immer noch auf dem Tisch standen.

»Ihr könnt sie haben. Ich will schlafen.«

»Ich reichte die ganze Zeit ran. Aber dann bin ich zu weit zurückgegangen – ich hab lange Beine, weißt du – ich hab gekontert, kam nicht ran, und da ist er gekommen – das war das erste Mal.«

»Nehmt das.«

Nein, sie nähmen nichts von mir. Ich fröre doch.

»Du siehst mitgenommen aus«, sagte Elsy.

Gläser kamen auf den Tisch. Keines ging kaputt.

»Es ist besser, wenn ihr das nehmt und verschwindet. Ich habe niemanden hergebeten.«

Es war ein »Stewarts«, und er schlug in den Füßen und im Kopf aus wie Blumen in der Wärme.

»Wir sind in einen Clinch geraten. Die ganze Zeit sind wir im Clinch rumgegangen. Und das eine Mal bin ich mit dem Kopf auf ihn los – so. Unter die Augenbraue, und er hat zu bluten angefangen, weißt du, eine Platzwunde, und das hat ihn gereizt. Er wurde bös. Ich hab gesehen, daß er bös wurde, und dann, wie ich ausgewichen bin – ich hab das mit Fleiß getan, aber es war zu weit –, da hat's mich erwischt. Es war nicht schlimm, aber es war drunter, und ich hab aufgeschrien und mich gekrümmt. Das hab ich mit Fleiß getan. Der Ringrichter hat abgebrochen. Es war unter der Gürtellinie. Das war ganz klar. Er ist disqualifiziert worden.«

Elsy hatte im Zimmer den Plattenspieler in Gang gebracht. Ich war jetzt die einzige, die nicht saß. Ich lehnte mich an die Spüle und horchte auf Autos. Kjell heizte meinen Ofen ein. Er verschüttete Öl. Ich sollte –

Nein, der Teufel hol sie alle! Diesen wolligen Menschenhaufen in meiner Küche. Die ganze Brut mußte raus! Elsy hatte »Horgalåten« erwischt, ließ es aber in der falschen Geschwindigkeit laufen. Schnell und laut spielte es, brutal schnell.

Ich bin recht munter. Ich reiße mich zusammen. Seht nur. Doch woher kommt diese Munterkeit? Nichts tut mehr weh. Es ist vorüber.

Jetzt im Moment bin ich munter und unverwundbar. Wenn auch müde. Was ist das? Kannst du nicht einmal sagen, was –

Ich sollte –

»Lyckliga damens polka«. Schmeiß sie einfach raus. Sie brüllt und wird wieder fröhlich. Seht, wie glücklich sie wird.

Ich werde nicht einmal allmählich – Hallo, Dolly – reiße mich zusammen – nicht einmal verrückt, habe mich noch nie so gescheit gefühlt – es war die Zeit, da der Beinlose lief und der Fingerlose auf der Gitarre spielte, daß es schallte –

»Hallo, Dolly« hatte sie aufgelegt.

»Das war dieser Kerl, und das war im Halbfinale. Er hing in den Seilen, und ich drauflos. Was sollte ich machen, verdammt? Zuerst die Augen, und dann da, weißt du. Hier mitten rein. Er ist gewissermaßen hochgeschnellt, ist durch die Seile in Schwung gekommen und raus. Da hab ich hier einen plaziert. Und er ist gewissermaßen in die Höhe. Dann ist er hingefallen. Aber er ist nicht nach hinten gefallen. Er ist in die Höhe, weißt du, und dann ist er einfach zusammengesackt – so, mitten vor mir. Er ist einfach ausgelaufen. Ja, dann im Finale –«

»So setz dich doch.«

»Feine Sachen. Ihr wolltet wohl feiern, was? Wo ist er denn?«

Jetzt redeten alle auf einmal, und der Whisky machte ihre Stimmen lauter. Ich konnte jedoch niemanden entdecken, der fröhlich war oder zuhörte. Ich merkte, daß Jonsson hereingekommen war. Er wollte sich vermutlich beschweren. Elsy stellte den Plattenspieler jedoch nicht ab, und alle sagten, daß ich schliefe. Vielleicht.

Denn als ich wieder in die Küche kam, saß auch er am Tisch und rollte ein Glas zwischen den Handflächen, als ob das Glas fröre.

»Warum hast du die Tauben freigelassen?«

»Fängst du jetzt auch damit an?«

»Ist sie wach?«

»Warum hast du Ann-Maries Tauben freigelassen?«

Päron peilte die Whiskyflasche an und fiel wieder ab. Ich war jetzt viel klarer und nüchterner als irgend jemand von ihnen. Besonders bei Jonsson war es schnell gegangen.

»Diese Tauben da«, sagte Päron umständlich, »die verscheißen doch nur alles. Außerdem werden die nie zahm. Was will sie denn mit einem Haufen Tauben, die doch nie zahm werden?«

»Das war ziemlich roh von dir.«

Henriksson wollte Jonsson vom Halbfinale erzählen. Er versuchte den Plattenspieler zu übertönen, und Päron lief immer wieder im Kreis herum, als ob der Boden zu heiß wäre.

»Er hat doch nicht gesagt, daß er Krebs hat?« fragte Elsy.

»Nein, zum Kuckuck.«

»Was hat er dann gesagt?«

»Wer?«

Aber eigentlich antwortete niemand auf irgend etwas.

Leif und ich hatten ein Fest feiern wollen. Immerhin kam jetzt doch eines zustande. Jonsson war vermutlich gekommen, um ihm ein Ende zu setzen, doch nun neigte er sich über sein Glas und sagte, daß der Tropfen, den er bekommen habe, einer der kleinsten gewesen sei, den er je gesehen habe. Kjell schenkte nach.

In der Tür erschien undeutlich Henrikssons Alte. Sie trug einen braunen Mantel über dem Nachthemd und wollte wohl nicht eintreten. Doch ihre Stimme erreichte Henriksson nicht.

Er war vor Erinnerungen aufgebläht und schwitzte, während er vom Finale erzählte. Sie schlich um den Küchentisch herum und zerrte an ihm.

»Prost und willkommen!« sagte Kjell ernsthaft.

Als ich wieder vom Bett aufblickte, hatte sie sich gesetzt. Nun, sie fühlte sich wohl gut aufgehoben. Niemand von ihnen würde verschwinden, solange noch ein Tropfen da war. Ich konnte nur hoffen, daß wir vollzählig waren.

Auf der Straße hörte ich Automotoren, pfiff jedoch darauf, noch länger auf den Renault zu horchen. Er würde nicht kommen. Andere Autos gingen mich nichts an. Sie waren nur ein an- und abschwellender Lärm, der zu dem Ball gehörte, den Kjell eröffnete, indem er die alte Henriksson hochzerrte und versuchte, sie im Takt mit »Louis and The Good Book« im Kreis zu wiegen.

»Trampel nicht herum, Päron! Hast du noch nie Leute tanzen sehen?«

Kjell schwang die Alte auf und ab, und ihre Stimme schwirrte ängstlich über der Musik und dem Gemurmel, in dem Henrikssons endlose Geschichte ständig wie ein Orgelpunkt brummte.

»Schüttle das alte Frauchen nicht!«

»Das ist eine bessere Musik. Mensch, fordre Elsy auf! Sie tanzt nicht oft.«

Dave Brubeck. Ich drehte die Lautstärke hoch.

»Glücklicher als jetzt wirst du nicht, weißt du!«

Päron versuchte jedenfalls, mit Elsy zu tanzen. Sie nahmen es beide von der parodistischen Seite. Ich glaube, daß er noch nie zuvor getanzt hat.

»Sie ist zu ausladend für ihn«, kommentierte Jonsson. »Er kann auf ihr rumklettern – nur immer hübsch langsam, Päron! Du verhebst dich noch.«

Sobald der Schnaps alle wäre, würde ich das gesamte Gelichter los sein. Dann brauchte ich sie hier nie mehr zu sehen.

»Was ist los mit dir, Kjell?«

Er keuchte. Das Beste, was ich tun konnte, war, keinen Stunk zu machen. Mitzuhelfen, dem Gesöff ein Ende zu machen, zu schlafen oder wenigstens so zu tun.

»Beruhige dich!«

Das war Jonssons Stimme. In Kjells großem Leib schlummerte die Wut. Päron hopste mit Elsy herum und tat so, als twistete er. Er versuchte sie zu fassen. Sie streifte die Schuhe ab und schraubte sich vor ihm schwerfällig nach hinten.

»Hör auf!«

»Trink noch einen, Kjelle!«

Kjell wollte Päron ganz leicht eine verpassen, schmiß aber einen Stuhl um. Elsy lachte. Das Durcheinander von Körpern wälzte sich in der warmen, rauchigen Luft diffus im und gegen den Takt der Musik über die Schwelle der Zimmertür hin und her. Jonsson meckerte weiter. Er hatte die Aufgabe übernommen, Kjells Eifersucht zu besänftigen und gab ihm noch mehr zu trinken.

Kjell sah sich nach etwas anderem um. Wahrscheinlich verlangte sein schwerer Körper nach noch mehr Adrenalin.

»Ich hab sie doch gar nicht angefaßt«, schrie Päron. »Wir tanzen doch bloß so – ich halte sie nicht mal.«

»Wovon redest du?«

»Hau ihm eins rein, dann ist Ruhe.«

»Weißt du, so. Direkt auf die Kinnspitze. Der Ringrichter hat gesagt, daß der genau gesessen hat. Aber dann bin ich auf einen der schweren Kerle getroffen. Mutti hat die ganze Zeit geheult.«

»Karin! Hast du geflennt, wie er verprügelt worden ist?«

»Mutti. Mutti hat geflennt.«

»Seine Mutti hat geflennt. Aber das ist doch zwanzig Jahre her, Valle. Auf, tanzen!«

Jetzt waren es bestimmt zwei Lager. Bei mir im Zimmer saßen gleich neben dem Plattenspieler Päron und Jonsson schlapp im Sessel. Und in der Küche dieses Durcheinander von Körpern. Waren es jetzt noch mehr? Womöglich Sten und seine Clique. Auch gut. Dann würde es schneller zu Ende sein. Wenn nur keiner randalierte. Obwohl auch das keine Rolle spielte. Es waren nicht meine Möbel.

»Du bist ein armes Schwein, finde ich.«

Päron in meinem Bett, schwer wie ein Stein. In der Tür schwankte Henriksson hin und her. Er hielt sich an den Türpfosten fest. Er schwitzte, hatte jedoch nicht wie die anderen sein Sakko ausgezogen. Der breitgestreifte Anzug mit den altmodischen Schulterpolstern machte ihn oben noch breiter. Sein Haar war noch immer so kurz geschnitten wie in seiner Glanzzeit. Ein gestreifter Sack bis obenhin voll mit Erinnerungen an Boxhiebe, die er eingesteckt und ausgeteilt hatte.

Schwankend machte er Elsy Platz. War ihr schlecht? Bloß nicht hier drinnen! Lieber in der Küche. Päron fuhr dienstbeflissen hoch.

»Schwester Elsy takelt ab. Ist noch Wein da?«

Er versuchte, das Halsbündchen ihres Jumpers wegzuziehen und ihn hineinzuschütten.

»Ich gieße sie bloß –«

Sie erstickte schier vor Lachen und Übelkeit.

»Hör auf!«

»Ich gieße doch bloß.«

»Du gießt, daß du einen Ständer davon kriegst.«

Jedesmal, wenn Kjells Stimme noch derber wurde, wurde ich wacher. Aber es war nicht schlimm. Noch nicht jedenfalls. Jonsson ging dazwischen.

»Laß dich davon nicht fertigmachen.«

»Blas Päron an, dann schlafft er ab.«

Wie viele waren eigentlich in der Küche? Jedesmal, wenn sie behaupteten, daß ich schliefe, wachte ich auf. Schließlich aber wachte ich von allein auf, weil der Plattenspieler verstummt war und niemand die Platte umdrehte. Der Verstärker jaulte, aber in der Küche war alles still, und es zog von der Tür. Es wurde allmählich kalt.

Sie waren gegangen, und das vielleicht schon vor langem, denn auch im Erdgeschoß des kleinen Hauses brannte kein Licht mehr. Ich dachte, daß ich allein sei und daß Päron sein Sakko auf einem Küchenstuhl vergessen habe.

Ich wollte mich ausziehen, stellte mich mit dem Reißverschluß aber so dumm an, daß er klemmte.

»Gähnst du? Müde, was –«

Päron war in einem Sessel vergessen worden. Er öffnete nicht die Augen, als er sprach.

»Wie spät ist es? Wie hart die Uhr tickt.«

»Fünf.«

»Es ist dunkel«, brummelte er, und ich glaube, daß er auch dabei die Augen nicht aufmachte.

Ich zerrte an ihm, um ihn auf die Beine zu stellen. Er wurde übertrieben freundlich.

»Was willst du? Hm? Sag nur, was du willst –«

Eigentlich sterben. Vorläufig aber ihn aus dem Zimmer schaffen. Und schlafen.

»Dann gibt es noch mehr Schnee«, sagte er unvermittelt und kam auf die Beine. Bis zu meinem Bett hielt er das Gleichgewicht und sah zufrieden aus, als er hineinsank. Ich stellte mich ans Fenster, das ich geöffnet hatte. Draußen war es schwarz, und man sah keine Sterne mehr. Er hatte vielleicht recht damit, daß es mehr Schnee geben würde. Mir taten die Augen weh. Ich mußte in dieses Bett, und ich mußte Päron aus diesem Bett herauskriegen.

»Das Fest ist zu Ende, Pär. Beweg dich.«

Ich bekam seine Beine über die Bettkante. Er saß da und sah glücklich drein, sein Kopf hing herab. Ich versuchte seinen Oberkörper abzustützen und seinen Blick einzufangen.

»Du siehst beschissen aus.«

Das tat ich sicherlich.

»Los, steh auf. Schau her. Ich halte dich. Ich bringe dich runter.«

Da entdeckte er das Glas hinter der Gardine. Es war halb voll Whisky, den ich beiseite geschmuggelt hatte. Wenn er den trank, würde ich ihn ohne Hilfe nie aus dem Zimmer bekommen!

Im selben Moment aber, da ich ihn daran zu hindern versuchte, schossen mir Bruchstücke von Gesprächen mit ihm, mit Jonsson und Ann-Marie durch den Kopf, und ich merkte, daß ich trotz der Kopfschmerzen klarer wurde und daß mein Rausch jetzt nur noch meine Motorik beeinträchtigte, und selbst dies nur wenig. Ich wollte etwas, und ich konnte es in die Tat umsetzen. Ich brauchte ihm nur das Glas zu geben.

Das tat ich. Er sah nicht einmal verblüfft drein, schluckte den Inhalt lediglich mit einer Miene, als wäre er ein braves Kind, das seine Medizin einnahm, um der Mama eine Freude zu machen. Es dauerte ungefähr fünf Minuten, dann schlief er ein, doch bis dahin kam er fürchterlich auf Hochtouren, ruderte mit den Armen und redete davon, wieviel Schnee es geben würde.

Mit einem Mal hielt er inne, kippte nach hinten und schlief ein oder rollte auch direkt in die Bewußtlosigkeit. Ich rauchte eine Zigarette, während ich wartete. Im Schein der Nachttischlampe war sein Gesicht mit den feinen, müden Zügen und den dünnen, gewölbten Augenlidern beinahe schön. Er focht gegen keine Wirklichkeit mehr, und seine Muskeln erschlafften, doch er war nicht unschön. Mehr Kind konnte er nicht werden. Nicht einmal, wenn er so tat. Falls er so tat.

Ich schüttelte ihn, aber nichts geschah. Ich konnte mich darauf verlassen, daß er jetzt schlief, und ich konnte das tun, was ich wollte: nachsehen, ob er so tat.

Ich brauchte nicht einmal leise aufzutreten, als ich in die Küche ging und den Schlüsselbund aus seinem Sakko nahm.

Bevor ich hinunterging, sah ich noch einmal nach ihm, doch er lag da wie vorher und war sehr blaß.

An Agda Wallins Tür mußte ich mehrere Schlüssel ausprobieren, ehe ich beide Schlösser aufbrachte, und ich fror im Flur, weil ich vergessen hatte, meinen Mantel anzuziehen. Die Küche war ebenfalls ausgekühlt. Ich schaltete die Lampe über der Spüle an und sah, daß in dem Raum eine ziemliche Unordnung herrschte. Die Milchsuppe der Alten war in einem Topf eingetrocknet.

Ich klopfte an ihrer Tür, bevor ich öffnete. Die Ölofenwärme aus dem Zimmer traf auf die Kälte aus der Küche. Ich fand einen Druckknopfschalter und knipste die Deckenlampe an. Es war eine altmodische Lampe, die an drei Schnüren von der Decke hing, eine leicht gewölbte Schale, möglicherweise aus Alabaster, möglicherweise aber nur mit einer nachgemachten Äderung, die das Licht golden rot und spärlich durchließ.

Es herrschten ein freundliches Licht und eine freundliche Wärme in dem Zimmer. Pär hielt eine fast pedantische Ordnung hier. Das Bett war hoch aufgebaut, so wie es alte Menschen für gewöhnlich mögen, und die Laken mit den breiten Spitzen waren sauber. Auf das leere Bett hatte er außerdem ein gehäkeltes Tuch gebreitet.

Wenn ich Ann-Marie nicht geglaubt hätte, wäre ich überhaupt nicht hierhergegangen. Doch ich muß ihr nicht ganz geglaubt oder nicht begriffen haben, was sie gesagt hatte, denn ich sah mich weiter im Zimmer um, so als müßte ich Agda Wallin auf jeden Fall irgendwo entdecken.

»Er glaubt an Tante Wallin! Das weiß ich. Er wäscht für sie und kauft extra Essen für sie.«

Mit welcher Hitzigkeit sie ihren Glauben an ihren Phantasiebruder verteidigt hatte!

»Päron glaubt das auch, und der ist groß. Er glaubt an Tante Wallin!«

Wenn nicht auch ich weiterhin herumlaufen und an Tante Wallin glauben wollte, mußte ich überall in der Wohnung nachsehen.

In seinem Zimmer hatte er den Ofen ausgehen lassen. Das Durcheinander von Büchern, Aschenbechern und herumliegender Kleidung war das seinige. Ich ging zurück ins Zimmer der Alten. Hier herrschte nach wie vor ihre Vorstellung von Ordnung, aber auch seine Fürsorge. Der Fernseher stand von der Wand abgeschwenkt, so daß sie die Sendungen vom Bett aus würde sehen können. Auf dem Nachttisch stand ein Glas Wasser. Dort lagen auch das Medizinische Lexikon des Schwedischen Roten Kreuzes, ein Roman von Salje und eine Ausgabe von *Svensk Damtidning.* Ich warf einen Blick darauf. Sie war von dieser Woche.

Bei meinen Kopfschmerzen und dieser verkaterten Müdigkeit, die sich abwechselnd in Schüttelfrost und Schweißausbrüchen bemerkbar machte, konnte ich unmöglich ausbrüten, wo Agda Wallin stecken mochte.

Mit dem Gefühl, mich für die Störung entschuldigen zu müssen, schaltete ich das Licht aus und schloß die Tür. Was ich jedoch gestört hatte, wußte ich nicht. Vielleicht nur die Ordnung.

In eine Decke gewickelt, schlief ich ein paar Stunden auf meiner Küchenbank und erwachte davon, daß Päron dastand und sich entschuldigte. Das Vormittagslicht höhlte sein Gesicht aus.

»Das war wirklich keine Absicht«, sagte er. »Ich muß eingeschlafen sein. Du hättest mich bloß rausschmeißen müssen.«

Wohl wahr.

»Wo ist Agda Wallin?«

Meine Augen brannten dermaßen, daß ich Mühe hatte, ihn zu fixieren, aber besonders ängstlich wurde er nicht. Er schusselte herum, zog sein Sakko an und kontrollierte, ob sich die Schlüssel in der Tasche befanden. Sein dünnes, weiches Haar war in Unordnung, und er strich sich über den Kopf, während er aus dem Hahn an der Spüle Wasser trank. Er besah sein Gesicht im Spiegel. Es hatte die gleiche Farbe wie die Laken in seinem Bett dort unten, und die hätte er schon vor vierzehn Tagen wechseln müssen.

»Wo ist Agda Wallin?«

»Unten. Herrje, ich muß runter! Wie spät ist es wohl? Zehn. Ich denk, ich spinne! Ich muß auch noch Milch kaufen. Die Milchsuppe, weißt du. Das gibt jetzt ein Mordsbuhei. Eigentlich müßte ich dir aufräumen helfen –«

Er betrachtete hilflos die Gläser und Aschenbecher.

»Sag der Alten nicht, daß ich heute nacht hier war, ja?«

Während er rückwärts zur Tür ging, versuchte er ängstlich seine Haare in Ordnung zu bringen und sein Hemd am Hals zuzuknöpfen. Sein Blick glich dem der weißen Taube, ein starrer Punkt aus Angst mit rotem Rand. Aber es war nicht ich, wovor er sich fürchtete.

14

Wenn sie hinfällt, bleibt sie liegen. Stürzt sie hin, bleibt sie einfach liegen.

Während ich nach dem Fest die Wohnung aufräumte, die Aschenbecher ausleerte, die kleinen Teppiche wendete und zwischen ihnen fegte, kaute mein Gedächtnis auf den ersten Worten, die ich ihn je hatte sagen hören.

Ich entschied mich für »Wenn sie hinfällt, bleibt sie liegen« und tippte diesen Satz, bevor ich das Haus verließ. Ich mußte ein Weilchen aus der Wohnung und aus Pukehornet raus, weswegen ich mit dem Bus in die Stadt fuhr, zur Universität hinaufging und im »Alma« Kaffee trank und belegte Brote aß.

Ein Bekannter, Dozent in theoretischer Philosophie, mit dem ich seit mehr als einem Jahr nicht mehr gesprochen hatte, kam mit seiner Kaffeetasse zwischen den Säulen auf mich zugekreuzt und setzte sich zu mir. Er fragte artig, wie es mir gehe, wo ich jetzt wohnte und womit ich mich beschäftigte.

»Du schreibst womöglich an einem neuen Buch«, sagte er in einem Ton, als glaubte er, daß mich seine Frage erfreuen würde.

»Ja sicher«, sagte ich. »Ich schreibe über einen Typ, der eine alte Frau umgebracht hat und so tut, als ob sie noch lebte.«

Das klang so überzeugend, daß ich selbst verblüfft war.

»Wie interessant«, sagte er höflich. »Und das Milieu?«

»Das sind diese Karrees, wo ich wohne.«

»Ja, das muß inspirierend sein«, sagte er, und seine Wortwahl war mir zuwider.

Am Nachmittag schrieb ich die ersten Seiten von »Winter der Lügen«. Ich habe sie nicht mehr. Als ich einige Tage später von vorn begann, warf ich alles, was ich bis dahin geschrieben hatte, weg.

Der Unterschied zwischen den ersten zwei oder drei Versionen ist nicht so groß. In der ersten gibt Pär Agda im Rotbol-Wald einen Schubs, so daß sie auf dem Pfad liegenbleibt. Dann rennt er davon, wohl wissend, daß sie nicht allein aufstehen kann, weil sie zu dick ist.

Das ist die pure Wahrheit, dachte ich, während ich dies schrieb. Dagegen gibt es nichts einzuwenden. Sie kann nicht aufstehen. Das ist tatsächlich so.

In der Nacht träumte ich, daß ich sie schreien hörte, wie sie dort im Wald lag und es zu schneien anfing. Als ich mich am Sonntagmorgen wieder ans Werk machte, hätte ich beinahe eine Version ins reine geschrieben, in der Pär träumt, daß er ihren Schrei hört. Die ganze Zeit über verteidigte ich mich damit, daß es die nackte Wirklichkeit sei.

Am Dienstag, es war der Tag vor dem Weihnachtsabend, hatte ich noch kein einziges Geschenk gekauft. Ich wollte am Abend fahren und mußte es am Nachmittag schaffen, einzukaufen. Zuerst zerriß ich, was ich geschrieben hatte und nahm mir vor, es auf jeden Fall noch einmal so zu schreiben, wie ich es haben wollte, bevor ich meine Weihnachtseinkäufe machte. Ich fühlte mich fiebrig vor Nervosität und Hetze.

Ich schrieb in ein paar Stunden die zweite Version nieder, oder genauer, den Anfang davon. Darin bekam Agda eine Gehirnblutung, als sie von Rotbol zur Bushaltestelle durch den Wald gingen. Anstatt sie zu einem Arzt zu bringen, rannte Pär davon. Er ließ sie hilflos im Wald und fuhr allein mit dem Bus nach Hause.

Damit war ich zufrieden, und als ich mit den Weihnachtsgeschenken in einer großen Tüte von Tempo von Uppsala wegfuhr, war ich nervös und aufgekratzt.

Als ich am zweiten Feiertag zurückkam und die Seiten durchlas, sah ich sofort, wie grotesk der Gedanke war, daß Pär so etwas tun würde. Welche Vorteile er immer daraus ziehen könnte, so würde er niemals eine offen aggressive Tat begehen, zumindest nicht von so ernster Art. Die Alte dort draußen im Wald zurückzulassen war praktisch dasselbe, wie sie zu töten. So etwas hätte er niemals gewagt.

Oder doch? Ich wurde es leid, das Für und Wider abzuwägen, wo ich doch wußte, daß mir das, was ich vor Weihnachten geschrieben hatte, nicht gefiel. Aus Angst, daß ich es mir anders überlegen könnte, steckte ich den Papierstapel in den Ofen und begann von vorn.

Nachdem ich geschrieben hatte, daß sie bereits tot war, als er sie verließ, und daß er in Panik und völlig sinnlos handelte, habe ich nichts Wesentliches mehr verändert.

Zwischen den Jahren schrieb ich nicht viel, tat aber auch sonst nichts. Meistens lag ich lang ausgestreckt auf dem Bett und versuchte einen Weg zu finden, wie ich noch einmal in Agda Wallins Wohnung und in ihr Zimmer kommen könnte. Es war zwecklos, doch es war das einzige, was ich wollte.

Ich hatte in jener Freitagnacht vor Weihnachten nicht genug bekommen. Nicht, daß ich glaubte, eine Erklärung finden zu können dadurch, daß ich noch einmal in die Wohnung dort unten kam. Und ich verließ mich auch auf das, was ich einmal gesehen hatte: nämlich, daß das Zimmer wirklich leer war.

Ich wollte jedoch hinunter, mich umsehen. Ich wollte allein dort sein. Ich würde in der Küche umhergehen und den Geruch des Gases und den Mief aus dem Schrank unter der Spüle einatmen. Ich wollte die Kupferkrüge auf dem Küchenschrank verstellen und die Ansichtskarten, die dazwischen steckten, herausziehen und lesen.

Björkliden, den 10. 7. 1954

Liebe Agda!

Hier ist es märchenhaft schön. Das Essen und das Wetter, alles zur Zufriedenheit. Die Anreise war lang, aber wenn man das Fjäll sieht, glaubt man, den Lohn für seine Mühe erhalten zu haben. Viele Grüße von

Ester

Wenn ich mich auf meinen Wunsch, dort unten zu sein, konzentrierte, löste sich die Spannung in mir, und ich konnte ganz konkret das Gas riechen und die Ansichtskarten lesen, als ob ich sie in Händen hielte. Aufs Geratewohl schrieb ich eine lange Reihe ähnlicher Kartentexte nieder, ohne zu wissen, wozu das gut sein sollte. Die ersten gerieten unbeholfen, doch im Lauf des Vormittags wurde ich immer geschickter darin, ihren Ton nachzuahmen.

Ich begann – mit fest geschlossenen Augen auf meinem Bett liegend –, den Inhalt von Agda Wallins Schubladen durchzugehen. Die Trivialität dieser Beschäftigung verlieh ihr eine Sinnfälligkeit, die mich dermaßen überwältigte, daß ich zu essen vergaß und stundenlang mit geschlossenen Augen und fest zusammengepreßten Kiefern auf dem Bett liegenblieb. Ich konnte über die enorme Spannung, in die mich das Wühlen in ihrem Küchenschrank und ihren Schubladen versetzt hatte, erst hinwegkommen, als ich meine Funde in Listen aufzuführen begann. Ich numerierte die Gegenstände nicht, ansonsten aber waren diese Aufzählungen genauso proper wie die Fundverzeichnisse eines Archäologen.

Ich habe diese Listen natürlich weggeschmissen. Die einzige, die noch da ist – sie steckte zusammengefaltet und mit einer auf der Rückseite notierten Nummer zufällig noch im Telefonbuch –, ist ein Inventarverzeichnis von Agda Wallins Schlafzimmer. Ich erinnere mich, es irgendwann später am Tag erstellt zu haben, als ich vom puren Aufzählen dazu übergegangen war, das, was ich sah, mit einigen Kommentaren zu versehen.

Agda Wallins Schlafzimmer von der Tür aus links. Nicht an der Wand stehende Gegenstände und Möbel wurden bis zuletzt aufgespart.

Die Tür. Luftzug am Fußboden vom Flur via Küche, was den Vorhang an der Tür erklärt. Handgewebt, sicherlich siebzig, achtzig Jahre alt. Pflanzengefärbte Wolle in Rot, Grün und Orange. Gänseaugentechnik.

Kommode. Sie ist aus Birke, hat vier Schubladen und Messingbeschläge um die Schlüssellöcher. Die Griffe sind an zwei Stellen durch andere ersetzt worden, die zwar auch aus Messing sind, in der Ausformung aber Abweichungen aufweisen.

Auf der Kommode ein Frisierspiegel aus Birke, eine schwedische Tischflagge, drei leere Vasen, von denen zwei eigentlich Kelche sind, ein weißer fünfarmiger Leuchter mit roten Kerzen, eine Holzskulptur, Vögel um ein Nest darstellend. Vögel und Baum sind direkt aus einem Stück Holz geschnitzt, das Nest ist ein richtiges Vogelnest, dürr vor Alter. Rechts vom Frisierspiegel eine Kreuzstichstickerei in einem ovalen, schwarzen Rahmen. Sie stellt einen grauen Pferdekopf dar.

Eßtisch aus Eiche am Fenster. Der Tisch hat kräftige geschnitzte Beine mit Schnitzereien in Form von Kiefernzapfen. Das Kiefernzapfenmuster wiederholt sich auf dem Rücken der vier Stühle; diese haben Sitzflächen aus braunem Kunstleder, das mit Messingnieten in Form margeritenähnlicher Blüten befestigt ist.

Auf dem Tisch ein gehäkeltes Tuch aus Seide. Es hat ein Karomuster und spielt ins Grüne, Orange und Silbergraue. Die Fransen sind ungefähr zehn Zentimeter lang, und das Tuch liegt diagonal über dem Tisch.

Mitten auf dem Tuch steht eine grüne Keramikschale, wahrscheinlich ein großer Aschenbecher. Ein glänzendes braunes Keramikmädchen bildet den Griff des Aschers. Ihr Körper erinnert an –

Mehr enthält dieser Zettel nicht, und den Rest der Aufzeichnungen habe ich, wie gesagt, weggeworfen. Ich weiß selbst nicht, was ich, als ich Stunden auf die Niederschrift dieser Listen verwandte, mit diesem Gerümpel in Wirklichkeit eigentlich wollte. Wirklichkeit ist viel gesagt, denn beim Durchlesen dieser Aufzeichnungen entdecke ich, daß ich mir mit den Details in Agda Wallins Schlafzimmer zwar große Mühe gegeben, aber es nicht für nötig empfunden habe, die Kommode wegzulassen und durch das zu ersetzen, was wirklich dort stand: ein Bücherregal aus braun gebeizter Föhre. Die Kommode habe ich irgendwo anders hergenommen.

Ich hatte vierzig Seiten von »Winter der Lügen« geschrieben, und es war Januar. Die Tage waren still, angenehm und langweilig. Ich arbeitete von zehn Uhr vormittags bis ungefähr acht, neun Uhr abends und schlief im allgemeinen neun oder mehr Stunden pro Nacht. Ich glaube nicht, daß ich mich nach etwas Besonderem sehnte. Das ist der Unterschied zwischen Langeweile und Überdruß.

Päron sah ich nicht oft. Er lebte ebenso monoton wie ich, nehme ich an. Eines Vormittags klopfte er unter dem Vorwand, sich erkundigen zu wollen, ob ich noch genügend Heizöl hätte, an meiner Tür.

Ich saß gerade da und schrieb, wie er die Unterschrift der Alten fälschte, und wollte nicht gestört werden, am allerwenigsten von ihm. Sein Gesicht war nicht das alte. Es glich jedenfalls nicht dem Gesicht, das ich ständig vor Augen hatte.

Er hatte eine Nummer von *Imago* unterm Arm und ließ sie wie zufällig auf dem Küchentisch liegen, während er die Flamme des Ölofens justierte.

»Ja, nun hat man wieder zu schreiben angefangen«, sagte er leichthin.

Ich schwieg.

»Ich weiß nicht, ob du diese Zeitung schon gesehen hast«, fuhr er fort und drehte sich um.

Mein Desinteresse machte ihn verlegen, und er begann übers Schneeschaufeln zu reden. Als er gegangen war, hatte er die Zeitung auf dem Tisch vergessen. Und zwar so absichtlich, daß es mich aufregte und ich sie erst spät abends aufschlug.

Da gab es Erzählungen und erbauliche Geschichten in vage christlichem Geist, eine Spalte für juristische Fragen und einen Rezeptkasten mit Spritzkränzen und Mürbekuchen. Versäumen Sie nicht, die Geschichte von Sven Ramström und seinem guten Schäferhund Zorro zu verfolgen, ermahnte die Zeitung in einem Kasten auf der ersten Seite. In »Ringe auf dem Wasser« sind just in diesem Moment alle Hauptpersonen des Dramas zusammengetroffen: Sven, Ulla Östergren und der Gutsbesitzer Stjärnström. Lassen Sie sich auch nicht entgehen, wie es mit der tüchtigen Inga-Maria, ihrem Sohn und dem armen Vater in »Sonne und Schatten« weitergeht. Sie sind vielleicht nicht dazugekommen, *Imago* zum Jahreswechsel zu abonnieren? Wer die beiliegende Zahlkarte einsendet, kann jedoch sofort alle Nummern von Anfang des Jahres an beziehen!

Das war so unglaublich, daß es nicht zu gebrauchen war. Ich wollte mit *Imago* den Holzofen anheizen, bevor ich ins Bett ging, fand aber zwei Gedichte, die mit Puck Horn gezeichnet waren. Das eine handelte davon, daß man kein Invalide sei, wenn man niemanden liebe, das andere von Tamarisken. Das war noch unglaublicher, und ich zerknüllte die Zeitung rasch und heizte, wie ich es vorgehabt hatte, den Ofen damit an.

Der Februar wurde nicht so kalt, wie ich erwartet hatte. Das machte mich nervös. Ich hatte erst gut hundert Seiten von »Winter der Lügen« geschrieben, das, was in den Ofen gewandert war, nicht mitgezählt. Ich hatte zwar kein bestimmtes Datum, bis zu dem es fertig sein mußte, aber es war selbstverständlich, daß der Frühling und das Tauwetter – wenn es denn nun ernsthaft einsetzen sollte – eine ebenso definitive Grenze bildeten wie jegliche Absprache mit einem Verlag.

Eines Morgens im März hörte ich Anna-Lisa Söderblom-Berkling mit ihrem zarten Stimmchen im Radio sagen, daß der Frühlingsmonat angebrochen sei. Ich setzte mich ins Auto und fuhr geradewegs die Vaksalagatan hinaus.

Als ich in den Hallstaviksvägen einbog, wurde ich ruhiger, denn es lag noch immer sehr tiefer Schnee zwischen den Bäumen, und die verspritzten Wehen entlang der Straße waren eisig und hart. Ein paar Tage zuvor hatte ich von einem Leichenfund in einem Kirchspiel in Jämtland gelesen. Das Wort Leichenfund ekelte und erschreckte mich. Ich fragte mich, wer als erster auf diese Zusammensetzung gekommen war und sie gebräuchlich gemacht hatte.

Das Altersheim war das erste, was ich in der Kolarby-Gegend fand; ich war noch nie hiergewesen. Im Vergleich zu meinem Manuskript lag es auf der verkehrten Straßenseite, und es war mit rosa Eternitplatten verkleidet. Ich wagte mich nicht hinein. Statt dessen lenkte ich das Auto einen gewundenen Waldweg hinunter. Ich nahm an, daß er zu dem Hof führte, wo Agda Wallins Schwester gewohnt hatte, bevor sie ins Altersheim gezogen war.

Die Höfe lagen mit ihren überschneiten Feldern davor spärlich in dem verwachsenen uppländischen Nadelwald verstreut. Keiner von ihnen sah unbewohnt aus, und ich war recht verwirrt, als ich bei einer Milchbank wendete und zum Hallstaviksvägen zurückfuhr.

Als ich anhielt, um eine Zigarette zu rauchen und mich zu beruhigen, stoppte ein alter Mann auf einem Moped, der eine Weile hinter mir hergefahren war, neben meinem Auto. Ich mußte das Fenster herunterkurbeln. Er fragte, ob ich nach einem bestimmten Ort suche.

»Rotbol«, sagte ich. »Das muß doch hier irgendwo sein.«

»Das liegt an der Straße«, sagte er.

»An der Straße?«

Er zeigte in die Richtung.

»Ist das dort Rotbol?«

Ich mußte ihm wohl glauben. Er wollte sich schon darüber verbreiten, daß Astrid Eriksson, die dort gewohnt habe, jetzt ausgezogen sei, doch ich stoppte ihn, indem ich fragte, wie es mit dem Fisch gewesen sei. Er hatte Pirkangelgeräte auf dem Gepäckträger. Schlecht sei es gewesen, sagte er. Wir redeten auch übers Wetter, bis ich meine Zigarette aufgeraucht hatte, und er wies darauf hin, daß es wulkerig sei.

»Wulkericht«, sagte er.

Dann fuhr er Gott sei Dank und ließ mich darüber nachgrübelnd zurück, ob er bewölkt gemeint haben konnte.

Rotbol war ein schlecht erhaltenes Häuschen mit Stall, das gleich an der Straße auf einem kleinen Felsenhügel lag. Die Haltestelle des Hallstavik-Busses befand sich genau vor der Einfahrt zu dem Häuschen.

Es gab von Rotbol zur Bushaltestelle überhaupt keine Abkürzung durch irgendeinen Wald. Das Anwesen lag so nahe an der Straße, daß man praktisch nur einzusteigen brauchte, wenn der Bus hielt.

Ich fuhr nach Hause.

Man braucht nicht zu grübeln, wenn man viel zu tun hat. Ich schrieb tagsüber, und durchs Fenster sah ich Päron Schnee schaufeln. Das heißt, jetzt schob er den Schnee von einem Fleck zum andern, denn es kam kein neuer mehr. Mit seinem ewigen Geputze und Geschaufel auf dem saubergekratzten Hof hielt er sich in Schwung. Wir sprachen nicht miteinander. Wahrscheinlich war er gekränkt, weil er die Zeitung nicht zurückbekommen und ich nichts zu seinen Gedichten gesagt hatte.

Eines Dienstagvormittags ging ich mit dem Müllbeutel auf dem Weg zum Schuppen an seiner Tür vorbei und hörte eine klare Stimme von drinnen, die sagte: »Sie können es jedenfalls nicht verweigern, mich hineinzulassen.«

Ich blieb stehen und starrte die Tür an. Diese Stimme, weiblich und durchdringend, gehörte nicht zu Pukehornet, das Siezen ebensowenig. Pärons Gebrummel konnte ich nicht verstehen, obwohl das Haus so hellhörig war. Ich klopfte an und trat, ohne lange zu überlegen, direkt ein.

In einem braunen Mantel mit Pelzkragen stand eine Frau mittleren Alters vor der Spüle, und vor Agda Wallins Schlafzimmertür stand Päron wie gekreuzigt und zwinkerte mit den Augen.

Ich sagte nichts, und beider Aufmerksamkeit richtete sich plötzlich auf meinen Müllbeutel, der naß war und dessen Boden sich allmählich auflöste.

»Kannst du den Mülleimer drunterstellen, bevor der Beutel kaputtgeht?« wandte ich mich an Päron.

Er bewegte sich jedoch nicht von der Tür weg.

»Bitte, den Mülleimer«, bat ich die Frau. Während sie noch zögerte, riß der Beutel. Sein Inhalt, die gewöhnliche Mischung aus Melittatüten mit Kaffeesatz, Kippen und Apfelsinenschalen, quoll vor ihren Füßen heraus.

Ich bat um Entschuldigung, und sie half mir zögernd, die Kehrschaufel im Schrank zu suchen. Zusammen scharrten wir den Mischmasch in Pärons Mülleimer, während er nach wie vor an der Tür stand und zwinkerte.

»Nun, ich bin hier, um mich nach Fräulein Wallin zu erkundigen«, sagte die Frau plötzlich, so als wäre sie es, die zu einer Erklärung gezwungen war. »Ihre Schwester ist nicht ganz zuwege, deshalb konnte sie nicht selbst fahren. Ich komme vom Altersheim.«

Sie trug braune Lederstiefel, Handschuhe mit Pelzfutter und einen Hut, der hübscher gewesen wäre, wenn sie ihn umgedreht hätte. Möglicherweise.

»Er läßt mich aber nicht hinein«, sagte sie leicht aggressiv.

»Tatsächlich«, sagte ich.

Sie sah aus wie eine, die es gewohnt war, klar Schiff zu machen. Das hatte sie jetzt vor, wie ich verstand. Außerdem war mir klar, daß es jetzt um sie und um mich ging. Mit Päron war nicht mehr zu rechnen. Er hing an der Tür und hatte vermutlich aufgegeben.

»Hier rennen entsetzlich viele Leute rum«, sagte ich vorsichtig.

Sie musterte mich von oben bis unten, und ich war froh, daß ich einen Rock trug. Einen Kostümrock, einen Jumper und gepflegte Straßenschuhe. Es war Zufall, aber jetzt im Augenblick ein ungewöhnlich glücklicher Zufall, denn dieser Blick war es gewohnt, Leute abzuschätzen. So schätzten wir einander ab, und schließlich sagte sie: »Nun, man muß sich ja erkundigen, wie es steht.«

Klang das leicht defensiv, oder erhoffte ich zuviel?

»Je nun, es ist schon alles in Ordnung«, sagte ich und lächelte. »Nicht wahr, Pär?«

Er nickte weder, noch sagte er etwas.

Auf dem Tisch stand ein Konditoreikarton, und ihr Blick folgte dem meinen dorthin.

»Ja, ich habe eine Torte mitgebracht. Astrid Eriksson hat sie bezahlt.«

Absolute Ordnung hier.

»Das ist aber freundlich. Setz doch Kaffee auf, Pär«, sagte ich.

»Den Kaffee können wir lassen«, meinte die Frau, und sie klang jetzt gereizt. »Ich bin in erster Linie gekommen, um nach Agda Wallin zu sehen. Aber er läßt ja keinen Menschen hinein.«

»Tatsächlich«, sagte ich wieder, und Pärons Blick wurde ein bißchen lebendiger, als er mich ansah. »Aber das verstehen Sie doch, daß er nicht jeden –«

Das Wort X-Beliebigen lag ausreichend lange in der Luft.

»– der kommt und sich nach Fräulein Wallin erkundigen will, hineinlassen kann. Das wäre zuviel für sie. Sie ist ja noch nicht richtig wiederhergestellt. Setz jetzt Kaffee auf, Pär.«

Er tat es. Er entfernte sich von der Tür und ließ mit langsamen Bewegungen Wasser einlaufen. Wäre ich dazu imstande gewesen, so hätte er mir leid getan, doch ich war zu nervös. Es ging auch für mich um viel.

Während Päron mit Kaffeekochen beschäftigt war, brachte ich sie dazu, sich auf der Küchenbank niederzulassen. Das war gut so, denn als sie saß, war sie nicht mehr ganz so sicher.

»Es ist ein bißchen merkwürdig, daß er niemanden hineinläßt«, sagte sie, und ihre Stimme war jetzt leise, beinahe vertraulich. »Das ist es, was ich meine.«

»Sie ist es, die keinen Besuch haben will«, sagte ich.

»Aber jemand muß doch nach ihr sehen.«

»Sie ist ja auf dem Weg der Besserung. Bald ist sie wieder auf den Beinen und poltert mit Pär herum wie eh und je.«

Er drehte sich um und sah mich an.

Die Frau hatte ihre Handschuhe auf den Küchentisch gelegt und saß jetzt so dicht neben mir auf der Bank, daß ich ihren Geruch wahrnehmen konnte, einen reinen, neutralen Duft. Sie fragte mich: »Sind Sie bei ihr drinnen gewesen?«

»Ja sicher.«

Päron drehte sich langsam um und starrte uns an.

»Nachdem sie krank geworden ist?« fragte sie, und ihre Stimme war jetzt weder gereizt noch defensiv, nur effektiv.

»Ja«, antwortete ich.

Damit ließen wir diese Sache auf sich beruhen. Das Kaffeetrinken wurde eine Geschichte, die sich in die Länge zog, und Pär sagte fast gar nichts. Manchmal betrachtete er die geschlossene Tür zu Agda Wallins Zimmer, manchmal mich. Doch ich wandte den Blick ab.

Wir begleiteten beide die Frau vom Altersheim auf den Hof hinaus, als sie ging. Päron war mir bei meinem Müll behilflich. Wir standen eine Weile vor dem Müllhäuschen und blinzelten in die Märzsonne. Vom Dach tropfte es. Bald würde er keine Umstände mehr mit dem Schaufeln haben, denn es hatte jetzt ernsthaft zu tauen begonnen.

Kerstin Ekman

Zum Leben erweckt

Roman. Aus dem Schwedischen von Hedwig M. Binder.
619 Seiten. Geb.

MALIK

Kerstin Ekman beweist mit diesem Roman erneut ihre schriftstellerische Brillanz: Ausgehend von sieben Frauenschicksalen, knüpft sie auf faszinierende Art eine Verbindung von Vergangenheit und Gegenwart.
Sigge schreibt eine Arbeit über den Literatur-Nobelpreisträger Eyvind Johnson, Blenda sitzt in Rinkeby und restauriert ein kostbares altes Seidentuch, und Sylvia sucht in Gewölben unter der Altstadt nach archäologischen Ausgrabungen. Mit dem feinen psychologischen Gespür, für das Kerstin Ekman so berühmt ist, wird das Leben von diesen und anderen Frauen nachgezeichnet, die auf den ersten Blick kaum etwas miteinander zu verbinden scheint. Doch alle Fäden laufen schließlich bei Oda zusammen, die, allein schon wegen ihres hohen Alters, die meiste Lebenserfahrung – im Guten wie im Schlechten – sammeln konnte. Auf meisterhafte Weise gelingt es der Autorin in diesem weitumspannenden Epos, die Schicksale, Erfahrungen, Gedanken und Hoffnungen von sieben Frauen im heutigen Stockholm, ihre eigenen Geschichten wie auch die der Welt, die sie umgibt, miteinander zu verknüpfen.